Manfred Schumacher

Rotes Quecksilber

Thriller

Die geschilderten Ereignisse sind frei erfunden. Jede Ähnlichkeit mit lebenden Personen oder realen Ereignissen ist rein zufällig

Skyfly Verlag Ingelheim

Bibliographische Informationen der Deutschen Bibliothek:
Die Deutsche Bibliothek verzeichnet diese Publikation in der *Deutschen Nationalbiografie*; detaillierte bibliographische Daten sind im Internet über http://dnb.ddb.de abrufbar.

Erste Auflage 2006

Skyfly Verlag Girgis
Magdeburger Str. 78A
55218 Ingelheim
Tel. 06132 – 897010
Fax. 06132 – 897011
Email: info@skyfly.de

Titelbild: Manfred Schumacher

Herstellung:
Eckoldt GmbH & Co.KG
Bahnhofstr. 106
55218 Ingelheim

ISBN-10: 3-939154-01-6
ISBN-13: 978-3-939154-01-3

PROLOG

Seit den Geschehnissen im Frühjahr letzten Jahres war Mara noch besorgter wegen seines Berufs geworden. Ansonsten hatte sich wenig verändert. Der Dom stand noch und das drum herum auch. Und die 05-er spielten leider wieder mal gegen den Abstieg. Doch – es hatte sich schon was verändert, wenn er ehrlich war. Er gestand es sich immer dann ein, wenn er nachts aus einem dieser Träume aufschreckte, in deren chromfarbener, wie aus flüssigem Nickel dahingegossener Landschaft er mit Freud und Mara im offenen Cabriolet durch eine gleichbleibend sanfte Hügellandschaft fuhr. Rheinhessen wahrscheinlich – aber mit Rebstöcken wie aus blitzenden Aluminiumstäben und Trauben aus Quecksilber. Freud lachte und zeigte seine Hollywood-Zähne, während er, Wörmer, mit leichter Eifersucht quittierte, wie empfänglich Mara mit ihrer schwarzen, im Fahrtwind wogenden Mähne für die kleinen Schmeicheleien aus dem Munde Freuds war.

Es roch nach Lebertran, und im Traum war er kein bisschen erstaunt, dass es danach roch, dass die ganze Landschaft, durch die ihr Gefährt glitt, diesen Duft verströmte, den er aus Kindertagen auf der Zunge mit sich trug. Wie aus einer überdimensionalen Flasche gegossen, überzog die Geleemasse die Büsche, Bäume und den Straßenbelag, die weißwandigen Reifen quälten sich klebrig nach vorn, der Chrom wechselte für einen Moment in helles gebranntes Sienna, wurde rot und färbte Freuds Gesicht, während dieser unbeirrt weiter lachte und in seinem verfärbten Gesicht seine weißen Zähne behielt. Auch Maras Gesicht war plötzlich verändert, und ihr Haar lag ihr wie Sirup in der Stirn. Dann wachte er auf und sortierte sich. Ähnlich und doch immer anders waren die Träume. Heute kamen sie immer seltener, eigentlich kaum noch.

Doch der leichte Nachgeschmack der Angst blieb auch des Tags in seinem Job. Es war nicht vorüber. Dessen war er sich sicher. Und manchmal, wenn er Menschen auf der Straße mit Koffern vorbeihasten sah, dachte er für einen kurzen Moment an Lebertran, der in seinem Mund explodierte. Am Wochenende war er mit Joe am Bruchweg gewesen, und für einen Moment hatte er geglaubt, in der Menge das Gesicht Freuds auszumachen. Aber das war natürlich nur eine Täuschung gewesen ...

Kapitel 1

15. Januar – Binger Wald

Zwei Rehe bewegten sich ängstlich aus dem Halbdunkel des Waldes auf die Lichtung. Plötzlich erschraken sie von einem Knall, der sie wie Antilopen in die Luft hüpfen und danach flink im Wald verschwinden ließ. Im selben Moment flatterten einige Vögel aufgeschreckt aus den Bäumen. Dazwischen meldete sich ein Kuckuck. Danach war es längere Zeit ruhig, nur vom Rascheln und Rauschen eines monotonen Windes untermalt, bis es urplötzlich wieder lebhafter wurde. Diesmal von einem Knattern hervorgerufen, das sich aus Richtung Dichtelbach auf den Wald zubewegte. Es kam vom Dieselmotor eines Traktors, dessen Profilreifen sich tief in den vom Schneeregen der Vortage aufgeweichten Boden gruben. Behäbig schaukelte das Gefährt durch die Matschfurchen. Nur ab und an spähte sein Fahrer seitwärts. Gerade verpasste er der Zigarette im Mundwinkel wieder mal mit einer kurzen Handkorrektur den gewünschten Sitz. Fast war er an den beiden dem Waldrand vorgelagerten knorzigen Eichen vorbei, als er merkte, dass was nicht stimmte. Er spähte suchend in Richtung der Baumgruppe.

Dann sah er es. - Der Hochsitz, der sonst immer oben in einer Eiche hing, war zusammengekracht. Als er es registrierte, sah er auch den Mann, der reglos im Gras lag. Ein ehemaliger Standpfosten kreuzte seine Beine. Erschrocken trat der Treckerfahrer auf die Bremse und kuppelte den Gang aus. Halb war er bereits abgestiegen, als ihn das tuckernde Mahlen des Dieselmotors veranlasste, diesem ganz den Saft abzudrehen.

„Hallo, hören Sie! - Was ist mit Ihnen?“, rief er unsicher gegen den Wind in Richtung seines Fundes, während er einen Moment unschlüssig da stand. Drüben rührte sich nichts. Die männliche Gestalt klebte weiter starr und reglos am Boden, umgeben von unruhigen Gräsern, die über die feste Drillichkleidung des Liegenden tasteten. Fast widerwillig setzte sich der Traktorfahrer in Bewegung. Nach knapp zwanzig Metern durch das noch taunasse Gras trat er vorsichtig an den Leblosen heran und rüttelte sacht an der Schulter des Mannes. Dabei bewegte er leicht dessen Kopf. Sofort bemerkte er den verklebten, schwarzrot verkrusteten Fleck am Hinterkopf und zog rasch seine Hand zurück.

„Jetzt leck mich doch gleich ...!“, entfuhr es ihm spontan. Aufgeregt suchte er gleich darauf in seiner Jacke nach dem Handy. Es hatte wieder leicht zu regnen angefangen, und die Tropfen klebten rasch auf dem Mobiltelefon und der Hand, die es hielt.

Als der Polizeiwagen eintraf, parkte ihn sein Fahrer am äußersten Ende des mit brüchigem Asphalt bedeckten Wegs, der gleich danach in einen matschigen, tief zerfurchten und mit fauligem Laub bedeckten Waldpfad überging. Nach einer guten Viertelstunde oder mehr, in der die beiden Streifenpolizisten mehr oder weniger ratlos um die Fundstelle herumstanden und den ungeduldigen Fragen des Traktorfahrers auswischen, rollte ein 5er BMW heran, dem ein Mann und eine Frau entstiegen. Beide waren in dicke Mäntel eingepackt. Nachdem der Frau gleich nach dem Aussteigen eine Windbö in die halblangen blonden Haare gefahren war und diese ordentlich zerzaust hatte, eilte sie, mit einer Hand zum Schutz über dem Kopf, mit eiligen Schritten zur Fundstelle, wo die angrenzenden Eichen einen provisorischen Schutz gegen den Nieselregen boten, der Haut, Kleidung und Haare wie aus der Sprayflasche bestäubte.

Wenig später traf ein weiterer Wagen ein. Dass es sich um Spurensicherer handelte, sah man sofort, als die Insassen mit Koffern und anderem Gerät zum Tatort marschierten und sich nach einem kurzen gemeinsamen Blick auf die Leiche wie auf ein verabredetes Zeichen Latexhandschuhe überstülpten. Mit ihnen war ein Mann um die fünfzig mit gräulichem Sichelbart und altmodischem Hut eingetroffen, der den Toten jetzt inspizierte.

Derweil begannen der Mann im gefütterten Trenchcoat und die blonde Dame mit der Befragung des Traktorfahrers, der an einem der Bäume lehnte und das Treiben der Anwesenden interessiert beobachtete.

„Ist das ein Förster?“, fragte er die Blonde, nachdem sie seine Personalien aufgenommen hatte.

„Kann ich Ihnen nicht sagen. Sieht eigentlich nicht danach aus. Förster tragen doch grüne Uniformen, oder? Der da nicht. Wohl eher Jäger oder Jagdpächter.“

„Sie haben ihn gefunden, Herr Mozeck?“, wollte der Mann im Trenchcoat wissen.

Während der Angesprochene zur Bestätigung nickte, zog er den Reißverschluss der Cordweste hoch und knöpfte sich auch den obersten Knopf des blaukarierten Flanellhemds zu. Seine derben Finger, die nicht für feinmotorische Tätigkeiten prädestiniert zu sein schienen, hatten sichtliche Mühe mit dem filigranen Knopf, doch sie schafften es, bevor ihr Besitzer seine Aufmerksamkeit in eine andere Richtung lenken musste.

„Haben Sie ihn bewegt oder seine Lage verändert?", fragte ihn der Typ im Trenchcoat.

„Nee, nicht wirklich. - Ich hab ihn halt an der Schulter berührt. Dachte erst, der ist ohnmächtig, vom Hochsitz gestürzt oder so. Dann hab ich das Blut am Kopf gesehen. Da wusste ich, der ist tot. Dann hab ich Sie gerufen, Herr Kommissar."

„Inspektor - Inspektor Becker", stellte der Titulierte richtig.

„Lag die Flinte genauso neben ihm?", fragte die Blonde.

„Die lag im Gras. Ich hab die erst gar nicht gesehen", sagte Herr Mozeck. Dabei fischte er sich eine Zigarette aus einer halb zerknüllten Packung und zündete sie an. Als er den Rauch genüsslich aus seiner Nase blies, war der Mann, der sich als Inspektor Becker vorgestellt hatte, bereits zu dem Sichelbart getreten. Der beugte sich gerade über den Toten, um dessen Halspartie in Augenschein zu nehmen. Die Leiche lag gut sieben, acht Meter vom umgestürzten Hochsitz entfernt. Ein Spurensicherer war dabei, sie aus verschiedenen Blickwinkeln zu fotografieren.

„Na, Doc, was können Sie mir denn schon sagen?"

„Bislang wenig. Dass er tot ist, sehen Sie ja selbst."

Inspektor Becker bestätigte mit einer dahingeworfenen Handbewegung, dass er die Einschätzung des Sichelbarts durchaus teilte.

„Die Leichenflecken am Hals, sehen Sie hier ...", der Gerichtsmediziner deutete auf die entsprechende Stelle, „... lassen sich noch wegdrücken. Am Kiefergelenk hat die Totenstarre eingesetzt, aber noch nicht am ganzen Körper. Dann ist da noch die Kälte, die den Prozess verzögert. – Na ja, der Tod dürfte vor drei bis vier Stunden eingetreten sein, würde ich jetzt mal sagen. Gestorben ist er wahrscheinlich an der Verletzung am Hinterkopf. Ist mit dem Kopf wohl beim Sturz auf den Stein geknallt."

Er deutete auf einen halb vergrabenen größeren Steinbrocken aus massivem Muschelkalk, der mit blutverschmierter Kante aus dem Erdreich ragte.

Inspektor Becker nickte zustimmend.

„Also wohl eher Unfall, mein lieber Becker", resümierte der Sichelbart mit einer Gewissheit in der Stimme, als hätte er bereits nicht nur jeden Gewebequadratzentimeter des Toten per Computertomographie gescannt, sondern auch jedes einzelne Organ von innen nach außen gedreht.

„Also das bleibt erst noch endgültig zu klären, mein lieber Doktor Hüttig", konterte Inspektor Becker rasch, allerdings ohne den Gerichtsmediziner auch nur ein Jota von seiner Meinung abzubringen.

„Sehen Sie, die Kopflage. Das deutet außerdem auf Genickbruch hin", meinte der unbeirrt.

„Danke, Doktor. Ich erwarte dann Ihren Bericht."

„Frühestens morgen", gab der zu bedenken.

„Na gut, dann also morgen."

Dr. Hüttig beschäftigte sich wieder mit dem Toten.

„Aus der Waffe wurde ein Schuss abgefeuert", machte sich die Frau bemerkbar.

„Vielleicht hat er sich gelöst, als er mit dem Hochsitz zusammenkrachte", warf Inspektor Becker ein.

Oder er fühlte sich bedroht und hat in Panik oder Notwehr geschossen, dachte er.

„Vielleicht."

Sie schien wie auch er andere Möglichkeiten in Betracht zu ziehen.

Einer der Polizisten kam mit einer massiven Stange heran.

„Schauen Sie mal, Herr Becker, was ich gefunden hab. Ein Stück von einem Standpfosten. Muss beim Zusammenkrachen weggebrochen sein."

„Sieht wie angesägt aus", er deutete auf die Bruchkante. „Bis dahin ziemlich glatt durch und dann am Rand ausgefranst."

„Genau! - Da hat sich jemand dran zu schaffen gemacht", meinte der Polizist.

Becker schaute suchend dort hin, wo vorher der Hochsitz stand. Keine Pfosten oder Holzstümpfe mehr im Boden zu sehen. Wenn der umgesägt wurde, dann garantiert auf Höhe der Grasnarbe. Innerlich rang er mit sich, ob er sich den Beweis mit eigenen Augen verschaffen sollte. Dann musste er aber durch reichlich Matsch und um ein paar triefend schlammige Pfützen herum, die nur Ungemach für seine Camel-Schuhe und noch ziemlich neue Flanellhose von Leininger bedeuteten. Hätte er heute Morgen doch lieber zur Jeans gegriffen. Andererseits konnte man ja auch kaum ahnen, dass es in den Binger Urwald auf Tatortsafari ging. Ach was - die Spurensicherung würde sich eh drum kümmern!

„Also doch kein Unfall!“, machte der Polizist wieder auf sich aufmerksam, während er den Beweis dafür noch immer wie eine Trophäe in Händen hielt.

„Das hab ich doch direkt gesagt, als ich bei der Polizei angerufen hab“, wurde er von dem Zigarette rauchenden Herrn Mozeck abgelenkt. „Der Hochsitz wurde angesägt, das sieht doch ein Blinder.“

„Danke, Herr Mozeck, wir brauchen Sie jetzt nicht mehr. – Wir melden uns bei Ihnen, wenn noch was sein sollte. Danke für Ihre Mithilfe“, meinte die Blonde, während Sie in ihrem dunklen Ledermantel kramte, um ihm eine Visitenkarte zu reichen.

„Wenn noch was ist, rufen Sie einfach an.“

„Mach ich.“

Inspektor Becker trat zu einem der Spurensicherer, der gerade Fotos vom zusammengekrachten Hochsitz schoss.

„Ich hoffe, da hat keiner unnötig Gras zertrampelt und vielleicht brauchbare Spuren zerstört“, machte er sich bemerkbar, wobei er einen kritischen Blick in Richtung des Streifenpolizisten schickte. Der streckte gleich abwehrend die Hände in die Luft und machte vorsorglich zur Bekräftigung den Scheibenwischer, während Herr Mozeck gelangweilt gähnte. Nachdem er den Mund wieder zu hatte, stieg er umständlich auf seinen Trecker, startete den Motor und knatterte davon, wobei er zum Abschied eine wuchtige Hand mit ebenso ausladenden Fingern in die Runde schwenkte.

„Habt ihr irgendwo Sägemehl gefunden?“, wandte sich Becker an den Mann von der Spurensicherung. Unabsichtlich hob er seine Stimme, um das blecherne Nageln des Dieselmotors zu übertönen.

„Nee, das nicht“, passte der sich seiner Lautstärke an, um dann wieder auf normal zu schalten, als Herr Mozeck samt Trecker in eine Bodensenke abgetaucht waren.

„Das muss aber nichts heißen. Das Sägemehl kann auch vom Wind oder vom Regen beseitigt worden sein.“

„Das mag natürlich sein“, gab Becker zu.

Die Frage war nur, galt das gezielt dem Toten, oder wurde der Hochsitz von irgendeinem Spinner umgelegt, der einem Jäger einen Denkzettel verpassen wollte?

„Habt ihr einen Ausweis bei dem Toten gefunden?“, sagte er laut.

„Perso. – Ja, den hat der Kollege da vorn im Wagen."

„Ah ja, danke."

„Sie haben die Personalien des Toten?", fragte er wenig später den Polizisten, der im Wagen mit einem Formular beschäftigt war. Während er auf die Antwort wartete, wischte er seine matschverklebten Sohlen am linken Vorderrad ab. Da das nur ungenügend gelang, versuchte er sich mit einem eleganten Kick an die Radkappe, worauf ihm der Polizist einen missbilligenden Blick zuwarf.

„Also – der Tote?", startete Becker instinktiv ein Ablenkmanöver.

„Ach ja, der Tote – das ist ein gewisser Jakob Unseld, 67 Jahre alt, von Beruf Richter."

„Richter? - Mit 67 ist man doch kein Richter mehr."

„Na, vielleicht ist er ja inzwischen pensioniert."

Becker nickte.

„Sie bleiben bitte hier und sichern den Tatort, bis der Tote abtransportiert ist", wies er den Polizisten an.

Attentat auf Jäger! Becker sah schon die Schlagzeile in der Zeitung. Aber vielleicht ging das ja auch nicht gegen den Jäger, sondern gegen diesen Unseld.

Ignatz war früher auch mal auf die Jagd gegangen, erinnerte er sich. Danach war er zu den Sportschützen gewechselt. Wahrscheinlich hatte er eine zu einseitige Auffassung von der Jagd gehabt. Mal sehen, was der zu der Geschichte sagte.

Kurz darauf stieg Becker mit seiner Kollegin in den BMW und startete den Motor.

18. Januar – Bei Wörrstadt

Die vier Gestalten auf der Ladepritsche des Citroën-Busses wurden ordentlich durchgeschüttelt, als der Wagen von der asphaltierten Straße auf einen Feldweg abbog. Schweigsam und nur schemenhaft vom schwach hereinfallenden Mondlicht beleuchtet, lehnten sie an den kühlen Profilverkleidungen des Busses.

„Wie weit noch?", fragte plötzlich ein männliche Stimme. Die Gestalt, zu der die Stimme gehörte, versuchte gleichzeitig, mit einer Hand übereinander gestapelte Drahtkäfige festzuhalten, die in der Wagenmitte übereinander thronten und jetzt auf dem holprigen

Schleichweg umzukippen drohten. Die anderen drei machten es ihm nach. Plötzlich kippte einer jungen Frau ein Turm aus übereinander gestapelten Käfigen seitlich weg und verursachte ein mörderisches Gescheppper.

„Mensch, pass doch auf", wurde sie von der Beifahrerin angepflaumt. „Willst wohl die ganze Gegend aufwecken?"

„Wie weit noch?", meldete sich der Fragesteller von vorhin erneut.

„Ungefähr einen Kilometer", knurrte der Fahrer. „Ich hoffe, der Weg wird wieder besser, sonst bleiben wir noch glatt in einer Furche stecken."

Als hätten seine Worte es bewirkt, legte sich das Holpern urplötzlich. Draußen blieb es dunkel und still. Nur die Scheinwerfer des Citroëns gruben sich mühsam nach vorn durch die Nacht.

„Hab ich euch schon erzählt, dass die Demo vor zwei Wochen voll daneben war?", meinte die junge Frau, der das Malheur mit den Käfigen passiert war.

„Erzähl mal! Wieso voll daneben?", hörte man den Fahrer, während er in einen niedrigen Gang kuppelte, um den sich im schwachen Scheinwerferlicht abzeichnenden Bodenwellen besser auszuweichen. Der Wagen schwankte wie ein Schiff in schwerer See und schaukelte seine Insassen mächtig durch. Von irgendwo hörte man einen unterdrückten Fluch.

„Na, eben voll daneben", meldete sich die Frau wieder, nachdem sie ihr Gleichgewicht wiedergefunden hatte. „Die hat rein gar nichts gebracht. Das hat auch der Verband der Tierbefreier so gesehen."

„Hat der die Demo organisiert?", wollte einer mit Brille neben ihr wissen.

„Nee, die hessische Aktionsgemeinschaft gegen Tierversuche."

„Aber gebracht hat es nichts?", hakte ein anderer in dicker Teddyfell-Jacke nach, ohne die Füße von einem Stapel Käfigen zu nehmen.

„Überhaupt nichts!", bestätigte sie erneut. „Die Firmenleitung hat nachher nur in einer Presseerklärung erklärt, dass sie Tierversuche für die Entwicklung neuer Medikamente für absolut notwendig hält."

Die zwei neben ihr nickten unisono ihr stummes Eingeständnis in die Unverbesserlichkeit und Verbohrtheit des kapitalistischen Ausbeutungssystems, das auch vor Tieren nicht Halt machte. Resigniert nestelte der mit Brille an seiner Jackentasche, um einen Schokoriegel freizulegen. Doch bevor er ihn hervorziehen konnte, wurde er vom Fahrer gemaßregelt, der seine Gier auf Süßes bemerkte.

„Du spinnst wohl! Wir sind gleich da."

Widerwillig schob ihn der Gemaßregelte in die Jackentasche zurück und fuhr sich mit seinen Fingern enttäuscht über die Brille.

Der Fahrer hatte das Licht ausgeschaltet und tastete sich vorsichtig den unebenen Weg voran. Hinter einer Scheune brachte er den Wagen zum Stehen. Einer öffnete die Schiebetür. Das langgestreckte Gebäude lag gut fünfzig Meter vor ihnen.

„Gut, dass da keine Hühner oder Hunde drin sind", flüsterte eine weibliche Stimme.

„Florian und ich gehen vor und knacken das Schloss. Auf unser Zeichen kommt ihr mit den Käfigen nach", zischte der Fahrer, ohne auf die Bemerkung der Frau einzugehen.

„Gib mir den Bolzenschneider", forderte er einen der Männer auf. Während er sich umdrehte, um das Werkzeug in Empfang zu nehmen, reichte er dem Mann eine Sturmmaske.

Der stülpte sie sich über seine gewellten Haare, die ihm dick über die Ohren fielen. Auch der Fahrer hatte sich jetzt eine Maske übergestreift, die nur noch die Augen durch die Sehschlitze sichtbar ließ.

„Auf geht´s, die Nacht ist bald vorbei!"

Die beiden Männer liefen geduckt entlang der Scheune in Richtung des Gebäudes.

„Kommt, wir laden schon mal die Käfige aus", meldete sich der Typ mit Brille. Schon hielt er zwei Käfige in Händen und ließ sie ins Gras gleiten. Die anderen folgten seinem Beispiel. Sie hantierten vorsichtig, um keine unnötigen Geräusche zu verursachen.

Währendessen hatten die beiden Männer das Gebäude erreicht und machten sich an der Tür zu schaffen.

„Leuchte mal kurz drauf!"

Die Taschenlampe flammte auf und erleuchtete für einen Moment ein massives Vorhängeschloss, das die Entrieglung einer Eisentür blockierte.

„Noch mal auf das Schloss! Ich krieg den Bügel nicht gefasst."

Wieder richtete Florian den Strahl der Lampe für einen kurzen Moment auf die Tür.

„Gut", kommentierte der andere. Die Lampe erlosch.

„Hilf mal drücken!“, ächzte Florians Kumpan unter der Kraftanstrengung. Beide klammerten sich an die Griffe des Bolzenschneiders, pressten sie unter Aufbietung ihrer ganzen Kraft zusammen.

„Noch fester!“, keuchte Florian.

„Mach ich doch.“

Wegen der aufzuwendenden Kraft wurden ihre gedämpften Stimmen unbeabsichtigt lauter.

„Der schafft das nicht“, kamen Florian Bedenken hinsichtlich der Trennkraft des Werkzeugs.

„Doch, das muss gehen. Auf – noch mal!“

Wieder pressten sie mit vereinten Kräften, dann plötzlich ein satter Knacklaut, und im gleichen Moment fiel das Schloss zu Boden.

„Na, siehste.“

„Ich geb den anderen Signal“, meinte Florian und ließ die Taschenlampe dreimal kurz hintereinander in Richtung der Scheune aufblitzen. Sie öffneten die Tür, die mit einem knarrenden Geräusch nachgab, und warteten im Dunkel des Eingangs. Wenige Augenblicke später kamen die anderen mit den Käfigen. Auch sie hatten jetzt Sturmmasken über den Gesichtern. Alle arbeiteten sich im schwachen Schein der Lampe nach vorn.

„Weg mit der Taschenlampe von den Fenstern! Das sieht man von weitem“, ermahnte einer Florian.

„Ja, ist klar.“

Die Lichtfinger tanzten über einen langen Flur, in dem breite Schiebetüren in angrenzende Räume führten.

„Los, schneller!“, spornte der Fahrer seine Mitstreiter zur Eile an. „Zehn Minuten, länger darf das nicht dauern.“

„Rolf, ich glaub, die Käfige sind da drüben“, rief ihm eine der Frauen zu. Sie öffnete eine Schiebetür mit Sichtfenster und verschwand im dahinter liegenden Raum. Die anderen folgten. Florian leuchtete mit der Lampe in den Raum. Aus mehreren Käfigen blinzelten ihnen aufgeschreckte, aufgeweckte und verängstigte Ratten entgegen. Sie hockten dicht beieinander. Es war warm und roch nach Zoohandlung und verbrauchter Luft.

„Nur die Ratten!“, mahnte Rolf. „Und zieht euch die Lederhandschuhe über, wenn ihr nicht die Finger abgebissen bekommen wollt!“

Rasch waren alle an den Käfigen und packten die quiekenden Nager in die mitgebrachten Behältnisse um.

„Das müssen an die hundert sein", meinte eine der Frauen, während sie eine Ratte, die ihrer Hand entwischen wollte, am Schwanz fasste, aus dem Käfig zog und umbettete.

„Hannah, gibt acht, dass die dich nicht am Arm erwischt", riet ihr der Typ mit Brille.

Sie nickte ihm dankbar zu, während sie die zappelnde Ratte augenblicklich weiter von sich weg hielt.

„Guck mal, da drüben sind Käfige mit Hamstern."

„Die armen Kerlchen", ließ sich Hannah vernehmen. „Die sollten wir auch befreien."

„Quatsch, wir sind wegen der Ratten hier", entgegnete Rolf bestimmt. „Los, Beeilung!"

„Aber lass sie uns wenigstens rauslassen. Da können die morgen sehen, wie sie mit dem Schlamassel klarkommen", warf Hannah ein.

„Na, gut, dann schnell die Schieber auf! Raus kommen die ja allein."

Rasch waren die Käfigtüren auf. Die mutigsten der Hamster, die sich beim ersten Aufblitzen der Lampe flugs in ihren Unterschlupf verzogen hatten, wagten sich hervor und krabbelten ins Freie. Schnell folgten andere wie Lemminge. Überall quiekte, kratzte, krabbelte und raschelte es.

„Vorsicht, passt auf, dass ihr die Kerlchen nicht tot tretet!", bettelte Hannah.

Für einen Hamster kam die Warnung zu spät, als Florian ihn mit seinem Schuhabsatz platt machte.

„Mist!", kommentierte er seinen Fehltritt und schüttelte den Rest vom Hamster an einem Käfig ab.

„So, jetzt aber raus! Wir haben schon genug Krach gemacht", meldete sich Rolf.

Im Raum lagen einige Hamsterleichen herum, die meisten im Kotkanal ersoffen, der entlang der Käfigreihe verlief.

Während alle, von Florian mit der Taschenlampe angeführt, den Flur zurück hasteten, fiel der Strahl der Taschenlampe durch ein Fenster auf einen Stahlrohrkäfig in einem angrenzenden Raum.

„Moment mal, seht ihr das? - Da ist ein Affe drin!"

Die Taschenlampe, deren Strahl vorher hin und her gehüpft war, war jetzt fest auf den Käfig gerichtet.

„Ich werd verrückt", entfuhr es Rolf. „Ein Affe mit Schläuchen im Kopf."

„Damit verursachen sie Elektrostimulationen im Gehirn", wusste Hannah.

„So was Unmenschliches!"

Alle starrten betroffen auf das Tier und konnten sich kaum von dem Anblick lösen.

„Los, weiter!", mahnte Rolf erneut zur Eile.

Nacheinander schlichen sie aus der Eingangstür und über das Feld zur Scheune. Rasch waren die Käfige im Citroën verstaut.

„So, jetzt aber nichts wie weg", kommentierte Rolf, als er den Gang einlegte. Zehn Minuten später fuhren sie auf der A63 in Richtung Mainz.

„Der arme Affe", beendete Hannah das Schweigen im Wagen, während sich der junge Mann mit Brille zur Belohnung den Schokoriegel gönnte.

„Was für ´n Affe war das eigentlich?", fragte er kauend.

„Ein Rhesusaffe, das war ein Rhesusaffe", klärte ihn Hannah auf.

Während alle mit mitleidiger Miene drein blickten, stieß Florian mit einem Fuß an einen der Käfige, was die darin befindlichen Nager in noch größere Aufregung versetzte und die Artgenossen in den anderen Käfigen zum Nachahmen ansteckte.

„Nicht nur der arme Affe - auch die armen Ratten", ließ sich Rolf hinter dem Steuer vernehmen. „Immerhin sind die alle total verkrebst."

„Die sehen doch putzmunter aus", meinte einer mit schwarzen, von der Sturmmaske verklebten Haaren.

„Die machen mit den Ratten Versuche zum krebserregenden Potential von Dieselruß", klärte ihn Hannah auf.

„Die Ratten reagieren auf den Dreck mit Lungentumoren."

„Die haben alle Lungenkrebs?", fragte Florian mit Blick auf die Käfige.

„Vielleicht nicht alle. Aber die meisten bestimmt."

„Da sollen sie ihre letzten Tage wenigstens in Freiheit verbringen", kommentierte Rolf von vorn. Alle nickten beifällig. Kurze Zeit später setzte Rolf Florian nach kurzer Verabschiedung in der Mainzer Neustadt ab.

Als Florian die Wohnung aufschloss, war seine Freundin schon im Bad. Er begrüßte sie mit einem kurzen Kuss.

„Warum bist du denn schon auf?"

„Ich hab um acht Vorlesung."

„Ich leg mich noch ´ne Stunde aufs Ohr. Ich fahr später zur Arbeit.“

„Wo hast du denn heute Nacht Tiere befreit?“, wollte sie von ihm wissen, während sie sich die Zähne putzte.

„Irgendwo bei Wörrstadt. – Denen fehlen jetzt ein paar krebskranke Ratten.“

“Bis man dich schnappt. - Das ist kein Kavaliersdelikt!“

„Die pflanzen Affen Schläuche ins Gehirn und machen Ratten absichtlich krebskrank, um Belastungsrisiken zu testen. Das ist doch pervers. Da muss man was gegen tun.“

„Da kann man auch dagegen sein, ohne sich gleich an illegalen Befreiungsaktionen zu beteiligen.“

„Wir suchen uns unsere Aktionen genau aus.“

„Das sagst du immer. Und wenn sie dich erwischen?“

Er runzelte die Stirn und schaute sie unwirsch an. Sie verschwand wieder im Bad. Er zuckte mit den Schultern, drehte in die Küche zum Kühlschrank ab, nahm sich eine Tüte Milch und goss sie in ein Glas. Er trank und wischte sich den Milchrand vom Mund ab. Kurze Zeit später packte sie sich Verpflegung für die Uni zusammen, während er halb über der Zeitung eingeschlafen war.

„Geh endlich ins Bett, du Rächer der Ratten“, foppte sie ihn und gab ihm einen kleinen Stups.

„He, lass das“, grummelte er ungehalten.

„Was passiert denn nun mit den Ratten, die ihr gekidnappt habt?“

„Befreit!“

„Gut – befreit. - Was geschieht denn mit denen?“

„Rolf setzt sie irgendwo aus.“

„Rolf ist ein Idiot.“

„Rolf ist ein überzeugter Tierrechtler, wie ich!“

„Rolf ist ein Idiot“, beharrte sie auf ihrer Meinung. „Er setzt sie also aus. Wie viele sind es denn? 10, 20?“

„100 – Es sind etwa 100.“

„Etwa 100? – Na, prima! Und die wandern alle in die Kanalisation und gefährden uns durch Infektionskrankheiten.”

“Quatsch! – Die haben doch nur Krebs. Die sollen ihre letzten Tage in Freiheit genießen.“

„Na, hoffentlich bringt er sie weit weg.“

Kurz danach verschwand sie. Wenige Augenblicke später ließ sich Florian Ensle todmüde, aber zufrieden mit sich, wenn auch nicht mit der Welt, ins Bett fallen.

18. Januar - Mainz

Petra Haffer schaute aus dem Fenster ihres Dienstzimmers. Ihr Blick ging kurz zum Goethe-Park, während sie sich über die blonden, halblangen Haare fuhr. Sie hielt einen Schnellhefter in der Hand und lauschte halb gelangweilt auf die angeregte Unterhaltung ihrer beiden Kollegen. Der eine war Inspektor Becker, der an seinem Schreibtisch saß und einen Tee quirlte, als würde er dafür bezahlt, ihn in Bewegung zu halten. Der andere, Hauptkommissar Wörmer, war optisch eher das Gegenteil von Becker. Er war untersetzt, mit einer dicken Bauchfalte, über der sich das Hemd spannte. Er kratzte sich gerade den massigen Schädel, der auf einem dazu passenden Hals saß.

„Wie gegen die Bochumer im November müssen die am Samstag gegen Stuttgart spielen", entgegnete Wörmer gerade.

„Wir müssen eben die Chancen vor dem gegnerischen Tor besser nutzen."

„Ich würde an dem Klopp seiner Stelle noch mehr die Standardsituationen trainieren. Das kann den Klassenerhalt bedeuten."

Hoffentlich verhaut Sabine nicht die Mathe-Arbeit, ging Petra durch den Kopf, während die beiden Männer palaverten und der eisige Wind die Astgerippe der kahlen Bäume im Park ordentlich durchrüttelte. Drehen, Spiegeln, Winkelberechnung und so ein Zeug war bei ihr dran. Sie hatte Mara anrufen wollen, die konnte das bestimmt, aber Sabine wollte das nicht. Na ja, „schreibste ne vier, bleibste hier", hatte früher einer aus ihrer Klasse auf dem Ketteler Kolleg immer gesagt. Für Sabine traf das zu. In Mathe stand sie auf der Kippe.

Petra rieb den Schnellhefter gedankenverloren über den Fenstersims. Die beiden waren immer noch bei ihrem Lieblingsthema. Sie blickte rüber zu Wörmer. Als junges Ding war sie direkt von der Polizeischule zu ihm in die „Lehre" gekommen. Die Plauze hatte er damals schon. Aber auch mehr Haare. Irgendwann war er recht haarlos geworden. Wenn sie recht überlegte, konnte sie sich ihn kaum noch mit dichterem Haar vorstellen. Wörmer und Haarkranz waren eben zwei Begriffe für ein und dasselbe. Seit wann eigentlich, dachte sie für eine Sekunde. Mittlerweile waren sie richtig befreundet. Außerdem war sie eine gute Freundin von Mara. Was ihm aber gar nicht so genehm war. Vielleicht weil er seine Beziehung zu Mara von seinem beruflichen Umfeld abschotten wollte.

Mara war gut fünfzehn Jahre jünger als Wörmer. Anfangs hatten sie ihn ein bisschen damit aufgezogen. *Ich hab Sie gestern Abend mit Ihrer Tochter in der Stadt gesehen.* Aber es funktionierte zwischen den beiden, nun schon über fünf Jahre.

Seine Fußballfachsimpelei ging ihr mal wieder mächtig auf die Nerven. Aber zu jeder Dummheit gehörten bekanntlich zwei, und der zweite war nun mal der Kollege Becker, der über einer Analyse der Spielstrategie von Mainz 05 schon mal einen halben Tag verbringen konnte. Bevor sie beiden wieder einmal sagen konnte, wie lächerlich sie ihre Fußballbesessenheit fand, klopfte es an der Tür, die einen Augenblick später zaghaft geöffnet wurde. Durch den größer werdenden Spalt schob sich die schmächtige Gestalt einer älteren Dame mit Regenschirm, den sie vorsichtig vor sich in den Raum schob.

„Ich möchte gern zu Herrn Inspektor Becker, bitte", begann sie mit leisem Stimmchen. Sie blickte erwartungsvoll zu Petra rüber, nachdem die männlichen Kollegen auf uninteressiert geschaltet hatten. Als Becker seinen Namen hörte, drehte er sich in seinem Stuhl in ihre Richtung.

„Guten Tag. Ich bin Inspektor Becker, das ist meine Kollegin, Kommissarin Haffer." Wörmer unterschlug er ihr, der nichts dagegen hatte, weil er sich gerade aus einer Schachtel Würfelzucker für seinen Kaffee angelte.

„Und wer sind Sie?", fuhr Becker fort.

„Sigrun Eberfeld, ich bin Sigrun Eberfeld. Wir haben miteinander telefoniert. Es geht um den Tod von Jakob - Jakob Unseld. Sie baten mich ins Präsidium."

„Ja – das stimmt, Frau Eberfeld. Kommen Sie doch mit ins Nebenzimmer – Hier entlang bitte."

Noch war er gedanklich im Mittelfeld der 05er, die er, nachdem er sich seines Versäumnisses, die Akte Unseld mitzunehmen, bewusst geworden war, mit einem gewissen Bedauern sich selbst überließ. Er geleitete Frau Eberfeld durch den Raum, während sie Wörmer freundlich zunickte, der ihren Gruß ebenso freundlich erwiderte.

„Sie waren mit dem Toten befreundet?", begann Becker, nachdem Sigrun Eberfeld im angrenzenden Raum Platz genommen und ihren mit grau-blauem Klatschmohnmuster bedruckten Schirm vor sich auf dem Tisch abgelegt hatte. Becker nahm ihre Personalien auf und setzte sie über den Mitschnitt ihrer Aussage in Kenntnis.

„Wir kennen, pardon – wir kannten uns schon sehr lange", begann sie.

„Wir wissen, dass Jakob Unseld Richter im Ruhestand war, früher auch stellvertretender Bürgermeister und CDU-Vorsitzender in Stadecken-Elsheim. Außerdem war er Jäger, eine Leidenschaft, die ihn anscheinend sein Leben kostete" referierte Becker knapp die wenigen bekannten Fakten.

„War es Mord?", wollte sie wissen.

„Das können wir noch nicht mit Bestimmtheit sagen. Vielleicht auch nur Körperverletzung mit Todesfolge."

„Jakob war ein so lieber Mensch", sagte sie, während sie ihr leicht in Altersfalten verlaufendes Kinn hob, um ihrer Behauptung einen gewissen Nachdruck zu verleihen.

„Wie Sie ja bereits wissen, saß er auf einem Hochsitz, als dieser mit ihm zusammenstürzte."

„Weil jemand den angesägt hat!", warft sie aufgebracht ein, wobei sie sich zittrig und umständlich angesichts der ihr vor Augen stehenden Ruchlosigkeit dieser Tat über eine weiße Haarsträhne in ihrer Stirn strich.

„Genau, weil ihn jemand angesägt hat. Und hier fangen unsere Fragen an. Wer kann das gemacht haben?"

Sie zuckte ratlos die Schultern.

„Wissen Sie, seit wann er – auf die Jagd ging?"

„Na ja, das hat er schon ein halbes Leben lang gemacht. Vor drei Jahren hat er die Jagd gepachtet. Darin ist er richtig aufgegangen."

„Hatte er Feinde?"

„Nun, Jakob war ein Mann, der für seine Überzeugung einstand, auch als Richter. Damit macht man sich nicht nur Freunde."

Becker blätterte raschelnd in den Unterlagen.

„Es ist aktenkundig, dass auf ihn vor zweieinhalb Jahren ein Briefbombenattentat verübt wurde. Wussten Sie davon?"

„Natürlich! - Das stand doch in allen Zeitungen!“, entgegnete sie, wobei ihr die Entrüstung so lebhaft im Gesicht geschrieben stand, als wäre es eben gerade passiert. „Leider wurde ja nie bewiesen, dass es diese Rechtsradikalen waren.“

Hinter dem Anschlag waren damals in der Tat Rechtsradikale vermutet worden. Becker überflog die Informationen in der Akte. Unselds Haushälterin, die in Abwesenheit ihres Chefs die Post geöffnet hatte, war damals schwer verletzt worden. Sogar die Generalbundesanwaltschaft hatte sich eingeschaltet. Die Ermittlungen verliefen aber im Sand. Unseld hatte einem Prozess gegen zwei Brandstifter aus der rechtsextremen Szene vorgesessen und gegen beide harte Strafen verhängt. Die beiden hatten nach Meinung des Gerichts im Mainzer Hafen einen Container, in dem Asylbewerber untergebracht waren, in Brand gesteckt. Das war damals als Grund für den Anschlag auf Unseld gesehen worden.

„Damals wurden zwei Kerle aus der rechtsextremen Szene verhört, ohne dass was dabei rauskam“, meinte Wörmer kurze Zeit später, als er mit Becker den Fall besprach. „Lass uns doch mal deren heutigen Aufenthaltsort feststellen.“

Eine halbe Stunde später hatte Becker die Adressen in Erfahrung gebracht.

„Der eine heißt Tobias Freytag, derzeit arbeitslos, wohnhaft in Mainz. Der andere ist ein gewisser Peter Weißfeld aus Alzey“, setzte er Wörmer in Kenntnis. Wörmer und Petra beschlossen, Freytag einen Besuch abzustatten, zumal sich Wörmer über Mittag in der Stadt mit Mara treffen wollte.

Sie suchten Freytag auf, der sie mürrisch empfing.

„Was wollen Sie eigentlich von mir?“

„Sie kennen doch sicher Unseld?“

„Kennen? – Kennen ist zuviel gesagt“, druckste er herum.

„Wir sind den damals bisschen angegangen.“

„Bisschen angegangen?“

Wörmer zog ungläubig die linke Augenbraue hoch.

„Na, das habe ich aber anders gelesen. Sie und Ihre sauberen Freunde haben ihm das Schimpfwort Judensau und einen Davidstern auf die Garage gesprüht, seinen Wagen verkratzt und ihm eine nette Briefbombe geschickt.“

„Damit hatte ich nichts zu tun! – Das - das hat man mir nie anhängen können. Das können Sie auch in Ihren Akten nachlesen.“

„Wer weiß, vielleicht hatten Sie auch was mit der Brandstiftung in der Containersiedlung zu tun, wodurch Unseld dann zur Zielscheibe wurde“, fuhr Wörmer unbeirrt fort.

„Das sind doch nur unbewiesene Anschuldigungen, sonst nichts!“

„Immerhin hat man Sie als Sprüher entlarvt, oder?“, warf Petra ein.

„Aber nur das!“

„Na, das reicht doch schon, oder meinen Sie nicht?“

„Jugendsünden! – Ich hab heute ganz andere Sorgen. - Wenn Sie wegen Unselds Tod nachforschen, dann sollten Sie besser ...“

„Woher wissen Sie denn, dass Unseld tot ist?“, unterbrach ihn Wörmer. „Das hat doch keiner von uns erwähnt.“

Freytag stutzte einen Moment und überlegte kurz.

„Na, das stand doch in der Zeitung.“

„Was sollen wir dann?“, fragte Petra.

„Was sollen Sie dann?“, stand er für einen Moment auf dem Schlauch.

„Na, Sie sagten doch, wenn wir wegen Unselds Tod nachforschen, dann sollten wir besser irgendwas tun?“

„Ach so, ja – genau, dann sollten Sie lieber mal den Helmut Kleinkötter aus Stadecken fragen.“

„Wieso den?“, wollte Wörmer wissen.

„Weil der mit dem Unseld seit Jahrzehnten auf Kriegsfuß stand.“

„Woher wissen Sie das?“

Er blickte Freytag streng ins Gesicht.

„Als ich noch in der Szene war, habe ich einen Sohn von Kleinkötter kennen gelernt. Der lebte damals irgendwo in Bayern, ich glaube bei Passau. Der hat Mitte der 90er Jahre mal was mit der Bajuwarischen Befreiungsarmee zu tun gehabt.“

„Bajuwarische Befreiungsarmee?“, wiederholte Petra ungläubig.

„Ja, so nannten die sich. – Na, jedenfalls hat der mir mal ein paar Dinge über den Streit des alten Kleinkötter mit dem Unseld erzählt.“

„Was erzählt?“

„Na, der Unseld muss dem immer wieder seine Vergangenheit im Dritten Reich unter die Nase gerieben haben.“

„Viele aus der Generation hatten eine Vergangenheit“, meinte Petra.

„Bei den beiden war das noch bisschen anders."

„Wie anders?", fragte Wörmer gereizt. Er war es langsam leid, Freytag die Würmer aus der Nase zu ziehen.

„Der alte Kleinkötter war damals stramm auf NS-Linie und Blockwart. Unseld war Jude. Der hat seine ganze Familie verloren. Hat als einziger das Konzentrationslager überlebt."

„Und weiter?"

„Ich hab gehört, dass Kleinkötter im Dritten Reich zu denen gehörte, die einen Antrag nach Berlin schickten. Die wollten Stadecken in Hitlerhausen umbenennen. Wurde aber abgelehnt. Das und seine ganze NS-Vergangenheit hat der Unseld dem Kleinkötter immer wieder aufs Brot geschmiert."

„Wie das? Hat er ihn bloßgestellt, beleidigt, ihm böse Briefe geschrieben?"

„Die waren, soviel ich weiß, beide im Gemeinderat. Da müssen sie immer mal wieder aneinandergeraten sein."

Kurz danach begleitete Petra Wörmer ein Stück des Wegs zum *Weißlilienkeller*, wo er sich mit Mara verabredet hatte. Sie wollte zurück in die Dienststelle, um den Angaben von Freytag nachzugehen, obwohl er ihr ein gemeinsames Mittagessen anbot.

Mara hatte ihm eine rot leuchtende Krawatte mit allerhand genauso auffälligen geometrischen Figuren darauf gekauft. Er bedankte sich artig, um dann zaghaft zu protestieren.

„Ich habe doch genug Krawatten."

„ Ja, drei schreckliche. - Die steht dir bestimmt gut."

Abends sollte er um halb acht bei ihr sein. Sie wollte ihn bekochen.

„Versprich mir bitte, dass du pünktlich da bist."

Sie blickte ihn dabei aus dunklen Augen eindringlich an und setzte zu ihrem spitzbübischen Jungmädchenlächeln an.

„Das kann ich dir leider nicht versprechen, weil wir an einem wichtigen Fall dran sind."

„Seit wir uns kennen, bist du an einem wichtigen Fall dran", imitierte sie ihn. „Also, schau, dass du pünktlich bist."

Sie beugte sich zu ihm vor und küsste ihn versöhnlich auf die Wange.

„Na, ja, ich will mal sehen ...", lenkte er ein.

Während Mara und Wörmer beim Espresso angelangt waren, führte Petra ein Telefonat mit einem pensionierten Kollegen aus Stadecken-Elsheim. Nach dessen Meinung war Kleinkötter Senior absolut harmlos. Er und Unseld hatten sich beharkt, aber das sei auch schon alles gewesen.

„Dem Kleinkötter ist seine Nazi-Vergangenheit nach dem Krieg eine richtige Last gewesen. Außerdem ist der heute knapp 90. In dem Alter läuft man bestimmt nicht mehr in den Wald und sägt Hochsitze an."

„War der damals nicht im Krieg?"

„Soweit ich weiß, wurde er nicht eingezogen, weil er was mit dem Herz hatte. Da hat er sich dann um so mehr an der Heimatfront engagiert."

Und dann war Unseld in den Ort gezogen. Der hatte als einziger seiner Familie Buchenwald überlebt, war nun mal nicht mit oder zu Verwandten nach Israel oder Amerika ausgewandert, sondern von einer Stieftante großgezogen worden. Er war in seiner alten Heimat geblieben und hatte immer wieder den Finger in Kleinkötters Wunde gelegt. Und Hitlerhausen war die Speerspitze.

„Kleinkötter hatte praktisch Angst vor Unseld. Der Unseld war sein personifiziertes schlechtes Gewissen. Als das vor Jahren mit der Briefbombe passierte, ist er als erster hin, um sein Bedauern auszudrücken. - Zum Sohn gibt es schon lange keinen Kontakt mehr, den hat der Senior vor vielen Jahren abgebrochen."

25. Januar - Dortmund

Václav Tomáseks Herz schlug schneller, wenn er daran dachte, wie nah er seinem Ziel war. Wie in hitziger Trance schob er sich durch die menschengefüllte Halle - an Ständen mit Auslagen aller möglichen Drillinge, Stutzen, Doppelflinten, Repetier- und Kurzwaffen sowie anderer Jagdutensilien vorbei. Der Mann, den er nicht aus den Augen ließ, war schon mehrere Male an einem Stand stehen geblieben, um die Auslagen zu begutachten, eine Waffe prüfend in die Hand zu nehmen oder mit einem Aussteller zu fachsimpeln.

Gerade schickte er sich mal wieder an weiterzugehen. Tomásek folgte ihm durch das Gewühl der Messebesucher. Der Mann schien alle Zeit der Welt mitgebracht zu haben. Interessiert schlenderte er von Stand zu Stand. Das ging jetzt seit fast zwei Stunden so. Tomásek nahm im Vorbeigehen Gesichter, Objekte und Gesprächsfetzen wahr, die er nicht verstand. Gleich darauf kam es an einem Stand einer kulinarischen Sonderschau, wo in Pfannen und Töpfen allerlei Gerichte rund ums Wildbret brutzelten und brodelten, zu einer erneuten Unterbrechung. Der Mann bestellte sich irgendein Wildgericht, das in dunkler Soße heiß aus einer Plastikschale dampfte, und ließ es sich an einem der provisorischen Büffettische schmecken. Ja, iss dich nur richtig satt, dachte Tomásek in kalter Vorfreude, während er sich etwas abseits an einem anderen Stand durch Kataloge mit Repetierbüchsen für Ansitzjagden durchblätterte. Auf einem Cover stapften Jäger in grünen Lodenmänteln und dicken Wintermützen unter unwirklich blauem Himmel durch fast knietiefen Schnee zu einem einsamen Hochsitz.

In Temelin hatte auch mächtig viel Schnee gelegen. Krachend eisig und kalt war es. Tomásek erinnerte sich an den Winter, der Mähren damals im festen Griff hatte, wie er sich auch jetzt noch an jede Kleinigkeit an diesem Tag erinnerte. Als wäre jede Begebenheit, die sich in dem mährischen Fleck oberhalb der Moldau ereignete, für immer in seiner Erinnerung eingebrannt.

Wieder entstand das Bild vor seinen Augen, wie so oft in vergangenen Jahren. Er sah das warmblaue Licht, das über verharschtem kristallweißem Schnee lag, das Licht vieler Winter, das irgendwann in der Erinnerung zum Licht des Winters überhaupt wurde. An dem Tag hatte eisiger Forst geherrscht. - Frost, der die Körper in den Feldern rasend schnell auskühlte.

Wie erstarrt unter einem überdimensionalen Leichentuch lagen die Rapsfelder, die über die nahen Hügelkuppen hinausreichten. Nur vereinzelt schauten Stoppeln des vor Monaten abgeernteten Getreides wie dunkle erfrorene Nadeln aus der alles bedeckenden Schneedecke.

Der niedrige Kirchturm, letzter Rest des früheren Dorfes Krtenov, erhob sich in abblätternder gelber Farbe einsam auf der Anhöhe über der Moldau. Dahinter befand sich der Friedhof mit der Kapelle, deren blitzblankes Kupferdach nur an manchen Stellen durch die Haube von Schnee durchschien.

Als sie anrückten, trat an der Friedhofsmauer ein Menschenpulk in angeregter Erwartung den Schnee unter den Füßen, um die Zehen zu wärmen. Man wartete darauf, dass es endlich losging – dass die

Organisatoren der Veranstaltung früher als geplant mit ihrer Aktion anfingen, damit sie alle hier in der Kälte nicht elendig erfroren. Hände in dick gefütterten Handschuhen schlugen gegeneinander, um den die Finger hochziehenden Frost zu vertreiben.

Einige Hände reckten Transparente in den Himmel. „Kein zweites Tschernobyl in Temelin" stand darauf oder „Gegen die Atomgefahr in Südböhmen". Die Schar der aufmarschierten Atomkraftgegner erstreckte sich über die Friedhofsmauer hinaus fast bis zu den vier hohen Kühltürmen, neben denen die vielen Kräne, die das Bild der Kraftwerkbaustelle prägten, wie putziges Kinderspielzeug aussahen.

Die Gesichter der Demonstranten waren dick vermummt, und Atem aus Hunderten von Lungen kondensierte frostig an der Luft. Die gesamte Baustelle war von einem hohen Zaun umschlossen, davor hatten sich zahlreiche Polizisten aufgestellt, um das Anwesen vor Übergriffen zu schützen. Auch sie standen kalt und frierend in ihren dunklen Bereitschaftsuniformen und Kampfstiefeln auf dem Feld. Die Integralhelme, die sie gegen mögliche Wurfgeschosse und Rempeleien schützen sollten, waren an diesem Januarnachmittag doppelt angebracht, weil sie nicht nur den Kopf schützten, sondern auch die Ohren wärmten. Die Männer hatten ihre Plexiglasschilde griffbereit hinter sich an den Zaun gelehnt. Auch sie traten beständig den Schnee unter den Füßen, um die Zehen zu bewegen. Manche rauchten, und der Zigarettendunst vermischte sich mit den eisigen Atemwolken.

Dann geriet ein Mann mit Mikrophon ins Blickfeld der Demonstranten, der in Ermangelung einer anderen Gelegenheit einen halbmeterhohen Baumstumpf am Rand der Friedhofsmauer erklommen hatte. Gleich darauf quakten seine Sätze über das Feld. Seine Ausführungen, die er des öfteren mit Blicken und Gesten in Richtung der vier Türme begleitete, wurden von der Menge begeistert aufgenommen und beklatscht.

Als der Mann seine Zuhörer mit weiteren Beschuldigungen in Rage brachte, die sich gegen den Bau des Kraftwerks Temelin, den Kraftwerkbauer Skoda Praha und verschiedene Investoren richteten, rückte von der Moldau der Trupp mit Václav Tomásek und Alena heran. Insgesamt knapp fünfzig Personen. Auch sie führten Transparente mit sich.

„Da unten kommen Skinheads", signalisierte eine deutsche Demo-Teilnehmerin einer neben ihr stehenden tschechischen Atomkraftgegnerin. Die gab die Information sofort an ihre Landsleute weiter. Schnell wurde man in der ganzen Runde auf die Neuankömmlinge aufmerksam. Nach einigen Anweisungen ihres Einsatzleiters rückte eine Gruppe Polizisten vor, um zwischen den Atomkraftgegnern und den Skinheads Stellung zu beziehen.

„Findest du das wirklich gut, da oben Randale zu machen, Václav?", fragte ihn Alena plötzlich, während sich beide bemühten, zu den anderen Anschluss zu halten. Er marschierte mit Alena bewusst am Schluss. Man wusste ja nie.

„Ich hab dich nicht gebeten mitzukommen, oder!", antwortete er brummig.

„Das nicht - aber trotzdem ist das blöd."

„Und warum bist du dann mitgekommen?"

„Na, ich wollt mal sehen, mit was für Idioten du deine Zeit verbringst", antwortete sie ihm, vom anstrengenden Fußmarsch etwas gereizt. Dann besann sie sich, presste sich im Gehen geschmeidig an ihn und gab ihm einen Kuss.

Den wehrte er unwirsch ab.

„Mensch, Alena, lass das jetzt! Wir haben jetzt Wichtigeres vor."

„Und was?"

„Das Land über die Bedeutung von nationalem Atomstrom aufzuklären", plapperte er Petrs Parole nach, die der ihnen mit auf den Weg gegeben hatte.

„Nationaler Atomstrom - was soll denn das sein? Entweder Atomstrom oder keiner!"

„Ach, das verstehst du nicht! Geh einfach weiter, und stör mich nicht!"

Sie warf ihm zwar einen schnippischen Blick zu, marschierte aber schweigend weiter mit ihm und den anderen die Anhöhe hinauf. Als sie an einem schmucklosen, schwarzen Kreuz vorbeikamen, meldete sich einer aus der Gruppe.

„Sollen wir das Teil nicht einfach mitnehmen und denen da drüben über die Rübe ziehen, Petr?"

Der angesprochene Petr Kuchtov marschierte in der ersten Reihe. Wie von der Tarantel gestochen, schnellte sein Kopf herum.

„Das werden wir schön bleiben lassen, hörst du!", zerschnitt seine Stimme das Geräusch, das die Schnee zertretenden Springerstiefel und die vor Kälte und Anstrengung keuchenden Lungen verursachten. „Da drüben sind bestimmt Rundfunk und Fernsehen, und wenn du bisschen Grütze im Kopf hättest, dann wüsstest du, dass dies das

Kreuz der Südböhmischen Mütter gegen Atomgefahr ist. Das reißt man nicht einfach aus der Erde!“

Der andere hob, als er Petrs maßregelnde Worte hörte und obendrein sein zornrotes Gesicht sah, beschwichtigend die Hände.

„War ja nur so eine Frage.“

„Und du hast meine Antwort, Schwachkopf“, kam prompt Petrs Antwort, der er obendrein eine abwertende Handbewegung hinterherschickte.

Mittlerweile war der Trupp kurz vor den Polizisten angelangt und langsamer geworden. Gut zehn Meter dahinter warteten die Atomkraftgegner. Blickkontakt durch die löchrige Mauer der Polizisten hatten beide Gruppen bereits zueinander aufgenommen. Besonders Voreilige aus beiden Formationen attackierten sich schon mit Parolen und Schmähungen.

„Plakate entfalten“, gebot Petr, der sich inzwischen wieder ganz auf seine Anführerrolle konzentrierte. Rasch wurden zwei, drei mitgebrachte Plakate auseinandergerollt. „Tschechien braucht nationalen Atomstrom“, stand auf einem. „Keine Abhängigkeit vom Ausland“, auf einem anderen. Das verbale Gerangel durch die Schutzmauer der Polizisten und über deren Köpfe hinweg nahm rasch zu.

„Ihr grünen Pazifistenärsche“, schrie einer neben Petr, der gerade mit einem Polizisten diskutierte.

„Grüne Pazifistenärsche? – Sehr gepflegt! Da muss man sich ja für dich schämen“, meinte Alena. Sie hatte die Kapuze ihrer weißen Daunenjacke abgestreift und fuhr sich durch ihr blondes gewelltes Haar. Dabei wischte sie sich flüchtig ein paar kalte Schweißperlen von der Schläfe, die sich dort nach dem beschwerlichen Fußweg gebildet hatten.

„Ach, Alena, du hättest wirklich nicht mitkommen sollen. – Wir wollen die doch nur bisschen aufmischen“, antwortete Václav ihr.

„Ah ja, bisschen aufmischen – mit gequirlter Kacke. Was sind denn das für Freunde? Das ist doch wirklich kein Umgang für dich!“

„Das verstehst du nicht, Alena. Das ist Politik.“

„Na, wenn das Politik ist, dann weiß ich nicht“, schüttelte sie den Kopf.

Die Anfeindungen zwischen beiden Gruppen waren mittlerweile heftiger und lauter geworden. Etwas hilflos stand die kleine Menschenmauer aus Polizisten dazwischen. Das einzige, was sie machen konnten, war, die Arme mit aufgestellten Handflächen weit auszufahren.

„Zurück, zurück“, brüllten sie Personen aus Václavs Gruppe an, die sich durch die Polizeikette durchzuarbeiten versuchten, um gegebenenfalls verbale durch handfeste Argumente zu ersetzen.

„Lass uns gehen, Václav!“, bettelte Alena. „Das gerät noch außer Kontrolle. Das siehst du doch, oder?“

Sie standen immer noch in hinterer Reihe. Er war unschlüssig, denn er hatte nun wirklich Angst, dass ihr was passieren könnte. Er hätte sie wirklich nicht mitnehmen sollen! Unwillkürlich ging sein Blick zu Petr, der einige randalierende Kameraden zu beruhigen versuchte. Er schien sie anzuschreien. Verstehen konnte man in dem ohrenbetäubenden Lärm und Geschrei sowieso nichts. Jetzt bekamen sie die Quittung für ihren aggressiven Übereifer. Die Polizisten ließen sich das Anstürmen, Anschreien, Schubsen und Stoßen, ja wohl auch vereinzelte Schläge an die zum Schutz erhobenen Schilde, nicht mehr gefallen und prügelten mit ihren Knüppeln auf die Gewalttätigsten aus der Gruppe ein. Durch deren Zurückweichen löste sich rasch die ganze Formation auf, und Václav und Alena fanden sich urplötzlich in vorderster Front wieder.

Mehrere Kameraden hatten den ungeordneten Rückzug angetreten, weil sie von Knüppel schwingenden Polizisten verfolgt wurden. Gleich ein Pulk Polizisten, der ihnen nachsetzte, riss sie zu Boden und drückte sie mit aller Kraft in den Schnee, bis sich Handschellen und ihre Gelenke schlossen. Gleich darauf wurden die Festgenommenen in Richtung Kraftwerk abgeführt, wo sich die Einsatzwagen der Polizei befanden. Während Alena erschrocken dastand und Václav krampfhaft überlegte, was er jetzt am besten tun sollte, ging alles blitzschnell.

Einer neben ihnen, den er nicht einmal persönlich kannte, hatte auf die Polizisten geschossen! Ein - zwei Mal. Die Schüsse hörten sie überhaupt nicht. Sie sahen nur, dass vor ihnen ein Polizist wegknickte und sich im Fallen an die Brust fasste. Dann schauten sie mit grenzenlosem Erstaunen und wie in Zeitlupe zur Seite und sahen die Faust mit der angelegten Pistole, aus der es gerade erneut bellte. Sie registrierten die Mündungsflamme und hörten den Schuss. Als ihre Blicke instinktiv in Schussrichtung gingen, nahmen sie wahr, dass zwei Polizisten ihre Waffen ebenfalls angelegt hatten und in Richtung des Schützen zielten. Im nächsten Moment ging der zu Boden, fasste sich ans Bein und fing erbärmlich an zu schreien. An seinem Oberschenkel, der in blauer Jeans steckte, bildete sich ein dunkler Fleck. Die Pistole war seiner Hand entglitten und steckte achtlos im

Schnee. Schon waren die ersten Polizisten bei ihm und rissen ihm mitleidslos die Arme auf den Rücken, während sie seine Kleidung nach möglichen weiteren Waffen durchsuchten.

„Ich brauche Hilfe - Hilfe!“, jammerte der Angeschossene. Doch die ihn umstehenden Polizisten reagierten nicht, sondern schauten neugierig und besorgt zu ihrem verwundeten Kollegen hinüber, dem andere Polizisten gerade erste Hilfe leisteten.

„Hat eigentlich schon jemand den Notarzt informiert?“, erkundigte sich einer der Polizisten, der direkt neben Václav stand. Dann erst bemerkte Václav, dass Alena zu Boden gesunken war. Unter ihrem Hals saugte sich ein dunkelroter Fleck durch die Daunenjacke, der rasch größer wurde. Schon kniete Václav neben ihr. Ihre Augen blickten ihn angstvoll und traurig an. Sie wollte etwas sagen, doch es war nur ein Gurgeln zu vernehmen. Dabei rann ihr Blut aus dem Mundwinkel über das Kinn.

„Alena, Alena!“ Mehr kam nicht aus Václavs Mund, weil ihm plötzliche Angst die Kehle zudrückte. Sie hob leicht ihre Hand, die er zärtlich ergriff und drückte.

„Alena, Alena – Hilfe, helft mir doch!“ Er blickte flehentlich in Richtung der Polizisten, die jetzt auf die verletzte Alena aufmerksam wurden.

„Hier ist noch eine Verletzte“, brüllte einer. Zwei Polizisten eilten herbei und bemühten sich um Alena, die nur Blicke für Václav hatte. Sie versuchte zu sprechen, doch vergebens.

„Nichts sagen, Alena, mein Schatz, hörst du! - Du darfst nicht sprechen!“

Dabei rannen ihm Tränen über die Wange.

„Die hier ist schwer verletzt. Die muss sofort ins Krankenhaus. Wo bleibt denn der Rettungswagen?“, rief einer der Polizisten. Ein anderer kam mit einer Decke heran, die er behutsam unter Alena schob. Auch einige aus Václavs Gruppe standen ratlos um Alena herum und ließen sich dann verstört und willenlos von Polizisten zur Vernehmung abführen. Václav kniete, reglos Alenas Hand haltend, neben ihr im Schnee, bis ein Krankenwagen mit Blaulicht und Sirene neben ihnen zum Stehen kam und drei Sanitäter Alena fachmännisch auf eine Bahre hievten, um anschließend mit ihr davonzubrausen.

Noch immer kniete Václav im Schnee, während er dem sich entfernenden Wagen nachblickte. Einer der Polizisten klopfte ihm auf die Schulter, deutete ihm an, mit ihm zu kommen. In der Ferne hörte Václav das „Tüt-a-tüt“, während er fast mechanisch, von zwei Polizisten eskortiert, den Hügel hoch schritt. Tränen der Wut und Angst kullerten über sein verfrorenes Gesicht. Nach seiner Vernehmung fuhr er auf schnellstem Weg ins Krankenhaus. Als er eintraf, war sie schon tot.

Ein paar Monate später buchteten sie ihn wegen der Geschichte mit dem Rom aus Olomouc ein. Alles danach - den Prozess, das Gefängnis - nahm er nur wahr, als würde man ihm diesen Teil seines Lebens aus einem Buch vorlesen, das er nicht kannte und das ihn nicht interessierte.

Vor drei Monaten, kurz bevor sie ihn entließen, besuchte ihn Kuchtov und erzählte ihm, dass ein gewisser Triebig vom deutschen Geheimdienst dem BIS, dem tschechischen Sicherheits- und Geheimdienst, damals ihre Aktion in Temelin gesteckt hatte.

„Woher willst du das wissen?", fragte Tomásek ungläubig.

„Aus absolut sicherer Quelle. Die vom BIS haben uns damals infiltriert, und einer ihrer Undercover-Leute schuldete mir einen Gefallen. Von dem hab ich es. - Ich dachte mir, dass ich es dir sagen sollte – nachdem das mit Alena passiert ist."

„Woher wusste der Deutsche das?"

„Der hatte seine Quellen. Ohne ihn wären in Temelin keine Bullen aufmarschiert. Jedenfalls keine Spezialeinheit, das sag ich dir!"

An dem Tag brannte sich der Name Triebig mit unbändigem Hass in Tomáseks Herz und Gehirn ein. Seitdem stand für ihn fest, dass er diesen Triebig finden und töten würde – für Alena, seine Alena. Endlich bekam seine Wut, die in den langen Gefängnisjahren nie abgeebbt war, ein Gesicht, gegen das sie sich richten konnte. Der Kerl, der damals neben ihnen plötzlich auf die Polizisten geschossen hatte und mindestens genauso schuld an Alenas Tod gewesen war, lebte nicht mehr. Der war vor Jahren in einem Prager Gefängnis gestorben, was sich bis in Tomáseks Knastzelle rumgesprochen hatte.

Ein mieser Verrat aus Geldgier war es obendrein, durch den Alena sterben musste. Das war das Schlimmste daran! Kuchtov erzählte es ihm, als er weiter nachbohrte. Triebig hatte wohl in Bayern Beweise gegen einen aus ihrer Gruppe verschwinden lassen und dafür 300.000 Kronen verlangt. Die Hälfte hatte er bekommen, die andere war man ihm schuldig geblieben. Deshalb hatte er die Sache in Temelin verraten. Deshalb war Alena tot!

Über Kuchtov kam er nach seiner Entlassung auch an Triebigs Adresse. Obendrein händigte Kuchtov ihm ein Foto aus, auf dem Triebig abgebildet war.

Dann passierten die Anschläge.

Er erfuhr es erst Tage später, als Jan anrief. Jan war von einem anderen Fahrzeug einen Abhang runtergedrängt worden. Er hatte sich überschlagen, aber glücklicherweise überlebt. Nur wenige Tage später hörte Tomásek, dass Pavel Porubjak, der damals bei der Geschichte mit dem Rom auch dabei war, vor einer Diskothek in Lanzhot erschossen worden war. Vermutlich steckte die Familie des Rom dahinter, die jetzt Rache nehmen wollte.

Das mit dem Rom war im Mai 1995 passiert. Kuchtov hatte die Parole ausgegeben, dass man den Roma in der Gegend bisschen das Maul stopfen müsste.

„Nehmt euch doch mal diesen Jiri Radz vor", sagte Kuchtov eines Tages zu Tomásek und drei anderen. „Sein Vater meint, er wäre in Olomouc eine ganz große Nummer. Dem sollten wir mal zeigen, dass wir uns von Roma nichts gefallen lassen."

Und sie zeigten es ihnen. Zuerst passten sie den jungen Radz und seine Freunde ab und nahmen sie sich zur Brust, rempelten sie bisschen an, bedrohten und beleidigten sie. Dann, an einem Sonntag, geriet die Geschichte außer Kontrolle. Sie erwischten den Rom allein auf der Straße, verprügelten ihn mit Eisenketten und warfen ihn in den Fluss. Er ertrank, bevor sie es überhaupt realisierten. Vielleicht war die Prügel, die er zuvor bezog, zu heftig. Vielleicht war er ein schlechter Schwimmer. So lang war er auf jeden Fall noch nicht im Wasser, als er plötzlich unterging.

Als Tomásek von Pavels Tod hörte, wurde ihm klar, dass auch er auf ihrer Liste stand. Sie machten es ihm überdeutlich, als sie auf ihn aus einem fahrenden Auto feuerten. Die Kugel richtete keinen bleibenden Schaden an, weil sie statt ihn das Handschuhfach und eine Lautsprecherbox in seinem Wagen demolierte. Danach packte er rasch seine notwendigsten Sachen und setzte sich nach Deutschland ab.

Das war vor drei Tagen gewesen.

Eigentlich hatte er sich Zeit nehmen, die Sache ordentlich planen wollen. Aber die ganze Geschichte hatte eine andere Entwicklung genommen. Womöglich hatte es auch sein Gutes. Gestern Abend war er an der ihm von Kuchtov gegebenen Adresse am Haus von Triebig in Bingen eingetroffen. Heute Morgen war er Triebig, der das Haus früh verlassen hatte, einfach nachgefahren und in Dortmund gelandet.

Das Anblasen auf mehreren Jagdhörnern riss Tomásek jäh aus seinen Erinnerungen. An einem benachbarten Stand wartete ein gemischtes Jagdhornbläsercorps auf einer provisorischen Bühne auf seinen Einsatz, während der Obmann der Bläsergruppe einleitend auf die ausschließliche Verwendung von Naturhörner in seiner Truppe hinwies. Gleich darauf schallte es aus rund zwanzig Naturhörnern. Triebig, denn das war der Mann, dem Tomásek seit Stunden durch die Dortmunder Messehallen folgte, hatte es jetzt eilig, die Halle zu verlassen. Tomásek folgte ihm möglichst unauffällig.

Draußen vor dem Messegelände und durch einen hohen Zaun von den Hallen getrennt, hatten sich Tierschützer und Tierrechtaktivisten eingefunden, die sich zum Teil lautstark bemerkbar machten. Unter ihnen befanden sich auch Florian Ensle und Holger Mertensheimer, den Florian von gemeinsamen Befreiungsaktionen kannte. Beide hatten Kontakt zu einem Pulk westfälischer Autonomer aufgenommen, die sich bei Glühwein und heißem Kaffee aus mitgebrachten Thermoskannen als Angehörige einer „Splittergruppe Kleinholz Westfalen“ geoutet hatten.

„Wir haben schon zig Hochsitze umgelegt“, hatte einer erzählt. „Wir versuchen, denen den Spaß zu verderben, wo wir nur können. Letztens haben wir bei einer Treibjagd Fotos gemacht. Das können die natürlich überhaupt nicht ab“, hatte eine andere ergänzt. Einer aus der „Splittergruppe“ habe auch schon mal Bekanntschaft mit einem Gewehrkolben gemacht. Dann hatten sie wieder mal „Jäger sind Mörder“ skandiert.

„Mensch, da ist ja auch Triebig, dieser Arsch!“, entfuhr es Mertensheimer plötzlich. Er deutete auf einen Mann im Grünrock um die sechzig, der gerade eine Halle betrat.

„Wer ist Triebig?“, wollte Florian wissen.

„Letztes Jahr haben wir versucht, eine Treibjagd bei Bingen zu stören. Triebig war einer der Jäger. Er hat einer Freundin von mir die Kamera abgenommen und gegen einen Stein geknallt.“

„Was – kaputtgeschlagen? Das ist doch ...“ Er stockte kurz. Weil ihm keine passendere Bezeichnung einfiel, sagte er einfach „strafbar“.

„Tja, das war ein teures Teil, und Susanne hat ihn auch angezeigt. Doch hinter den hat sich der Landesjagdverband gestellt, und dessen Anwälte haben die Klage abgeschmettert. Sie hat rein gar nichts bekommen, nur eine Gegenklage."

„Hm", machte Florian, „bedauerlich."

„Mann, das kannst du wohl laut sagen."

Triebig war längst wieder in einer der Hallen verschwunden. Dort zog es ihn zunächst zu einem Bier- und Spirituosenstand mit dem sinnigen Namen „Zur Tränke", wo er sich zwei frisch gezapfte Veltins und einen Korn gönnte. Anschließend begutachtete er zum zig-ten Mal Waffen. Der Stand befand sich am Ende des Gangs zum Kopfende der Halle hin. Ein schon etwas betagter Herr betrachtete am Stand nebenan ein Hirschlederhemd und ließ sich den Geruch von gebratenem Wildbret um die Nase wehen, der von einem der zahlreichen kulinarischen Kochstudios von schräg gegenüber herangetragen wurde. Etwas entfernt von Triebig stand eine Gruppe von Jägern, die sich gerade von den beiden Ausstellern eine finnische Matchwaffe erklären ließ.

Tomásek hatte sich neben Triebig geschoben, der im Moment nur Augen für die Holzmaserung einer Beretta Gardone-Doppelflinte hatte. Augenblicke später legte er sie zurück.

Das ist die Gelegenheit!

Tomásek war mittlerweile hinter Triebig getreten. Mit seiner linken Hand zog er ein Springmesser aus der Jacke und legte mit geübtem Griff die Klinge frei.

25. Januar - Tomsk

Dr. Igor Strojew schaute unruhig aus dem Fenster des verlassenen Gebäudes. Schräg nach unten blickte er in die erleuchtete Kommandantur, in der Major Alsnis Anweisungen ins Telefon sprach. Ein heftiges Schneegestöber flimmerte in den Lichtfingern der Scheinwerfer, die den Hof und die angrenzenden Felder abtasteten. Der mehrere Meter hohe Metallzaun mit aufgesetztem Bandstacheldraht, der die langgestreckten Gebäude umgab, verschwand fast ganz im Dunkel der früh hereinbrechenden Nacht und dem trüben, milchigen Schleier, den der fallende Schnee über die Landschaft breitete.

Strojew war der einzige Mitarbeiter des Nikolaj Bassow-Instituts für nukleare Forschung, der um diese Zeit noch auf dem Gelände anwesend war. Man kam im sibirischen Winter früh und ging früh. Die Uhr über der Tür zeigte kurz vor 18 Uhr, und Strojews Augen blickten in Richtung des Flusses Tom.

Wo sie nur blieben?

Gleich würde Alsnis die Streife losschicken. Plötzlich blitzte es drüben am alten Gemüsemarkt kurz auf. Scheinwerfer, jetzt wieder – die verabredeten Signale! Erleichtert richtete sich Strojew in seinem Stuhl auf, um dann zur Tür zu gehen und die Treppe nach unten hinabzusteigen.

Er tat es für seine Familie!

Wer wollte schon ewig in diesem Kühlschrank am Ende der Welt versauern? - Er tat es auch für sich. Auch er wollte zurück nach Moskau. Nur dort konnte er an seiner Wissenschaftlerkarriere basteln. Vielleicht kam er ja am Kurtschatow-Institut für Atomforschung unter. Immerhin hatte er Referenzen und Diplome, und bestimmt nicht die schlechtesten. Strojew spürte unangenehm den kalten Wind, als er durch den Schnee zur Pforte stapfte, in der nur noch ein Wachsoldat saß.

„Hallo, Soldat“, begrüßte er den uniformierten Mann, der ihn durch das einen Spalt breit geöffnete Schiebefenster anblickte.

„Guten Abend, Dr. Strojew.“ Ein Jungengesicht, das von einer Ledermütze mit Ohrenklappen eingerahmt wurde, sah ihm erwartungsvoll entgegen.

„Ich wollte schon mal die Kiste Wein in meinen Wagen laden, die mir Kollegen aus Sewastopol geschickt haben. Damit das gleich, wenn ich rausfahre, ein bisschen schneller geht. Die habt ihr doch wohl schon kontrolliert?“

„Haben wir, Dr. Strojew. Einen Moment, ich hol sie.“

Er verließ seinen Schreibtisch und verschwand nach hinten in einen angrenzenden Raum. Strojew hatte eine Taschenlampe aus seiner Manteltasche gezogen, die er mehrmals in Richtung des alten Gemüsemarkts aufblitzen ließ.

Die Videoüberwachungsbildschirme waren unbeaufsichtigt!

Der Soldat würde etwas länger brauchen. Dafür hatte er gesorgt. Sie würden jetzt bereits am Zaun sein, um sich mit ihrem Spezialwerkzeug ein Loch hindurchzuschneiden.

„Mach dir mal keine Sorgen“, hatte Jewgenij seine Bedenken zerstreut. „Da kommen wir durch. Du musst die Wache nur zwei Minuten ablenken. Schaffst du das?“ „Ja“, hatte er geantwortet. „Das sollte zu machen sein.“

Es dauerte mehrere Minuten, bevor sich seitlich am Gebäude eine Tür öffnete und der Soldat mit einer Kiste erschien. „Tut mir leid, Dr. Strojew. Eine der Flaschen ist ausgelaufen. Der Boden – sehen Sie!“ Er hatte den Flaschenboden, der sich in einem Stück abgelöst hatte, als Beweis oben auf die Kiste gelegt.

„Das hat eine ganz schöne Schweinerei gegeben. Da hinten im Lagerraum stinkt´s wie im Wirtshaus.“ Während er das sagte, deutete er mit dem Daumen über seine Schulter. Auf der Kiste klebte der obligatorische Aufkleber mit dem Aufdruck „проверено“*

„Tut mir leid, dass ich Ihnen Unannehmlichkeiten mache, Soldat. – Auch schade um den Wein, ein guter Tropfen.“

Der Soldat zuckte bedauernd die Achseln.

„Hier, das ist für Sie und Ihre Kameraden.“

Strojew hatte der Kiste zwei Flaschen entnommen, die er dem jungen Mann reichte.

Der bedankte sich freudig und reichte Strojew mit einer Hand die Kiste herüber, während er mit der anderen die Flaschen in Empfang nahm.

„Ehrlich gesagt, wär mir bei der Kälte ein Wodka lieber. – Aber Wein ist ja auch was gutes. Natürlich erst nach Dienstschluss. Versteht sich!“

Der Wind heulte auf und trieb ihnen eine Wolke Schneeflocken ins Gesicht, die der Soldat zum Anlass nahm, sich rasch in seinen schützenden Wachraum zurückzuziehen. Während Strojew mit der Kiste zu seinem in der Nähe geparkten Wagen schritt, krochen fünfzig Meter entfernt zwei Gestalten durch ein Loch im Zaun und bewegten sich rasch auf ein Gebäude zu, um im Schatten einer Treppe zu verschwinden.

Nachdem Strojew die Kiste auf den Rücksitz gestellt hatte, eilte er mit raschen Schritten durch das abflauende Schneegestöber zurück zu seinem Büro. In nordöstlicher Richtung zeichneten sich schwach wie durch einen Schleier der Wald und die Silhouette von Tomsk-7 gegen den dunklen Himmel ab.

Etwas entfernt davon befand sich die Klinik für psychisch Kranke, weiter oberhalb die gigantische Chemiefabrik. Am Tag sah man Kartoffelfelder und Gewächshäuser, sofern sie nicht unter dem alles überdeckenden Schnee verborgen waren. Auch das war ein Grund, warum er so schnell wie möglich hier weg wollte.

* geprüft

Mehr als zehn Jahre nach der Explosion in einer der Plutoniumfabriken schwebte immer noch das Schreckgespenst radioaktiver Verseuchung über ihnen. Die Menschen starben früh hier – und nicht nur drüben in Tomsk-7.

Strojew war vor seinem Bürogebäude angekommen. Er spähte nach links und rechts in die Dunkelheit, konnte jedoch keine Menschenseele erkennen. Er knipste die Taschenlampe an und beschrieb kleine Lichtkreise, die er über den Schnee entlang des Gebäudes gleiten ließ.

„Du bist wohl von allen guten Geistern verlassen“, zischte plötzlich eine Stimme neben seinem Ohr, die ihn erschrocken herumfahren ließ. Er blickte in das derbe Gesicht von Jewgenij.

„Willst du die Wachen auf uns aufmerksam machen, du Idiot! - Wo müssen wir hin?“

Neben Jewgenij war auf einmal der hagere Sergej aufgetaucht.

„Hoch – nach oben, in den dritten Stock“, antwortete Strojew mit zittriger Stimme.

Sie stiegen schweigend nach oben.

„Wo ist das Zeug?“, wollte Jewgenij wissen. Über seinen kahlgeschorenen Schädel mit buschigen dunklen Augenbrauen stülpte sich eine Fellmütze.

„In meinem Büro, den Gang entlang“, antwortete Strojew fahrig, wobei er mit seinem Finger über den Flur deutete.

„Gut“, meinte Jewgenij einsilbig.

Er musste sich vorsehen. Jewgenij war zwar ein entfernter Vetter, aber man wusste ja nie. Er würde sie über den Code auf Distanz halten.

„Wohin jetzt?“, riss ihn die Stimme Sergejs aus seinen Gedanken, als sie an eine Gabelung kamen. Er blickte zu ihm rüber. Sergej war mittelgroß, fast schon hager, mit schmalem kantigem Gesicht und rötlich blondem, kurzgeschnittenem Haar.

„Da vorn, nur noch zwanzig Meter“, deutete Strojew nach rechts, während sie den dunklen Flur entlang schritten, der unter ihren Schritten hallte.

„Wo ist es“, fragte Jewgenij scharf, nachdem die Tür hinter ihnen ins Schloss gefallen war.

„Ich hol es - eine Sekunde“, erwiderte Strojew und begab sich in einen angrenzenden Raum. Wenige Augenblicke später erschien er mit einem mittelgroßen Hartschalenkoffer.

„Da sind elf Kilo drin – fast vier Millionen Dollar“, versuchte er Sergej zu beeindrucken, der ihn finster anschaute. Der streckte die Hand danach aus.

„Vorsicht!“, mahnte Strojew. „Die Kapseln sind in speziellen Hartschaummulden eingelagert. Den Innenbehälter umgibt eine vier Millimeter dicke Bleiabschirmung, die im Eventualfall eine hochenergetische Betastrahlung neutralisieren soll. Deswegen ist der Koffer auch verteufelt schwer.“

„Soll das heißen, das Dreckszeug strahlt?“

Schnell zog Sergej seine vorgestreckte Hand wieder zurück. Auch Jewgenij schaute noch misstrauischer.

„Im Normalfall ist nichts zu befürchten. Seht ihr ...“

Strojew stellte an einem sechsstelligen Zahlenschloss den Zugangscode ein und klappte den Deckel auf. Jewgenij und Sergej wichen ehrfurchtsvoll einen Schritt zurück.

„Es kann wirklich nichts passieren. Die Ummantelung ist sehr robust und sicher. Trotzdem solltet ihr den Koffer vorsichtig behandeln. Die Substanz hat eine bislang weltweit unerreichte Sprengkraft“, ergänzte Strojew mit leichtem Stolz in der Stimme.

Im Koffer lagen in passenden Ausbuchtungen 24 faustgroße transparente Plastikeier, in denen eine trübe geleeartige Masse eingeschlossen war.

„Die Sprengkraft ist 300-fach stärker pro Gewichtseinheit als jeder andere bekannte Sprengstoff. Die ermöglicht, das Tritium einer kleinen Neutronenbombe so zusammenzupressen, dass ein Fusionsprozess in Gang kommt – und bäng!“

Strojew merkte, dass er seine Gegenüber in Kernphysik überforderte, und ergänzte: „Also bitte ganz vorsichtig behandeln, wie rohe Eier.“

„Gib Sergej den Koffer, wir müssen uns beeilen“, meinte Jewgenij.

Strojew klappte den Deckel zu, verdrehte mit flinken Fingern die Zahlenfolge und reichte dem Hageren den Koffer, der ihn skeptisch in Empfang nahm.

„Öffnen lässt der sich also nur über die Zahlenkombination?“ erkundigte sich Jewgenij.

„Ja, genau – ich habe eine kleine Sprengladung im Deckel eingebaut, wie du gesagt hast. Die geht hoch, wenn der Koffer gewaltsam geöffnet wird. Das Schloss selbst knackt keiner. 10^6 Kombinationen

– und das Schloss sperrt automatisch nach dem dritten Fehlversuch!"

Warum der Koffer auf diese Weise gesichert werden sollte, hatte Jewgenij ihm nicht gesagt. Es sei eine Anweisung vom Chef. Strojew kannte diesen Drahtzieher im Hintergrund nur über das Telefon.

„Wenn der Koffer hochgeht, weil jemand das Schloss nicht aufbekommt und Brachialgewalt anwendet, gibt es einen riesigen Krater. Die Explosion kann ein ganzes Straßenviertel dem Erdboden gleichmachen, das ist euch doch hoffentlich klar?"

Jewgenij zuckte die Schultern. „Der Chef will es so. Er hat bestimmt seine Gründe."

Er sagte es in einem Tonfall, der eine weitere Diskussion über das Thema nicht ratsam erscheinen ließ. Er würde ihnen nicht auf die Nase binden, dass er den Zahlencode geändert hatte! Den würde er ihnen erst über das Telefon mitteilen, wenn sie weg waren. Vielleicht kamen sie sonst wirklich noch auf die Idee, lieber durch vier statt durch fünf teilen zu wollen. Immerhin war er Mitwisser, und außerdem wollte er Geld von ihnen, viel Geld, seinen Anteil aus dem Geschäft.

„Ihr müsst mich fesseln, es muss echt aussehen."

„Es wird echt aussehen, keine Sorge", entgegnete Sergej grinsend. Strojew registrierte, dass Sergej überhaupt zum ersten Mal grinste, seit er ihn kannte. Im nächsten Moment blickte er in die dunkle Mündung eines Schalldämpferaufsatzes, der das Projektil, das im selben Augenblick Strojews Brustkorb durchschlug, auf ein dumpfes, schmatzendes Geräusch reduzierte. Strojew wurde durch die Wucht des Schusses von den Beinen gerissen und gegen einen Tisch geschleudert, an dem er langsam herunterrutschte. Wie in Zeitlupe nahm er wahr, dass Sergej, der immer noch grinste, erneut auf ihn anlegte.

In dem Moment verlängerten Motorgeräusche und Kommandos, die unterhalb der Fenster gebrüllt wurden, Strojews Leben. Sergej wurde abgelenkt, und Jewgenij rief ihm zu, dass sie schleunigst abhauen müssten. Er hatte sich bereits den Koffer geschnappt, schaute ein letztes Mal regungslos auf den am Boden liegenden Strojew und eilte aus der Tür. Etwas unschlüssig, ob er noch mal abdrücken sollte, stand Sergej mit angelegter Waffe über Strojew. Dann krümmte er den Finger am Abzug.

„Los raus, die Wachen sind schon unten im Flur!", drang in dem Moment Jewgenijs Stimme an sein Ohr und lenkte ihn ab. Dadurch verfehlte die Kugel um Haaresbreite ihr Ziel und sauste wenige Millimeter an Strojews Herz vorbei in dessen Lunge.

Als Major Alsnis zwanzig Sekunden später mit vier Mann in das Zimmer stürmte, lag Strojew in einer dunklen Blutlache. Alsnis beugte sich über ihn.

„Der Mann lebt noch. Rufen Sie einen Rettungswagen! - Schnell, Beeilung!“, wies er einen der Soldaten an.

„Dr. Strojew, können Sie mich verstehen, was ist passiert?“

Strojew versuchte, etwas zu sagen, doch seine Worte gingen in einem Blutschwall unter. Er musste husten.

„Stützen – etwas aufrichten!“, befahl Alsnis. Zwei der Soldaten hoben Strojews Oberkörper ein wenig an, während Alsnis ihm eine Aktentasche, die er unter einem Tisch hervorgezogen hatte, unter den Rücken schob. Unter größter Anstrengung bemühte sich Strojew erneut, etwas zu sagen. Einzelne Schweißperlen erschienen auf seiner Stirn, und sein Gesicht verzog sich vor Schmerz zur Grimasse.

„Der Code – wichtig – Katastrophe!“

„Der Code? - Was ist der Code?“, fragte Alsnis rasch.

Instinktiv erkannte er mit dem Gespür des alten Soldaten, dass es um Sekunden ging, die viel entscheiden konnten.

„Der Code ...“

„Wie lautet der Code?“

„Geburtsdatum meiner Frau ...“ Strojew schien sich über diese Erinnerungsstütze die Zahlenkombination ins Gedächtnis rufen zu wollen.

„Wie lautet das Geburtsdatum Ihrer Frau?“, drängte ihn Alsnis.

„29-11-63 – 29-11 ...“

Der Rest ging in unverständlichem Röcheln unter. Wieder musste Strojew husten. Diesmal so heftig, dass es ihn schüttelte. Blut lief ihm aus den Mundwinkeln.

„Stift und Blatt!“, befahl Alsnis.

Einer der Soldaten fand einen Bleistift, den er Alsnis reichte. Ein anderer rückte mit einem Block an. Alsnis notierte die Zahlen.

„Dr. Strojew, wieso eine Katastrophe ... verstehen Sie mich – wieso eine Katastrophe?“, versuchte Alsnis es erneut und schaute dabei kurz zu dem Soldaten, der sich neben ihm über den schwerverwundeten Physiker gebeugt hatte und den auf ihn gerichteten Blick mit einem kurzen Achselzucken beantwortete. Doch es folgte keine Antwort mehr. Strojews Augen blickten nur noch auf einen imaginären Punkt an der Decke. Er war tot.

Danach dauerte es nur wenige Minuten, bis Alsnis durch Überprüfen des Bestands im Institutstresor den Diebstahl bemerkt hatte. Zeitgleich schrillten Alarmanlagen in den Gebäuden und an der Kontrollschleuse am Eingang los. Zu dem Zeitpunkt waren Jewgenij und seine Begleiter bereits weit hinter dem Dorf Georgiewka.

25. Januar - Olomouc

Oldrich Radz saß erwartungsvoll hinter seinem Schreibtisch. Über seinem weißen Hemd trug er eine rotbraun verzierte Weste mit zahlreichen Stickereien und funkelnden Messingknöpfen. Seine alten, von Adern durchzogenen Hände ruhten gespannt auf der Schreibtischplatte, während die Kälte des mährischen Winters durch das spaltweit geöffnete Fenster hereinblies.

„Bitte, schließ das Fenster“, wies er einen der beiden jungen Männer an, die soeben das Zimmer betreten hatten.

„Ja, Onkel.“

Schon war der dunkelhaarige Mann am Fenster und kam der Aufforderung nach.

„Was habt ihr mir zu berichten?“, fragte Oldrich Radz die beiden.

„Kubickov ist gestern Abend in Usti nad Labem vor ein Auto gelaufen und getötet worden“, antwortete der Mann, der soeben das Fenster geschlossen hatte. Er stand jetzt wieder vor dem Schreibtisch neben dem anderen Burschen, der ihm sehr ähnlich sah. Sie waren etwa gleichaltrig und hatten beide dunkle, fast schwarze Haare.

„Fahrerflucht - und es gab keine Zeugen, die was aussagen könnten!“, meldete sich der andere, der bislang noch kein Wort gesagt hatte, mit höhnischem Unterton in der Stimme.

„Gut, Vilém, sehr gut!“, kommentierte Radz hinter seinem Schreibtisch. „Dann sind da jetzt nur noch dieser Jan Haupt und Václav Tomásek“, ergänzte er.

„Haupt hatte letztens unverschämtes Glück.“

„Seit ihr an ihm dran?“, meldete sich Radz wieder.

„Er ist abgetaucht, nachdem er irgendwie aus dem Auto rauskam. Wir haben ihn erst vorgestern wieder durch Zufall ausfindig gemacht. Er ist zur Zeit in Prag. - Milan und seine Leute beobachten ihn. Sie warten auf deine Anweisung“, entgegnete Vilém.

„Wir warten erst mal ab, die Sache mit Porubjak in Lanzhot und jetzt Kubickov – die Gadsche* waren schon bei mir.“

„Die Gadsche verdächtigen uns doch immer“, antwortete Vilém gereizt.

„Die Polizei war da! Sie verdächtigen unsere Familie. – Sie zählen zwei und zwei zusammen!“

„Sie haben nichts in der Hand“, machte sich der andere junge Mann bemerkbar.

„Noch nicht, Jakob. Aber wir wollen ja, dass das so bleibt.“

„Was soll mit Tomásek geschehen, Vater?“, fragte Vilém.

„Auch bei dem warten wir erst mal ab.“

„Sollen ihm unsere Jungs nachfahren, Onkel?“

„Wir verhalten uns erst mal ruhig. – Der läuft uns nicht weg, ebenso wenig wie dieser Haupt.“

Die beiden jungen Männer nickten stumm.

„Geht und sagt den anderen Bescheid.“

„Auf Wiedersehen, Vater.“

„Auf Wiedersehen, Onkel.“

Die beiden Männer verneigten sich leicht und verließen den Raum.

* Bezeichnung der Roma für Nicht-Roma

Kapitel 2

25. Januar - Dortmund

Václav Tomásek schaute sich unauffällig um. Links schloss sich der Stand eines Touristikunternehmens an, das mit Trophäenjagden in Afrika für sich warb. Zwischen diesem Stand und dem, vor dem der Tscheche gerade stand, hatte der Touristikaussteller einen riesigen Plastiklöwen als Blickfang postiert, der Tomásek einen ausgezeichneten Sichtschutz bot. Rechts sah er mehrere Besucher im angeregten Gespräch mit den beiden Standausstellern. Alle hatten nur Augen für eine Jagdwaffe, die einer der Aussteller wortreich erklärte. An den Ständen gegenüber war bis auf einen Aussteller, der ihm den Rücken zukehrte und Prospektregale auffüllte, niemand zu sehen. Das konnte noch etwas dauern.

Jetzt!

Mit raschem Hieb jagte er Triebig das Messer, das er vorhin gezogen hatte, wuchtig bis zum Knauf unter das linke Schulterblatt in den Rücken.

„Das ist für Alena, du Schwein", zischte er ihm auf Tschechisch ins Ohr, als er zustieß. Sein Opfer zuckte kurz vor, als ihm die Klinge in den Körper fuhr, um mit einem kurzen, kaum wahrnehmbaren Stöhnen gleich darauf zu erschlaffen. Keiner schien was bemerkt zu haben, nahm der Tscheche erleichtert aus den Augenwinkeln wahr, während er den zusammensackenden Körper auffing und an einen Pfosten lehnte, wobei er Triebigs Arm in eine um den Pfosten gewickelte grüne Girlande aus Laubimitat verhakte. Mit raschem Griff ließ er die Tatwaffe in der Innentasche seiner Lederjacke verschwinden.

„Das schimmert ja in allen Regenbogenfarben", sagte der Besucher zu dem Mann hinter der Auslage. Dabei deutete er auf ein Jagdmesser, das, an einer Kette befestigt, auf braunem Velours ausgelegt war.

„Das ist eine Neuheit aus Japan. Ein sehr schönes Messer, nicht wahr?"

Der Mann nickte, nahm es in die Hand und führte es näher an sein Gesicht. Dabei rempelte er leicht gegen einen anderen Standbesucher.

„Oh, entschuldigen Sie ..."

Während er das sagte und den Kopf halb wendete, bemerkte er zu seinem Erstaunen, dass der Mann, dem seine Entschuldigung galt, vom Standpfosten, an dem er mit einer Hand lehnte, wie in Zeitlupe abrutschte, einknickte und auf den Boden schlug. Erschrocken beugte er sich über den Gestürzten. Der war auf den Bauch gefallen, und am Rücken, mitten zwischen den Schulterblättern, zeichnete sich ein großer Blutfleck ab.

28. Januar – Bei Görlitz

Der dreckbespritzte Polenz holperte über die Schlaglöcher in der Landstraße. Sie fuhren seit gut fünf Stunden, seit Jerzy, ihr Fahrer, sie in Lemberg abgeholt hatte, und näherten sich jetzt der deutsch-polnischen Grenze. Nach zwei weiteren Kilometern auf der Autobahn von Breslau nach Berlin bog der Wagen auf der Höhe von Görlitz ab und fuhr auf eine Landstraße, die sich zwischen Weiden und Wiesen auf eine Waldschneise zuschlängelte. Das Gefährt rollte am Waldsaum mit knirschenden Reifen auf einen Splittweg, den es einige hundert Meter weiterging. Danach wechselte Jerzy mit einem unverständlichen Fluch auf den Lippen auf einen noch unwegsameren Forstpfad, der sich nach ein paar Minuten derart verengte, dass Äste und Zweige mit kratzendem Geräusch am bereits ramponierten Lack des Polenz entlang schabten.

Durch die leise dudelnde Musik des Autoradios und das Kratzen des Geästs machte sich Jewgenijs Handy bemerkbar. Als er es aus der Innentasche seines Mantels fingerte, rempelte er leicht an Sergejs Schulter, der neben ihm auf der Rückbank saß und unwirsch zur Seite rückte. Jewgenij wartete bereits seit Stunden immer ungeduldiger auf den Anruf des Chefs. Er hatte ihm was Wichtiges zu sagen, musste aber warten, bis er angerufen wurde, denn er hatte keine Telefonnummer, die er anrufen konnte. Die Geheimniskrämerei des Chefs hatte er sowieso nie so recht verstanden. Das erste Mal hatte er ihn im Ararat Park Hyatt-Hotel in Moskau getroffen. Der Chef hatte ihn dort in ein Zimmer bestellt. Er hatte im abgedunkelten

Raum gesessen, den Scheinwerfer der Tischlampe auf einen Stuhl gerichtet, auf dem Jewgenij Platz nehmen musste. Jewgenij hatte nur eine dunkle, schlanke Gestalt wahrgenommen, die ihm Fragen stellte. So hatte seine Arbeit für den Chef begonnen.

„Hallo, Jewgenij", hörte er die schneidende Stimme des Chefs.

„Hallo, Chef – äh, wir haben ein Problem", antwortete er ohne den Versuch irgendwelchen Smalltalks.

„Welches Problem?"

„Igor hat wohl den Zugangscode am Kofferschloss geändert. Ich kann ihn nicht öffnen!"

„Du kannst ihn nicht öffnen?"

Es entstand eine unangenehme Pause in der Leitung.

„Hallo, Chef, sind Sie noch dran?", fragte Jewgenij vorsichtig.

„Ja, ja", hörte er die Stimme. „Ich – ich kümmere mich darum. Ich ruf dich spätestens morgen wieder an. – Warum hast du das Schloss nicht sofort geprüft?"

„Tut mir leid, Chef. Ich konnte ja nicht damit rechnen, dass er den Code noch mal ändert. Ich hab es erst hinter Krakau bemerkt, als ich mir die Behälter mal genauer ansehen wollte."

„Verstehe – na gut. Aber jetzt bitte keine Fehler mehr, Jewgenij."

„Sicher, Chef!"

„Wo seid ihr?"

„Wohl schon in der Nähe der deutschen Grenze. Dieser Jerzy, den Sie uns besorgt haben, fährt mit uns gerade auf Görlitz zu."

Danach war die Verbindung weg, und Jewgenij steckte das Handy zurück in seine Jackentasche.

Hoffentlich schafft es der Chef, den Code bis morgen rauszufinden, dachte er. Die Iraker wollten den Stoff bis spätestens Mittwoch. Jewgenij spürte die Anspannung. Ansonsten war die Übergabe womöglich hinfällig und das Geld futsch. Er verfluchte erneut seinen Vetter und dessen Hinterhältigkeit. Dass sie ihn eliminiert hatten, kam ihm, je mehr er darüber nachdachte, fast schon als verdiente Strafe vor.

„Jetzt wird es spannend", meldete sich Jerzy in einem kaum verständlichen Russisch. Dabei deutete er nach vorn in Richtung des sich lichtenden Waldes. Es ging wohl tatsächlich auf die Grenze zu. Jewgenij fasste unwillkürlich ans Schloss des neben ihm auf dem Sitz stehenden Koffers, den er nicht öffnen konnte. Was passieren würde, wenn die Grenzer sie erwischten und den Koffer gewaltsam zu öffnen versuchten, mochte er sich erst gar nicht vorstellen.

28. Januar – Mainz

Eginhard Wörmer fühlte sich etwas unbehaglich in seiner Haut, und das hing nicht mit den Fällen zusammen, an denen er derzeit arbeitete. Er trug heute zum ersten Mal die neue Krawatte. Er hatte es am Morgen nicht länger rausschieben können, als Mara sie ihm mit vorwurfsvoller Miene aus dem Schrank geholt und um den Hals gehängt hatte. Dabei hatte er partout nichts gegen den Stofflappen, nicht mal gegen das knallige Rot und die Figürchen drauf, die vielleicht etwas poppig wirkten. Er hatte ihn deshalb im Schrank gelassen, weil er genau wusste, wie die Kollegen frotzeln würden. Wörmer, der so tat, als gäbe es ein Gesetz, dass man(n) im Leben nur eine einzige Krawatte kaufen und tragen durfte, mit neuer Krawatte! Und modisch obendrein! Er hatte es gewusst, und genau so war es gekommen.

„Ah, der Herr Wörmer mit neuem Schlips, was?“, hatte ihn Kollege Happel vom K13 schon auf der Treppe in Empfang genommen. Wörmer hatte flüchtig genickt. Das war nur der Anfang gewesen. Jeder hatte den neuen Stofflappen um seinen Hals bemerkt und kommentiert. Er überlegte, wer eigentlich noch übrig blieb. Vielleicht der Polizeipräsident, dem er zufällig irgendwo auf den Fluren über den Weg lief und der auch seinen Senf dazu geben musste? Kriminaloberrat Haunstein hatte ja bereits seinen Weg gekreuzt und sich ebenso wenig einer kleinen verbalen Spitze enthalten können. -Dann blieb mittags noch die Kantine. Die Kollegen aus den anderen Kommissariaten hatten bestimmt auch noch die eine oder andere Bemerkung auf der Pfanne. Vielleicht würde er sich auch drücken und Mara in der Schule anrufen. Immerhin war es ja ihre Idee, dann konnte sie gefälligst auch mit ihm in der Stadt zu Mittag essen – auch wenn sie mal wieder ein eingebildetes Pfund zu viel auf ihren sich unter der Haut abzeichnenden Rippen hatte und deshalb heute nur von Joghurt und Salat leben wollte.

„Das wird immer mysteriöser“, rief Becker ihn in die Wirklichkeit zurück.

„Was wird immer mysteriöser; Joe?" Wörmer war noch halb bei Maras eingebildeten Figurproblemen.

„Na, dass Triebig und Unseld sich gekannt haben."

Er deutete auf die Akte, die ihnen die Dortmunder Kollegen geschickt hatten, verbunden mit der Bitte um Amtshilfe. Sie sollten das soziale Umfeld von Triebig etwas genauer unter die Lupe nehmen. Dass Triebig und Unseld sich gekannt hatten, stand in dem Ermittlungsprotokoll, das die Kripo Dortmund beigelegt hatte. Laut dem bei Triebig gefundenen Terminkalender hatten sich Triebig und Unseld zuletzt am 7. Januar in einer Schwabenheimer Gaststätte getroffen. Becker hatte daraufhin Frau Eberfeld angerufen. Die hatte ihm bestätigt, dass sich die beiden gut kannten. Triebig war viele Jahre als Schöffe am Mainzer Amtsgericht tätig gewesen. Darüber hatte er Unseld kennen und schätzen gelernt. Die gemeinsame Verbundenheit zur Jagd hatte ein übriges bewirkt.

„Die waren seit vielen Jahren gut befreundet", hatte Frau Eberfeld gesagt. „Auch wenn sich die Hannelore, ich meine Frau Triebig, und die verstorbene Frau Unseld, Gott hab sie selig, nicht besonders mochten."

„Ob da ein Zusammenhang mit dem Anschlag auf den Hochsitz besteht?"

Becker reichte die Akte über den Schreibtisch an den ihm gegenüber sitzenden Wörmer weiter, der sie vorher bereits kurz überflogen hatte.

„Prüf doch mal nach, ob Triebig damals bei dem Prozess gegen die beiden Rechtsextremisten Schöffe war", schlug Wörmer vor. „Du weißt doch - die den Wohncontainer dieser Familie aus dem Sudan in Brand steckten."

„Du glaubst, zwei Morde, die zusammenhängen?"

„Ich glaube noch gar nichts. Aber vielleicht gibt es in der Richtung mehr, als wir bislang vermuten."

„Aber Mord? – Ob die wirklich so weit gehen? – Und dann das mit dem Hochsitz. Das passt doch nicht. Wer einen Hochsitz ansägt, der rechnet doch eher damit, dass sich sein Opfer verletzt, sich vielleicht einen Fuß oder die Hand bricht. Der tödliche Sturz Unselds mit dem Kopf genau auf den Stein – das war doch eher unglücklich."

„Dann im Vergleich dazu das Messer in Triebigs Rücken auf dieser *Jagd & Hund*-Messe in Dortmund. Das hat doch eine ganz andere Handschrift“, untermauerte Petra, die sich in das Gespräch der beiden einschaltete, das Argument von Becker.

„Das mag ja alles sein – und vieles spricht dafür, dass es so ist. Aber trotzdem – vielleicht wollte man bewusst eine Verbindung zwischen beiden Fällen verschleiern“, gab sich Wörmer hartnäckig.

„Womöglich lagen der oder die Täter an dem Morgen, als der Hochsitz mit Unseld zusammenkrachte, im Hinterhalt. - Konstruieren wir doch mal: Sie hatten Unseld observiert, kannten seine Gewohnheiten und wussten, dass er an diesem Morgen auf den Hochsitz steigt. Sie präparieren die Pfosten. Unseld wird also, wenn er hochklettert, mit dem Ding umkippen. Vielleicht plumpst er nur ins Gras. Vielleicht bricht er sich ein Bein, vielleicht aber auch das Genick. Immerhin hat so ein Hochsitz eine Fallhöhe von, sagen wir mal, fünf, sechs Metern. Warum sollen wir ausschließen, dass die Täter geplant haben, das Ganze als Unfall aussehen zu lassen. Irgendein Idiot hat den Hochsitz angesägt, und einen Jäger hat´s erwischt.“

„Du meinst, ein Ablenkungsmanöver?“, dachte Petra seinen Gedanken weiter.

„Ja - ein Ablenkungsmanöver. Was ist denn naheliegend, wenn man von so was hört? Klar, irgend so ein Chaot war´s – ein Jägerhasser, Tierschützer oder was auch immer.“

„Einen Haken hat deine Theorie aber“, machte sich Becker bemerkbar.

„Und der wäre?“

„Zu einem Mordversuch gehört doch auch, dass das Opfer mit hoher Wahrscheinlichkeit stirbt.“

„Genau“, stimmte Wörmer zu.

„Wie wahrscheinlich ist es aber, dass jemand, dem der Hochsitz unter dem Hintern zusammenbricht, dabei umkommt? - 5 Prozent? Doch allerhöchstens 10 Prozent!“

„Wenn Unseld sich nur den Fuß verstaucht hätte, hätten die Täter bestimmt nachgeholfen. Dass war für die doch nur ein glücklicher Zufall, dass sein Kopf auf den Stein knallte.“

„Wenn es so war!“, gab sich Becker weiter skeptisch.

„Können wir davon ausgehen, dass Unselds Kopf auf den Stein aufschlug, und ihm der Stein nicht über den Schädel gezogen wurde?“, wollte Wörmer wissen.

„Was sagt eigentlich der Bericht der Gerichtsmedizin?“

„Moment!“, Petra blätterte in einer auf dem Tisch liegenden Akte. „Hier ist es ... Art der Fraktur ...“ Sie überflog einige Passagen auf der Suche nach der betreffenden Stelle.

„Bitte, hier haben wir´s. Eine Fremdeinwirkung ist demnach auszuschließen.“

„Hm“, machte Wörmer.

„Tja, vielleicht sollten wir doch stärker in Richtung irgendwelcher Autonomer ermitteln?“, meldete sich Petra.

„Oder den Fall ganz an die Kollegen vom K1 abgeben“, meinte Becker. „Wie es aussieht, ist doch fraglich, ob wir es hier überhaupt mit einem Kapitaldelikt zu tun haben.“

„Oder aber es gibt, wie Ignatz sagt, tatsächlich einen Zusammenhang, hinter dem aber keine Neonazis, sondern Tierschutzaktivisten stecken“, knüpfte Petra an ihre Überlegung von vorhin an.

„Wer sagt uns denn, dass Triebig auf der Messe nicht von einem aus dieser Szene niedergestochen wurde? Da gab es doch bestimmt Demos in Dortmund. Und bestimmt auch genug Chaoten, von denen vielleicht einer ausgerastet ist.“

Alle drei verharrten für einen Moment stumm auf ihren Stühlen. Becker kratzte sich ratlos am Kopf.

„Bring trotzdem mal in Erfahrung, ob Triebig und Unseld an diesem Brandanschlagsprozess beteiligt waren“, löste Wörmer die momentane Ratlosigkeit auf.

„Schöne Krawatte, Herr Wörmer“, meldete sich in dem Moment eine weibliche Stimme. In der Tür stand Oberstaatsanwältin Schmidt-Rüttig, die Kriminaloberrat Haunstein zu sprechen wünschte.

„Vielen Dank“, entgegnete Wörmer artig mit resignierendem Augenaufschlag. Petra und Becker verkniffen sich mit Mühe ein Grinsen.

Nachmittags wussten sie, dass Unseld und Triebig beide an besagtem Prozess gegen die mutmaßlichen Brandstifter beim Anschlag auf den Asylantencontainer beteiligt waren. Mittags hatte Wörmer sich bei Mara mit dem Vorschlag, sie zum Essen ins *Lotus* einzuladen, einen Korb geholt. Richtig angegiftet hatte sie ihn, weil er sich erdreistete, ihren Diätplan für diesen Tag zu gefährden. *Frauen!*

Nach Dienstschluss ging er mit Petra und Becker noch auf ein Bier ins *Plantage* am Kaiser-Wilhelm-Ring. Wenige Minuten später waren Becker und Wörmer wieder mal bei ihrem Lieblingsthema Mainz 05.

„Dieses dumme Eigentor hat das Spiel gegen Stuttgart gekippt. Bis dahin waren wir eindeutig besser", arbeitete Becker gerade an seinem persönlichen Spielbericht.

„Dem Dimo Wache darf auch mal ein Fehler passieren. Mit viel Glück gibt es morgen ja in Hamburg ein Unentschieden."

„Das glaub ich nicht. Die Hamburger haben momentan einen guten Lauf."

Petra wurde es jetzt zu bunt.

„Hallo, die Herren, ich bin auch noch da!"

Sie winkte beiden herausfordernd mit einer Hand über den Tisch zu. Später fuhr Wörmer zu Maras Wohnung. Sie war noch in der Schule auf einem Elternabend. Er fand Eier im Kühlschrank und machte sich Spiegeleier. Danach schenkte er sich einen Roten ein, machte es sich auf der Couch bequem und vergrub sich in die aus dem Büro mitgenommenen Akten Unseld und Triebig, die jetzt eine gemeinsame Akte geworden waren.

Mara kam gegen halb elf. Sie war müde und erschlagen und brauchte unbedingt noch ein Stück Schokolade zur Aufmunterung.

Keine Rede mehr von Diät! Doch Wörmer hütete sich, das Thema auch nur im Entferntesten anzuschneiden. Er massierte ihr statt dessen die Füße. Sie kuschelte sich an ihn, und ihre dunklen Haare drückten sich samtig und glänzend wie das Fell eines schwarzen Angorakätzchens an seine Schulter.

29. Januar – Bei Fulda

Das Klingeln des Handys in Jewgenijs Manteltasche hatte Mühe, sich gegen das schrubbende Geräusch der Scheibenwischer durchzusetzen, welche die Frontscheibe des 740er BMWs mit kurzem Intervall im dichter werdenden Schneegestöber säuberten. Jewgenij fuhrwerkte mit seiner Linken in der Tasche nach dem Handy, während Sergej den Wagen müde und gelangweilt auf der A5 in Richtung Frankfurt steuerte.

Der Wagen, den ihnen der Chef besorgt hatte, war luxuriös und komfortabel, und eigentlich hätte man die Fahrt über die deutschen Autobahnen als Genuss bezeichnen müssen, wäre da nicht diese gewisse Anspannung gewesen. Noch hatten sie nur den Koffer ohne den Code, um ihn öffnen zu können. Außerdem wollten die Iraker ihn in wenigen Tagen in Empfang nehmen. Der ganze Handel und damit die Aussicht auf sehr viel Geld drohte zu platzen, wenn sie bis dahin keine Lösung für ihr Problem hatten.

Ein Deutscher mit schlechtem Atem hatte sie in Löbau in Empfang genommen und nach Dresden gebracht, wo sie in einem ihnen vorher genannten Parkhaus den silbermetallicfarbenen BMW vollgetankt vorfanden. Auch das war tadellos vom Chef organisiert worden. Die Fahrzeugpapiere, von dem Autohändler auf einen ihnen unbekannten Namen ausgestellt, und die Schlüssel hatten sie von ihrem griesgrämigen Chauffeur bekommen, der sich in Dresden von ihnen verabschiedet hatte.

„Hallo, Jewgenij", hörte er die schneidende Stimme des Chefs, als er es endlich geschafft hatte, das für seine klobigen Finger zu filigrane Gerät an seine Ohrmuschel zu führen.

„Hallo, Chef", antwortete er erleichtert.

„Ich habe den Code", kam der Chef seiner Frage zuvor.

„Wie haben Sie das nur in der kurzen Zeit geschafft, Chef?", wollte Jewgenij in freudiger Überraschung wissen.

„Das tut nichts zur Sache. Hauptsache, wir haben ihn. - Also, nimm dir was zu schreiben ...!"

Jewgenij fingerte aufgeregt in der Ablage der Mittelkonsole, bis er unter einer Cola-Dose und einem angebissenen Apfel den Kugelschreiber fand. Gleichzeitig fingerte er die Faltkarte von Deutschland hervor, um sich die ungemein wichtige Zahl auf der Rückseite zu notieren.

„Hast du sie?"

„Ja, Chef!"

„Dann wiederhol sie noch mal!"

Jewgenij buchstabierte die sechsstellige Zahl ins Handy.

„So, jetzt probier es gleich aus, damit nichts mehr schief gehen kann. Hast du den Koffer greifbar?"

„Ja, auf dem Rücksitz."

Er drehte sich um, angelte sich mit der anderen Hand den Griff und hievte den Koffer knapp an Sergejs Gesicht vorbei auf seinen Schoß.

„Ich stell jetzt die Zahl ein, Chef", sagte er ins Telefon, wobei er nicht nur wegen der gerade vollbrachten körperlichen Anstrengung etwas heftiger atmete. Misstrauisch schaute Sergej zu ihm herüber, aber er beruhigte ihn mit einer Handbewegung, einfach nur weiterzufahren und ihn machen zu lassen. Er drehte an den Stellrädchen, bis die gewünschte Zahl erschien. Anschließend drückt er auf den Verschluss. Der Deckel schnappte auf! Schnell ließ Jewgenij ihn wieder ins Schloss einrasten. Gleich darauf beförderte er die gefährliche Fracht auf den Rücksitz.

„Hallo, Chef, hat geklappt! – Jetzt sind wir wieder voll im Rennen!"

„Gut, Jewgenij, soviel dazu. - Dann gibt es da noch eine Sache."

Jewgenij lauschte gespannt, während die Schneeflocken im Scheinwerferlicht der hereinbrechenden Nacht tanzten.

„Also - hör mir gut zu! Macht euch möglichst rasch aus der Schusslinie, wenn ihr das Zeugs übergeben habt, damit ihr nicht ins Fadenkreuz des amerikanischen CIA oder der NSA geratet."

„Der amerikanische Geheimdienst?", fragte Jewgenij verblüfft. „Wie sollte der das denn spitz bekommen?"

„Nun, sagen wir mal – ein Täubchen hat mir geflüstert, dass Terroristen auf den US-Präsidenten während dessen Europa-Besuch einen Anschlag planen. Gut, ich weiß nicht, was ich davon halten soll. Vielleicht eine der üblichen Falschmeldungen oder absichtlichen Fehlmeldungen."

„Aber, Chef – da sind wir doch bestimmt nicht im Spiel, oder? Wenn die das eventuell irgendwo in Europa einsetzen wollen. Außerdem – wer weiß schon, für welchen Zweck das Zeug überhaupt gebraucht werden soll. Das binden die uns doch nicht auf die Nase."

„Unterschätz die Sache nicht, Jewgenij! Bush und sein Tross kommen am 23. Februar nach Mainz. Da sind jetzt bestimmt schon die ersten Vorauskommandos der Amerikaner. Also – bleibt am besten unsichtbar und bringt die Sache ohne jedes Aufsehen über die Bühne, verstehst du?"

„Ja, Chef. Aber wieso wollen die dann die Übergabe gerade in Mainz, wenn die dort so ein großes Ding planen? Das kapier ich nicht."

„Vielleicht gerade aus dem Grund. Dann haben sie das Material vor Ort und verstaut, bevor die Amerikaner und die Deutschen alles dicht machen, wer weiß?"

Der Chef wusste mehr, als er sagte. Viel mehr. Wenn er sie so eindringlich warnte, musste was an der Sache dran sein.

„Ehrlich gesagt, hätte ich nicht gedacht, dass die das Zeug für so was wollen", sagte Jewgenij laut.

„Gerade für so was, Jewgenij – gerade für so was! In Mainz gibt es einen Dom, den Bush bestimmt mit den deutschen Politikern besucht. Bei der Sprengkraft reicht es, die Bombe in irgendeinem entfernten Winkel der Kirche anzubringen oder noch weiter weg. Die reißt das ganze Gebäude weg und alle mit, die in der Nähe sind. So was kannst du mit keiner anderen Explosion vergleichen, die du kennst!"

Jewgenij schwieg beeindruckt, um anschließend zu entgegnen: „Außer mit einer Atombombe!"

„Ganz richtig, außer mit einer Atombombe, aber auch dafür ist dieser Stoff überaus brauchbar."

Jewgenij schielte unabsichtlich in Richtung Rücksitz, wo der Koffer auf dem anthrazitfarbenen Lederpolster lag. Ihm waren kleine Schweißperlen auf die Stirn getreten, die er sich rasch mit der flachen Hand wegwischte. Sergej, der nur Bruchstücke des Gesprächs mitbekommen hatte, schaute neugierig zu ihm rüber.

„Eine letzte Sache noch, Jewgenij ...", wieder schwang die Stimme des Chefs auf betont wichtig, so dass er mit höchster Konzentration lauschte.

„Was denn noch, Chef?"

„Im Handschuhfach findest du ein Gerät. Es ist Teil eines Peilsenders. Den Sender habe ich von Strojew im Koffer einbauen lassen. Für alle Fälle!"

Jewgenij öffnete das Fach und nahm eine Apparatur heraus, die auf den ersten Blick wie ein übergroßes Handy aussah.

„Hab´s gefunden", gab Jewgenij Meldung.

„Im Handschuhfach sollte übrigens noch was anderes sein. - So, dann erklär ich dir jetzt seine Bedienung ..."

31. Januar - Mainz

Manche Wohnflecken in der Mainzer Neustadt hatten auch nach zahlreichen Face-Lifts im zurückliegenden Jahrhundert immer noch den diskreten Charme ihrer Erbauungszeit im wilhelminischen Deutschland. Das galt auch für die Hinterhofwohnung in der Sömmerringstraße, in der Václav Tomásek seit der Sache mit Triebig in Dortmund abgetaucht war. Für die atmosphärischen Feinheiten der Backsteinarchitektur mit ihren hier und dort noch erhaltenen nostalgischen Einsprengseln hatte er jedoch weder ein Auge noch ein Interesse. Er langweilte sich, schlug die Tage in der kleinen Wohnung tot. Gott sei Dank hatte sein Onkel Jiri, bei dem er untergeschlüpft war, Satellitenempfang, so dass er tschechische Sender schauen konnte.

Gerade holte eine ziemlich übergewichtige Marta aus Ceská Lipa in einer der morgendlichen Talkshows zu einer Breitseite gegen ihren Liebhaber aus, der sich für seine Ehefrau und gegen sie entschieden hatte. Der Bringer war das wirklich nicht! Er zappte weiter, während er mit der anderen Hand eines der letzten Mitbringsel aus Tschechien, eine Dose Gambrinus-Bier, zu sich heranzog und aufbrach. Während der Schaum durch seine Kehle perlte, zündete er sich eine Zigarette an und blies den Rauch mehr gelangweilt als genüsslich in Richtung der Mattscheibe, als wollte er die dicke Tante, zu der er mangels interessanter Alternativen zurückgezappt war, mit Nikotin in die Flucht schlagen. Jiri wollte gegen 14 Uhr zurück sein. Dann gab es auch was zu futtern.

Eigentlich wäre Václav längst wieder zurück nach Tschechien, wenn da nicht die Angst vor dem Radz-Clan gewesen wäre. So hatte er auch kaum nach Hause telefoniert, um nicht unnötig auf sich aufmerksam zu machen. Petr Kuchtov hatte er einmal angerufen. Was der ihm erzählt hatte, hatte ihn bewogen, seinen Aufenthalt in Mainz noch etwas zu verlängern. Jetzt war auch noch Kubickov bei einem Verkehrsunfall ums Leben gekommen! Kuchtov hatte es erst vor wenigen Tagen erfahren. Definitiv zu viele Zufälle. Er wollte nicht der nächste auf ihrer Liste sein.

Seine Blase machte sich bemerkbar und holte ihn aus seinen Gedanken in die Wirklichkeit zurück. Er erhob sich ungehalten, um über die Diele zum Treppenhaus zu schlurfen. Die Toilette befand sich, auch das noch ein Relikt aus wilhelminischer Zeit, außerhalb der Wohnung - eine halbe Etage tiefer. Als Václav von seinem Geschäft zurückkehrte, gab er der angelehnten Wohnungstür einen leichten Schubs und trat in die wohlige Wärme der gemütlichen Altbauunterkunft zurück.

Doch irgendwas war nicht mehr gemütlich! - Als er es registrierte, war es auch schon zu spät. Der Mann in seinem Rücken, der hinter der Tür stand, stieß ihn unsanft nach vorn, während er mit der anderen Hand die Tür schloss. Als Václav sich mit einer Mischung aus Erstaunen und Entsetzen umschaute, blickte er in die kalte Mündung eines Schalldämpfers. Daraus machte es in schneller Folge

„blopp“ und noch mal „blopp“. Václavs Oberkörper wurde wie unter unsichtbaren Schlägen nach hinten geschleudert, und auf seiner Brust bildeten sich zwei hässliche Flecken. Während sie weiter in den Stoff seines Hemdes wuchsen, rutschte er mit glasigen Augen an der Wand runter, um einen Moment auf dem Boden zu sitzen und danach zur Seite wegzukippen.

Der Mörder ging in die Hocke und suchte auf dem Boden nach den beiden ausgeworfenen Hülsen. Nachdem er sie gefunden hatte, ließ er sie in seiner Manteltasche verschwinden. Anschließend packte er den Toten an den Füßen und zog ihn über den Flur durchs angrenzende Durchgangszimmer in den hinteren Raum. Dort legte er ihn neben einem Bett auf dem Boden ab. Ein Geräusch vom Hof ließ ihn herumfahren und zum Fenster eilen. Hinter dem Vorhang verborgen, wagte er einen Blick nach unten. Dort war ein Radfahrer aufgetaucht, der sein Rad gerade gegen die Mauer lehnte. Wieder das Geräusch, das von der Fahrradklingel stammte. Der Mann hatte sich eine Aktentasche vom Gepäckträger gegriffen und bewegte sich auf die Treppe hoch zur Wohnung zu.

Der Killer überlegte kurz, dann eilte er zurück in den Flur zur Wohnungstür. Dort hielt er an und lauschte. Die Schritte des Mannes waren jetzt deutlich auf der alten Holztreppe zu hören. Er kam nicht anders aus der Wohnung raus als durch diese Tür. Verdammt, er musste sich was einfallen lassen. Während er das dachte, wurde draußen ein Schlüssel ins Schloss gesteckt. Unmittelbar danach öffnete sich die Tür mit leisem Knarren.

31. Januar – Gau-Algesheim

Der silbermetallicfarbene BMW 740i steuerte durch das Tor auf den Hof. Über der Einfahrt deutete ein abgeblättertes Schild auf einen Kfz-Reparaturbetrieb hin. Wenige Meter später hielt der Wagen, und einer der Fahrzeuginsassen stieg aus. Wagen verschiedener Fabrikate bevölkerten den Hof, darunter auch etliche, die nur noch zum Ausschlachten zu gebrauchen waren. Er ging um einen hohen Stapel Altreifen herum und verschwand hinter einer Tür. Währenddessen fuhr der Wagen wieder an, um vor einem grauen Metalltor anzuhalten. Links schloss sich ein Wohngebäude an. Wie von Geisterhand schwang das Tor auf, und der Wagen verschwand im Inneren. Sofort danach schloss sich das Tor wieder.

Eine schwarze Promenadenmischung trottete neugierig heran, wurde aber von dem Mann, der vorhin im Gebäude verschwand und jetzt wieder auftauchte, mit barschen Worten verscheucht.

Nachdem sich das Tor geschlossen hatte, gingen in der dahinter befindlichen Halle Lichter aus zahlreichen Deckenleuchten an. Links ragten zwei Hebebühnen aus dem Boden, und entlang den Wänden standen graugrüne Werkzeugschränke.

Vier Männer in ölverschmierten Overalls hantierten in der Halle, während ein fünfter, in Jeans und Pullover gekleideter Mann Anfang sechzig eine Treppe herunterstieg, die zu einem Büro im Obergeschoss führte. Er hatte schütteres, graumeliertes Haar, das er unter Verwendung von Haargel nach hinten gekämmt hatte.

„Dresdner Kennzeichen, wo habt ihr den her?", fragte er in die Runde.

„Wiesbaden. Aus der Tiefgarage vom Hotel – na, ... Ingo, wie heißt das Hotel noch mal?"

Doch Ingo war außer Hörweite, weil er aus einer entfernten Ecke der Halle irgendwas herbeischleppte.

„Na, ist auch egal", beendete der Ältere die Herkunftsfrage. „Seit ihr sicher, dass dort keine Überwachungskameras waren?"

„Absolut sicher, Boss, das haben wir vorher genau abgecheckt."

„Ist aber schon ein etwas älteres Modell", wendete der Mann in Jeans naserümpfend ein.

„Passt doch gut", antwortete ihm Ingo, der wieder beim Wagen angelangt war. „Ist noch einer ohne Wegfahrsperre und hat außerdem Klima, Leder und Schiebedach. Wie auf der Bestellliste!"

„Na, gut, dann Nummernschilder ab und fürs Umspritzen vorbereiten." Er sagte das wie jemand, der gewohnt war, dass seine Anordnungen unwidersprochen ausgeführt wurden.

„Okay, ihr wisst, was ihr zu tun habt. Ich muss noch mal weg."

Ingo nickte, und alle machten sich an die Arbeit, während der Ältere über die Treppe nach oben verschwand.

„Was is´n das?", fragte wenig später einer und hielt dabei einen dunklen Plastikkoffer in die Höhe.

„Wo hast´n den her?"

„Hier aus ´m Kofferraum."

„Mach mal auf, vielleicht ist was Wertvolles drin!"

Der andere legte den Koffer auf den Rücksitz des BMWs und drückte auf die beiden Schnappverschlüsse. Der Deckel sprang auf.

„Was ist ´n das?“, fragte er gleich darauf. Dabei hielt er den drei anderen den Inhalt des Koffers entgegen.

„Lass die Finger davon! Womöglich ist das irgendein Gift. Wirf den Koffer einfach zum Müll!“, forderte Ingo ihn auf.

„Sieht doch aus wie Lebertran, oder nicht?“

„Genau, da schleppt jemand viele Kapseln Lebertran in seinem Auto mit sich rum! Träum weiter, du Penner!“

Der „Penner“ hatte eines der geleeartigen Plastikeier aus der Mulde genommen und betrachtete es.

„Mensch, Peter! Jetzt leg endlich das Zeug weg und sieht zu, dass du mit dem Abkleben vorankommst.“

Peter warf das faustgroße Gelee-Ei mit einem Achselzucken in eine Mülltonne, die in der Nähe stand.

„Pass doch auf! Willst du uns alle umbringen! Vielleicht ist das wirklich ´ne giftige Chemikalie!“

„Na, die liegt jetzt im Rest von der Pizza und rührt sich nicht.“

Er klappte den Koffer zu und beförderte ihn ebenfalls, diesmal aber viel behutsamer, in die Tonne. Alle vier arbeiteten schweigsam mit geübten Handgriffen, um den Wagen für das Umlackieren vorzubereiten.

„Hat jemand Abklebeband für mich?“, fragte Ingo.

Keine Antwort.

„Dann geh ich mal rüber ins Lager.“

Er verließ die Werkstatt durch die Tür neben dem großen Garagentor. Wenige Augenblicke später betrat er die Halle wieder - steif und vorsichtig. An seinem Kopf klebte eine Pistole, die von einem Fremden gehalten wurde. Ein weiterer Mann, ebenfalls mit einer Pistole im Anschlag, folgte ihnen. Die Autoknacker hoben wie auf Kommando die Hände über ihre Köpfe.

„Ihr habt etwas, was uns gehört“, sagte der kräftigere der beiden Fremden zur Begrüßung mit starkem osteuropäischem Akzent. Die drei blickten sich einen Moment ratlos an. Mittlerweile hatte sich Peter, der, vom Wagen verdeckt, am Boden kniete und von den Fremden noch nicht bemerkt wurde, von seinem anfänglichen Schreck erholt. In Reichweite lag ein handlicher Doppelmaulschlüssel, den er sich vorsichtig heranzog, ohne einen Laut zu verursachen. Langsam kroch er um den BMW herum. Die Fremden hatten seine Kumpane am Wagen vorbei in eine Ecke der Werkstatt dirigiert, so dass er sich jetzt schräg in ihrem Rücken befand.

Er musste einen von denen möglichst hart treffen, während er den anderen gleichzeitig nach vorn in Richtung der Jungs stieß, die ihn dann hoffentlich entsprechend bearbeiteten.

Er holte zum Schlag aus.

31. Januar - Mainz

Die Gestalt eines Mannes Mitte fünfzig mit kurzem, angegrautem Haar schob sich durch die Tür.

„Ich bin zurück, Václav“, machte er sich bemerkbar.

Als er keine Antwort erhielt, zuckte er mit den Schultern und stellte seine Tasche hinter der Tür ab. Dann entledigte er sich seines Mantels und der Handschuhe, um sie am Kleiderhänger loszuwerden. Er öffnete die Tür zur Küche einen Spalt weit und warf einen kurzen Blick hinein. Auch dort rührte sich nichts.

„Hast du schon Essen vorbereitet?“, rief er nochmals in Richtung der beiden angrenzenden Zimmer – mit nur vager Hoffnung wider besseres Wissen, denn auf dem Herd hatte er keine Töpfe gesehen.

Wieder keine Antwort.

Wahrscheinlich hörte er Musik und hatte die Kopfhörer auf. Er schritt ins mittlere Zimmer. Dann sah er durch die halb geöffnete Tür des angrenzenden Zimmers die reglos auf dem Boden liegenden Füße. Nachdem er seine Schrecksekunde überwunden hatte, hastete er hin und beugte sich über Václav. Er rüttelte ihn an der Schulter und nahm gleichzeitig die Blutflecke auf der Brust seines Neffen wahr.

„Mein Gott, Václav!“, würgte er hervor, als er begriff, dass er ihm nicht mehr helfen konnte.

Was war passiert? Der Sohn seiner Schwester tot, ermordet! Unfassbar! Was sollte er tun? Gleich darauf wusste er es. Er eilte zurück ins Nebenzimmer zum Telefon und wählte mit zittrigen Fingern.

„... ja, ein Mord, kommen Sie bitte sofort, Sömmerringstraße ...“

Während er der Stimme am anderen Ende der Leitung die genaue Adresse und seinen Namen nannte, hörte er die Flurdielen knarren. Er ließ den Hörer fallen und stürmte in Richtung Flur. Dort sah er eine Gestalt aus der Wohnung flüchten.

„Halt, stehenbleiben, du Schwein!“, rief er auf Tschechisch, auch wenn er nicht einen Moment glaubte, dass der andere seiner Aufforderung nachkommen würde. *Der Mörder war noch in der Wohnung. Er musste ihn irgendwie aufhalten!* Schon war auch er aus der Wohnungstür und im Treppenhaus. Der Mörder stürmte mit hastigen Schritten nach unten.

„Halt, bleib stehen!“, brüllte er ihm in unsinniger Wut hinterher. Der Fliehende drehte sich kurz um, brachte eine Pistole in Anschlag und feuerte zwei Schüsse ab. Die Projektile verfehlten Jiri Skarlandtov knapp und bohrten sich mit pfeifendem Geräusch zwei Handbreit von seinem Kopf entfernt in den Putz, der sich großflächig aus der Mauer löste und lautstark auf die Treppe klatschte.

Jetzt besann sich Jiri und ging schleunigst in der Wohnung in Deckung. Die Schritte des Mörders hallten über das Kopfsteinpflaster im Hof. Vorsichtig lugte Jiri um die Ecke. Die Luft war rein. Auch durch das Fenster im Treppenhaus, das den Blick auf den Hof freigab, war nichts Verdächtiges zu sehen. Jiri eilte nach unten und über den Hof am Vorderhaus vorbei. Als er auf die Straße gelangte, sah er nur noch einen Wagen, der mit quietschenden Reifen um die Ecke in die Neckarstraße bog.

31. Januar – Gau-Algesheim

Der schwere Schraubenschlüssel traf den bulligen Fremden mit voller Wucht. Allerdings nur oberhalb des Schulterblatts im Nacken und nicht am Hinterkopf, wie geplant, weil im entscheidenden Moment etwas unter den Füßen des hinter dem BMW hervorhechtenden Angreifers knirschte und die Fremden zu einer raschen Drehung veranlasste. Es gab einen Schmerzensschrei und ein klatschendes Geräusch, mit dem die Waffe, die vorher in der Hand des Bulligen war, auf den schmierigen Boden schlug und mehrere Meter davonschlitterte.

Zu einem weiteren Schlag kam der Angreifer nicht. Der unverletzte Fremde hatte blitzschnell reagiert und die Waffe, die an Ingos Schläfe klebte, herumgeschwenkt und geschossen. Eine kleine Pulverwolke hatte sich bereits wieder verflüchtigt, als Peter ungläubig in seiner Bewegung erstarrte. Auf seiner Stirn war ein kleines kreisrundes Loch entstanden. Dann knickte er der Länge nach hinten weg und schlug auf den Boden, wo er auf dem Rücken zu liegen kam. Seine Augen klebten an der Hallendecke, während es sich unter seinem Hinterkopf dunkelrot verfärbte.

„Noch jemand", fragte der Schütze ungerührt mit dem gleichen osteuropäischen Akzent, während sein Kollege, der unter dem Schlag halb zu Boden gegangen war und jetzt mit einem Bein auf den Fliesen kniete, sich die lädierte Schulter rieb und herzhaft fluchte.

Man hörte sonst keinen Laut.

„Also, wie ich schon sagte", meldete sich der Bullige nach langen Sekunden ängstlicher Stille wieder mit noch schmerzverzerrter Stimme, während er sich nach wie vor mit einer Hand die Schulter rieb.

„Sie haben was, was wir gern zurück hätten!"

Einer der Autodiebe deutete fragend auf den Wagen. Alle starrten sie wie im Schock auf ihren toten Kumpan.

„Den Koffer", lächelte der Hagere sanft.

„Ich fange an, meine Geduld zu verlieren", knarrte er.

„Da – da drin!", Ingo deutete auf die Tonne.

Der Hagere ging die paar Schritte zum Müllkübel, ohne die Männer aus den Augen zu lassen. Er griff in die Tonne und zog den Koffer heraus. Der war an einer Seite mit Pizzaresten und Tomatensauce verschmiert. Angewidert verzog er das Gesicht, während er den Koffer vor sich abstellte.

„Was für eine Schweinerei! Du ...!" Er deutete auf einen der Männer. „Sauber machen, dawai!"

Der Angesprochene schaute sich ratlos um, sah dann den Stapel Zeitungen, die sie zum Abkleben verwendeten, und nahm sich einen Packen, um den Koffer mit dem Zeitungspapier abzuwischen.

„Zurück!", dirigierte der Hagere, als er mit dem Ergebnis zufrieden war.

Sein Kumpan, der neben ihn getreten war, nahm den Koffer an sich, prüfte flüchtig das Zahlenschloss und betätigte die Verschlüsse. Der Deckel öffnete sich und gab den Blick auf seinen Inhalt frei. Er hatte die Rädchen beim letzten Mal nicht wieder verstellt. Ein dummer Fehler!

„Da fehlt eine Kapsel. Wo ist sie?", fragte er laut.

Seine Augen blickten stechend in die Runde, während seine Waffe hin und her wanderte, als wollte sie sich ihr erstes Ziel aussuchen.

„Auch in der Tonne", rief rasch jemand. „Wir – wir haben sie herausgeholt, weil wir nicht wussten, was es ist. Dann haben wir sie aber in die Tonne geworfen - wie den Koffer."

„Danke" lächelte der Hagere bösartig. Er ging zur Tonne und schaute hinein. Als er jedoch die Öl- und Pizzarückstände sah, besann er sich eines Besseren.

„Du da, suchen!", befahl er Ingo, dem nichts anderes übrig blieb, als in der Tonne nach der Gelee-Kapsel zu suchen. Doch so sehr er auch den Inhalt der Tonne durchwühlte – der gesuchte Gegenstand blieb unauffindbar.

„Nichts!", wandte er sich an die Fremden, nachdem er eine Zeit lang in der Tonne herumgestöbert hatte.

„Ausschütten!", befahl der Bullige.

Gehorsam kippte Ingo den Behälter um und schüttete den Inhalt aus. Lautstark verteilten sich neben dem normalen Werkstattabfall Motorteile, Kanister, Behälter mit aufgebrauchtem Lack, schmierölgetränkte Lappen sowie ein paar alte Öl- und Luftfilter auf den Boden. Jedoch keine Kapsel! Der Hagere beugte sich über die Gegenstände, konnte aber nichts entdecken. Mit einem Fluch auf den Lippen trat er wieder neben seinen Kumpan, der ihm mit einem Fingerzeig bedeutete, die Männer noch mal in dem Abfall suchen zu lassen.

„Ihr alle, auf die Knie und den Müll durchsuchen!", befahl er ihnen mit hässlichem Grinsen.

Die drei folgten seiner Anweisung und durchwühlten mit ihren Händen den Unrat. Der Hagere stand daneben und schaute interessiert zu. Auch der Bullige war herangetreten, um das Ergebnis der erzwungenen Suche aus nächster Nähe zu beobachten. Einer der Autoknacker hatte einen altersschwachen Luftfilter mit demoliertem Ansaugstutzen hochgehoben, um ihn dann wieder achtlos fallen zu lassen. Der Bullige ging kurz in die Hocke, packte den Filter am Stutzen, um in den dunkel Hohlraum zu schauen. Als er ihn in die Senkrechte drehte, rann ihm Altöl über die Finger, so dass er das Blechteil mit einem unflätigen slawischen Schimpfwort zu dem anderen Müll zurückwarf und sich einen Lappen von einem im Raum stehenden Werkzeugkasten schnappte, um sich damit notdürftig zu säubern. Dabei gab er einem ebenfalls aus der Tonne beförderten verrosteten, löchrigen Schalldämpfertopf einen unwirschen Tritt, dass der mit scheppperndem Geräusch über die Fliesen schlingerte.

„Nichts!“, bemerkte einer der Bande.

Alle schauten abwartend zu den beiden Fremden rüber.

„Und wenn ihr uns anlügt?“, meinte der Bullige. „Wenn ihr die Kapsel woanders versteckt habt?“

„Das haben wir nicht, bestimmt nicht“, entgegnete Ingo wie aus der Pistole geschossen. „Wieso sollten wir das tun. Die interessiert uns doch gar nicht. Wir haben das Ei da rein geworfen, mit dem Koffer – wirklich!“

Dabei deutete er auf die umgekippte Tonne. Der Hagere sagte etwas zu dem Bulligen in der für sie unverständlichen Sprache. Der nickte daraufhin.

„Wie haben Sie uns eigentlich gefunden?“, fragte Ingo, der wieder etwas Mut gefasst hatte.

Statt zu antworten, deutete der Bullige auf einen kleinen Gegenstand am Rand des noch geöffneten Kofferdeckels, den er unter einer mit Klebeband angebrachten Blende freilegte.

„Scheiße, ein Peilsender!“, meinte einer.

„Wo sind die Nummernschilder?“, fragte der Bullige. Er deutete auf die am BMW dafür vorgesehene Stelle.

„Keine Ahnung“, sagte Ingo. „Die haben wir schon abgemacht. Vielleicht da vorn auf dem Tisch.“

Er deutete mit dem Finger in die Richtung. Der Hagere ging zu dem ihm bezeichneten Platz und suchte kurz. Dann hatte er sie gefunden. Er bog sie auf die Hälfte ihrer ursprünglichen Größe zusammen und ließ sie in der Innentasche seines Mantels verschwinden. Als er wieder zurück bei der Gruppe war, unterhielt er sich mit dem Bulligen intensiv in der fremden Sprache.

„Alle ins Auto, dawai, dawai!“, forderte sie der Bullige auf ein Mal auf. Die Männer zögerten. Der Bullige richtete die Pistole auf sie und winkte mit ihr unmissverständlich in Richtung des Wagens. Langsam stiegen sie ein. Der Hagere kam mit dem Klebeband, festem PVC-Packband, das Ingo vorhin achtlos hatte fallen lassen.

„Hände gegenseitig auf den Rücken fesseln!“, kommandierte er.

Den Männern im Wagen blieb nichts anderes übrig, als dem Befehl nachzukommen. Dem letzten umwickelte der Hagere mit großzügig bemessenen Lagen Klebeband die Hände. Dann prüfte er bei allen dreien, wie gut die Fesselung saß. Zufrieden nickte er und schlug die Wagentür zu.

Währenddessen hatte der Bullige den Kofferraum geöffnet und einen buchförmigen Gegenstand, den er aus seinem Mantel befördert hatte, hineingelegt. Danach drückte er plötzlich die Fernbedienung des Wagenschlüssels, worauf die Zentralverriegelung die Türen dicht machte. Die drei Insassen traten in aufkommender Angst mit wildem Geschrei gegen die Türen. Doch ihre Schreie verhallten im Innern des Wagens und drangen nur gedämpft nach außen.

Fast unbeteiligt verließen die beiden Fremden die Werkstatt und schlossen die Tür hinter sich. Nur die Promenadenmischung beobachtete sie von der entfernten Ecke des Hofs, war aber schlau genug, ihr Glück nicht noch mal herauszufordern. Sie gingen zu einem Wagen, der schräg gegenüber dem Anwesen an der Straße geparkt war. Sie stiegen ein, und der Hagere ließ den Motor an. Bevor sie wegfuhren, betätigte der Bullige einen Knopf auf einem Gerät, das an ein etwas zu groß geratenes Mobiltelefon erinnerte.

Unmittelbar danach bebte die Werkstatt und hob sich mit einem leichten Ruck. Ein Feuerball stieg durchs Dach und die Ritzen des Tors und ließ das frontseitige Fenster bersten. Gleichzeitig zerriss ein ohrenbetäubender Knall die nachmittägliche Beschaulichkeit dörflicher Idylle. Während die ersten Flammen aus dem Gebäude züngelten, fuhr der Wagen davon. Eine Anwohnerin rannte erschreckt auf die Straße, doch sie nahm nur die brennende Garage, und nicht den sich entfernenden Wagen wahr.

Kapitel 3

31. Januar – Mainz

Der schwarze BMW 520i bog mit Schwung auf den Bürgersteig vor einer Torausfahrt in der Sömmerringstraße.

„Ist vielleicht nicht der beste Ort, um den Wagen zu parken", meinte Petra zum Fahrer.

„Weißt du was, ich mach einfach das Blaulicht an", antwortete ihr Joe Becker. Er drückte die Blitzleuchte mit den Magnetfüßen auf das Wagendach und schaltete sie ein.

„Geht doch!", meinte er, als er ausstieg und sein Trenchcoat dabei wie von einer Lightshow Marke Diskothek in ein unwirkliches Farbmuster getaucht wurde. Petra folgte ihm sprachlos. Sie passierten das straßenseitige Gebäude und überquerten den Hinterhof, um zur ihnen gemeldeten Wohnung zu gelangen. Am Aufgang zur altertümlichen Holztreppe wurden sie von einem Streifenpolizisten in Empfang genommen.

„Ah, der Herr Becker nebst Begleitung." Er nickte Petra freundlich zu, die ihn kurz zurückgrüßte.

„Aha, der Kollege Schafberg", entfuhr es Becker. „Na, die Klatsche in Hamburg schon verwunden, mein Lieber?"

„Das war doch ein ungerechter Sieg, Sie! Erst hätten der Babatz und der Da Silva in der ersten Halbzeit den Sack schon zumachen können, und dann das Handspiel von Mpenza."

„Weiland und Kramny haben in der zweiten Halbzeit halt keinen frischen Wind gebracht", konterte Becker, um von Petra unterbrochen zu werden.

„Können wir uns jetzt vielleicht auf das Wesentliche konzentrieren?"

Ohne auf eine Antwort von Becker zu warten, stieg sie weiter die Treppe hoch. Becker blieb nichts anderes übrig, als ihr zu folgen. Vorher signalisierte er dem gerade zu einer weiteren Spielanalyse ausholenden Schafberg mit einem resignierenden Schulterzucken, dass er durchaus geneigt gewesen wäre, die Mankos der 05er in Hamburg weiter auszudiskutieren. In der Wohnung empfing sie ein weiterer Kollege von der Streife und wies ihnen den Weg zur Leiche. Vorher mussten sie an einigen Personen von der Spurensicherung vorbei, die um sie herumwuselten. Eine schlanke Brünette mit Brille in eng anliegendem Medizinerkittel über elegantem Kostüm zog Beckers Aufmerksamkeit auf sich, so dass er im mittleren Zimmer erst mal seinen Weg zum Toten unterbrach.

„Sie sind bestimmt das hübsche Alter ego von Dr. Hüttig?"

„Ich bin die noch etwas unschlüssige Vertretung von Dr. Hüttig. Dr. Sarah Maikowitz von der Forensischen, guten Tag!"

Sie lächelte spitzbübisch und streckte ihm die Hand hin, die er möglichst galant schüttelte. Becker stellte Petra und dann sich vor.

„Wieso unschlüssig?", fragte er.

„Nun, es hat den Anschein, dass der Tote nicht dort erschossen wurde, wo er jetzt liegt!"

„Sondern?"

„Ja, sehen Sie ...!" Sie bedeutete den beiden mit einer Handbewegung, ihr zum Toten zu folgen, was sie machten. Sie hob seinen Kopf etwas an und drehte ihn zur Seite.

„Sehen Sie?"

Beide sahen eine von Haaren verklebte Platzwunde, die bereits erste Anzeichen einer einsetzenden Verkrustung zeigte, und nickten zur Bestätigung.

„Und?", fragte Becker.

„Er liegt zu weit weg vom Bett. Also kann er nicht mit dem Kopf auf den Bettkasten geschlagen sein. Außerdem haben wir dort keine Spuren gefunden."

„Vielleicht ist er sonst wo drauf gefallen oder dran gestoßen?" sagte Petra.

„Worauf? fragte sie zurück. „Sehen Sie sich um! Sehen Sie irgendwas, worauf er hätte fallen können, als ihn die Schüsse trafen?"

Sie schauten sich um.

„Und wenn er mit dem Hinterkopf auf den Boden aufgeschlagen ist?", gab sich Becker weiter skeptisch.

„Das hätte bei dem Material", sie deutete auf den Laminatfußboden, „höchstens eine Beule, eventuell ein Hämatom, gegeben. Außerdem haben wir dort, wo sein Kopf aufliegt, nichts gefunden."

„Also, woanders?", meinte Becker. „Vielleicht direkt an der Tür? Er macht auf. Der Mörder erschießt ihn ohne langes Federlesen und schleppt ihn hierher."

„Warum sollte er?", fragte die aparte Dr. Maikowitz zurück. „Der Kerl ist hier fertig und kann sich doch eigentlich aus dem Staub machen."

„Jemand hat ihn gestört. Er musste Zeit gewinnen. – Was ist mit dem Mann, der uns benachrichtigt hat?“

„Der sitzt dort drüben“, entgegnete Dr. Maikowitz. „Ist wohl ein Verwandter, soweit ich mitbekommen habe. Ihr Kollege da weiß wohl mehr.“

Sie deutete auf den uniformierten Polizisten, der sich gerade mit dem Mann unterhielt. Dieser saß apathisch im Sessel und hielt eine fast bis auf den Filter abgebrannte Zigarette zwischen den Fingern. Becker nickte ihr zu.

„Wir machen dann mal weiter“, meinte sie.

„Die Platzwunde am Hinterkopf muss doch geblutet haben?“ hielt Petra sie auf.

„Sicher. Die Kollegen von der Spurensicherung haben auch schon im Flur und der restlichen Wohnung nach Blutspuren gesucht, aber nichts gefunden.“

„Seltsam. Ob der Mörder das weggewischt hat?“

„Wohl kaum. – Auch wenn er das gemacht hätte. Die Kollegen hätten das bemerkt“, meinte die Gerichtsmedizinerin.

„Na, gut oder auch nicht!“ Becker bedeutete ihr mit einer Handbewegung in Richtung des im Sessel sitzenden Mannes, dass sie sich erst mal anderen Dingen zuwenden wollten.

„Die ist wirklich das Alter ego von Dr. Hüttig“, bemerkte Petra spitz, als die Gerichtsmedizinerin außer Hörweite war.

„Ja, da kommt man sich fast überflüssig vor“, pflichtete Becker ihr bei, „aber nett ist sie doch, oder?“

Petra lächelte ihn vielsagend von der Seite an. Der uniformierte Kollege trat auf Becker zu und wollte ihm was sagen.

„Jetzt nicht, gleich! – Gleich hab ich Zeit für Sie ...“

Schon war er bei dem Mann im Sessel und stellte Petra und sich vor.

„Sie haben uns benachrichtigt, Herr ...?“, fragte er dann.

„Ja, Herr Inspektor, Jiri Skarlandtov – ich heiße Jiri Skarlandtov.“

„Der Tote ist Ihr Neffe?“, wollte Becker wissen.

„Ja, Václav war mein Neffe.“

„Sie sind ... Pole?“, fragte Becker.

„Ich bin seit über zehn Jahren Deutscher. Ich habe die deutsche Staatsangehörigkeit“ sagte Skarlandtov stolz. „Ich komme aus der früheren Tschechoslowakei.“

„Mein Beleid auch!“, bemerkte Petra.

„Wegen Ihres Neffen!“, ergänzte sie dann rasch, als sie bemerkte, dass Skarlandtov das missverstehen könnte.

„Von mir auch“, schloss sich Becker an.

Skarlandtov nickte, während er sich eine weitere Zigarette ansteckte und den Rauch tief in die Lungen sog, als bräuchte er ihn wie Sauerstoff nach mehrstündigem Spaziergang auf dem Mond ohne Astronautenanzug. Petra fragte sich, wie viele Zigarettenkippen der kleine Aschenbecher, der vor ihm auf dem Tisch stand, wohl fasste und warum einer wie Skarlandtov, für den die Bezeichnung Kettenraucher eine grandiose Untertreibung zu sein schien, sich mit so einem Miniaturteil herumschlug. Zu einer schlüssigen Antwort gelangte sie nicht, weil in dem Moment einer der uniformierten Polizisten ins Zimmer kam und einen schmutzigen Putzlappen wie eine Trophäe in Händen hielt und in die Runde zeigte.

„Will heißen ...?“, fragte Becker, der sich in seiner Zeugenvernehmung gestört fühlte, mit einer Portion Sarkasmus, die der Kollege von der Streife aber wie überschüssiges Vitamin C ohne Wirkung absonderte.

„Na, schauen Sie doch, Herr Becker – Blut!“

Das Wort schien auf das Team von der Spurensicherung wie ein Schlüsselreiz zu wirken, denn alle schreckten von ihrer Tätigkeit hoch und schauten herüber. Auch die hübsche Gerichtsmedizinerin war interessiert herangetreten, um das Filztuch in Augenschein zu nehmen.

„Das scheint wirklich Blut zu sein!“ Sie deutete auf die schon etwas eingetrockneten Flecken auf dem Stoff.

„Das geht mit ins Labor!“, wies Petra einen Kollegen an.

„Wo haben Sie das denn her?“, fragte sie den Streifenpolizisten und nahm Becker damit das Wort aus dem Mund.

„Im Wandschrank in der Diele“, antwortete der.

„Das lag neben der Tür – als Unterlage für die Schuhe“, machte sich Skarlandtov bemerkbar.

„Zeigen Sie doch mal genau“, wies Petra den Polizisten an, und sie folgten ihm in den Flur. Er öffnete den Wandschrank und deutete auf die Stelle, wo er das Tuch gefunden hatte.

„Also muss er hier im Eingangsbereich erschossen worden sein“, überlegte Becker.

„Genau, und wenn der Lappen als Unterlage für die schmutzigen Winterschuhe hier lag ...“, Petra deutete auf den Boden links von der Eingangstür, „ ... das stimmt doch, Herr Skarlandtov ...?“, fragte sie Jiri, der ihnen ebenfalls in den Flur gefolgt war - natürlich mit Zigarette zwischen den Fingern.

„Ja, genau dort hat der Lappen gelegen“, bestätigte er.

„Also“, nahm Petra ihren Gedankengang wieder auf, „wenn der Lappen dort gelegen hat und Václav ... Wie heißt er eigentlich mit Nachnamen?“

Wieder ging ihr Blick zu Jiri.

Da sie ihn zwischen zwei Zügen an der Zigarette erwischte, kam die Antwort rasch: „Tomásek - Václav Tomásek!“

„Wenn Václav Tomásek also hier erschossen wurde und mit der Wunde am Hinterkopf auf diesen Lappen aufschlug, den der Mörder dann wohl im Wandschrank verschwinden ließ, dann muss er sich irgendwo hier oben in Kopfhöhe an der Wand verletzt haben.“

Sie inspizierte den Bereich an der Wand neben der Tür. Da der jedoch wegen des vorstehenden Wandschranks von der Dielenleuchte nicht beschienen wurde, konnte sie nichts erkennen.

„Und wenn das Blut auf dem Aufwischlappen von den Einschusswunden in der Brust stammt?“, warf Becker ein.

„Ist ja eigentlich egal, weil es uns so oder so beweist, dass er hier im Eingangsbereich umgebracht wurde. Aber – erschossen wurde er doch von vorn, nicht wahr?“, Petra schaute zu Dr. Maikowitz rüber, die bestätigend nickte.

„Der wahrscheinliche Schusskanal deutet zumindest zum jetzigen Zeitpunkt darauf hin“, ergänzte sie.

„Also gehen wir mal davon aus, dass er von vorn erschossen wurde. Dann haben ihn die beiden Schüsse wohl hier mit dem Rücken gegen die Wand geschleudert. Die Beine sind ihm weggeknickt, und er ist nach unten gerutscht. Da ist es doch wahrscheinlich, dass er in Rückenlage auf dem Boden landete. Außerdem haben die Brustwunden nicht besonders stark geblutet. Er hätte schon auf der Brust landen müssen, damit es am Boden Blutspuren gab.“

Becker nickte, wenngleich noch etwas skeptisch.

„Gib mir doch mal deine Taschenlampe“, bat Petra ihn.

Als sie den kleinen Strahl aus der noch kleineren Mini-Stableuchte auf der Wand hin und her tanzen ließ, bemerkte sie einen Balken, der kaum sichtbar aus der Wand ragte. An dessen Kopfende war dunkles, geronnenes Blut zu sehen.

„Das ist es! Da ist er gegen geschlagen“, sagte sie triumphierend.

Die Kollegen von der Spurensicherung standen schon sprungbereit um sie herum wie Hyänen, um sich auf das neugewonnene Indiz zu stürzen. Becker, Petra und Jiri begaben sich zurück ins mittlere Zimmer, um sich an den Tisch zu setzen. Im letzten Moment machte Becker einen Schlenk zur Leiche, die gerade wieder von der hübschen Gerichtsmedizinerin untersucht wurde. Petra folgte ihm mit einem wissenden Lächeln.

„Ähm – waren die Kugeln sofort tödlich?“, machte er auf sich aufmerksam und deutete auf die schwarzumrandeten Löcher in der Brust des Toten. Sie schaute zu ihm hoch.

„Auf den ersten Blick würde ich sagen - beide!“

Becker nickte und überlegte sich die nächste Frage.

„Näheres folgt in meinem Bericht“, fuhr sie ihm in die Parade. „Den haben Sie morgen auf dem Tisch.“

„Morgen schon?“, fragte er erstaunt.

„Ja, natürlich. Ich nehme die Autopsie noch heute Abend vor.“

„Heute Abend? Wir haben doch schon halb vier.“

„Na und. Ich habe heute Abend nicht Besseres vor. Oder haben Sie was dagegen?“, fragte sie lächelnd.

„Nein, natürlich nicht. Ich bin nur etwas verwundert, dass das bei Ihnen so flott geht.“ Fast hätte er den für Dr. Hüttig sehr negativ ausfallenden Vergleich mit dessen gewöhnlicher Reaktionszeit gezogen, besann sich aber im letzten Moment eines Besseren. Sie lächelte ihm kurz zu und war im nächsten Moment wieder in ihre Untersuchung vertieft, dass Becker und in seinem Schlepptau Petra nichts anderes übrig blieb, als sich nun endgültig zu Skarlandtov zu begeben, der erneut an seinem wohl ältesten Trick übte, sich in einer Nikotinwolke unsichtbar zu machen. Petra versuchte vergebens, mit rascher Scheinwerferbewegung ihrer Hand den Dunst zu verscheuchen.

„Soll ich mal kurz lüften“, griff Skarlandtov den kaum zu übersehenden Hinweis auf.

„Gern, Sie können das Fenster ruhig bisschen länger auflassen“, schickte Petra noch einen Wink mit dem Zaunpfahl hinterher. Er nickte ihr vielsagend, aber ihren Hinweis total missverstehend zu. Als er zum Tisch zurückkam, hatte er lediglich das Oberlicht gekläfft – eine Frischluftmaßnahme, die angesichts seiner Leidenschaft noch nicht einmal als der vielbeschworene Tropfen auf den heißen Stein bezeichnet werden konnte. Gerade als Petra nach nunmehr mehreren Anläufen endlich zur Befragung von Skarlandtov ansetzen wollte, kam Wörmer zur Tür reingeschneit.

Er grüßte und steuerte auf die Dreierrunde am Tisch zu. Zuvor jedoch begrüßte er die hübsche Gerichtsmedizinerin namentlich, wobei er ihr höflich die Hand reichte, was Becker und Petra zu einem erstaunten Augenaufschlag und raschem Blickaustausch veranlasste. Dann war er bei ihnen und stellte sich Skarlandtov kurz selbst vor.

„Wie weit seid ihr hier?", wollte er von Becker und Petra wissen.

„Na ja, wir wollten gerade Herrn Skarlandtov befragen. Er ist der Onkel des Toten", antwortete ihm Petra. Dann berichtete sie ihm in wenigen Sätzen, was sie bislang wussten.

„Wissen wir, wann der Mann erschossen wurde?"

Weil seine beiden Kollegen nicht spontan antworteten, schaute Wörmer fragend rüber zur Gerichtsmedizinerin in der Hoffnung, dass sie seine Frage am Rande mitbekommen hatte. Da sie nicht reagierte, fragte er erneut. „Können Sie schon was zum Tatzeitpunkt sagen, Dr. Maikowitz?" Nun hatte sie ihn wahrgenommen. Sie schaute von ihrer aktuellen Beschäftigung auf.

„Keine Anzeichen von Leichenstarre, Stadium der Wundverkrustung am Hinterkopf, noch keine Totenflecke an den abhängigen, nicht aufliegenden Körperteilen – nun ja, eine Stunde, wenn überhaupt."

„Es war kurz nach zwei!"

Alle Augen wandten sich Jiri Skarlandtov zu.

„Kurz nach zwei, wie ich sagte", wiederholte dieser unsicher wegen der allgemeinen Aufmerksamkeit, die er auf sich gezogen hatte.

„Woher wissen Sie das?", wollte Wörmer wissen.

„Ja, woher wollen Sie das so genau wissen?", sekundierte Becker.

„Weil ich den Mörder in der Wohnung überrascht habe."

„Was?", stierte Wörmer entgeistert. „Sie haben den Mörder gesehen? Verdammt noch mal, warum sagt mir das denn keiner!", pflaumte er seine beiden Kollegen vorwurfsvoll an.

„Wir wussten es doch bis jetzt selbst nicht", folgte Petras Entschuldigung.

„Warum haben Sie uns das denn nicht gesagt, Herr Skarlandtov?", fragte Becker vorwurfsvoll.

„Weil mich zuerst keiner gefragt hat, und dann hab ich es doch dem Polizisten erzählt", er deutete auf den Steifenpolizisten. Becker winkte den Mann heran.

„Warum haben Sie uns denn nicht informiert, dass es sich bei Herrn Skarlandtov um einen Tatzeugen handelt?“

„Wollt ich doch, aber Sie hatten doch keine Zeit ...“ verteidigte der sich.

„Danke, das ist erst mal alles“, entließ ihn Wörmer und schaute Becker vielsagend an. Der zuckte entschuldigend mit den Schultern und wandte sich wieder Skarlandtov zu.

„Dann erzählen Sie mal. Was ist denn nun genau passiert?“

„Also, ich kam aus der Stadt zurück um zehn nach zwei. Ich hab draußen auf dem Hof nämlich auf die Uhr geguckt. Dann bin ich die Treppe hoch und in die Wohnung. Ich dachte, Vacláv ist in der Küche, weil er dort Essen für uns macht. Deshalb hab ich die Küchentür aufgemacht, da war er aber nicht. Dann hab ich ihn im hinteren Zimmer gefunden.“

„Er lag also bereits im hinteren Zimmer, als Sie die Wohnung betraten?“, fragte Petra.

„Ja, genau. Ich bin nach hinten zu ihm und hab mich über ihn gebeugt. Dann hat die Diele geknarrt. Da hab ich gemerkt, dass jemand in der Wohnung ist. Mir war klar, dass es der Mann sein musste, der Vacláv erschossen hat.“

„War es denn ein Mann?“

„Klar war es ein Mann, ich hab ihn ja die Treppe runter laufen sehen.“

„Können Sie ihn beschreiben?“

„Klar kann ich ihn beschreiben. Er war ja erst einige Meter weit gekommen, als ich an der Tür war.“

„Wie sah er denn aus?“, fragte Becker.

„ Mitte zwanzig war er, mittelgroß, dunkle Haare, dunkle Hautfarbe. Ach ja, einen Schnauzer hatte er.“

„Was hatte er an?“

„Blaue Jeans und eine dunkle Steppjacke. Und Handschuhe trug er.“

„Handschuhe hat er also getragen?“

Skarlandtov nickte zur Bestätigung.

„Vom Gesicht hab ich aber nicht viel gesehen, weil er auf mich geschossen hat. Da hab ich den Kopf schnell weggezogen. So dicht ging das an meinem rechten Ohr vorbei ...“

Er wischte sich mit der Linken rasch knapp an seiner rechten Gesichtshälfte vorbei, um die wenigen Zentimeter anzudeuten, die ihn die Kugeln verfehlten.

„Auf Sie wurde also geschossen? - Wie oft? Draußen im Flur also?“, bombardierte Petra ihn gleich mit mehreren Fragen.

„Zwei Mal hat das Schwein auf mich geschossen.“

„Habt ihr die Projektile schon sichergestellt?“, fragte Wörmer einen Kollegen der Spurensicherung in seiner Nähe.

„Haben wir! Die Kugeln steckten nicht in der Wand, sondern sind mit dem Putz runtergefallen.“

In dem Moment wurde er von einem Mitarbeiter der Spurensicherung unterbrochen, der zu der Gruppe herangetreten war und einen Gegenstand in einem Zellophantütchen vor Wörmer auf den Tisch legte.

„´Tschuldigung, aber das dürfte Sie bestimmt interessieren?“

„Was ist das?“, fragte ihn Wörmer.

„Wohl eine Eintrittskarte. Die haben wir in der Jacke des Toten gefunden. - War durch das kaputte Innenfutter einer Tasche gerutscht. Haben wir erst gar nicht bemerkt.“

Während er das sagte, zeigte er in Richtung der Garderobe im Flur.

„Ich wollte es Ihnen eben schon zeigen. - Der Herr dort“, er deutete kurz auf Skarlandtov, „hat uns vorhin bestätigt, dass es die Jacke des Toten ist.“

Wörmer nahm sich das Tütchen und führte es dicht vor seine Augen.

„Ja, eine Eintrittskarte – in der Tat. Für einen Messebesuch in Dortmund. Am 25. Januar. Die Jagd & Hund 2005. 24. Internationale Ausstellung für Jagd und Angelfischerei. Eintritt 11 Euro“, las er von der Karte ab. „War Ihr Neffe Jäger, Angler oder so was?“, fragte er Skarlandtov.

„Nicht dass ich wüsste!“

„Hm – nach dieser Karte zu urteilen war er, warum auch immer, letzten Dienstag ... Dienstag war doch der 25. Januar?“, fragte er.

Petra nickte mehr oder weniger sicher, während Becker grübelnd die Stirn in Falten legte.

„Also – dann war er letzten Dienstag in Dortmund in den Westfalenhallen. Was hat er dort gemacht, wenn er kein Jäger oder Angler ist? Seit wann ist er eigentlich hier bei Ihnen in der Wohnung?“, wandte er sich an Skarlandtov und veranlasste ihn, einen Moment nachzudenken, was ihm mit einem Zug an seinem Glimmstängel sichtbar leichter fiel.

„Vacláv ist Dienstag gekommen. Letzten Dienstagabend. Ich war in der Stadt gewesen, kam gegen halb neun zurück. Da stand er vorn im Hof vor der Tür. Ich hab ihn erstaunt gefragt ...“

„Gut, gut!“, wiegelte Wörmer ab. Dann schickte er höflich ein „Danke“ hinterher.

„Das würde also Sinn machen. Er kam dann vielleicht gerade aus Dortmund zurück, um sich bei Ihnen einzulogieren.“

„An dem Tag ist doch dieser Triebig auf dieser Messe erstochen worden. Das war doch am 25. Januar?“, meldete sich Becker.

„Daran hab ich auch schon gedacht. – Warum kommt der Mann aus Tschechien nach Deutschland, um erst mal nach Dortmund auf diese Messe zu fahren?“, sinnierte Wörmer.

„Vielleicht war er ja vorher noch woanders? Womöglich hat er Freunde besucht“, gab Petra zu bedenken.

„Hat er? Hat er Ihnen erzählt, ob er noch sonst wo war?“, wandte sich Becker an Skarlandtov.

„Er ist aus Olomouc weg, weil er Angst hatte. Das hat er mir erzählt.“

„Olomouc ..?“, fragte Petra unverständig.

„Eine Kleinstadt in Mähren. Da wohnt meine Schwester mit ihrer Familie.“

„Ah ja!“, meinte Becker.

„Angst, sagen Sie. Warum hatte er Angst?“, wollte Wörmer wissen.

„Er wollte für einige Zeit bei mir untertauchen, weil er sich zu Hause bedroht fühlte.“

„Aber wieso fuhr er dann erst nach Dortmund und nicht gleich zu Ihnen?“, gab Petra zu bedenken.

„Keine Ahnung. Hat er nicht gesagt!“

„Wenn das wirklich seine Eintrittskarte war?“, meinte Becker.

„Natürlich! – Wenn es seine war“, stimmte ihm Wörmer bei.

„Warum sollte es nicht seine sein?“, stellte sich Petra quer.

„Weil er sie vielleicht gefunden und als Souvenir aus Deutschland eingesteckt hat“, konterte Becker.

Sie grinste ihn müde an.

„Oder weil ihm der Mörder das Ding zugesteckt hat“, brachte Wörmer eine andere Theorie ins Spiel.

„Warum sollte er?“

„Keine Ahnung. Aber theoretisch konnte er. Er war mit ihm allein.“

„Wie dem auch sei. – Warum fühlte er sich bedroht?“, wandte sich Petra wieder an Skarlandtov, der, nachdem die Polizisten ihn einen Moment vergessen zu haben schienen, realisierte, dass er nur noch einen glimmenden Filter zwischen den Fingern hielt und diesen gerade im übervollen Aschenbrecher unterzubringen versuchte.

„Man hat auf ihn geschossen. So vor rund zwei Wochen ist das passiert. In der Nähe von Brno. Aus einem fahrenden Auto, das ihn überholt hat. Die Kugel hat ihn verfehlt und die Seitenscheibe durchschlagen.“

„Das hat er Ihnen erzählt?“, fragte Petra.

„Genau so! - Er hat sich da nicht mehr sicher gefühlt. Weil er gehört hatte, dass auch auf frühere Freunde von ihm Anschläge geschahen. – Einen Moment ...!“

Er stand abrupt auf und ging zu einem Schrank, dessen rechter Schublade er einen Gegenstand entnahm. Als er zurückkam, legte er eine Pistole vor sie auf den Tisch.

„Damit will ich nichts zu tun haben! - Die hatte er dabei. Ich hab sie ihm gestern aus seinem Koffer genommen und im Schrank versteckt. Hätte ich vielleicht nicht tun sollen!“

„Das ist eine Bellester-Molina, Kaliber 45!“, entfuhr es Petra erstaunt. „Ein ganz seltenes Stück.“

„He – was du alles weißt!“, tat Becker überrascht.

„Die war früher in der argentinischen Armee im Einsatz.“

„Ach ja, und das gehört zum Allgemeinwissen?“

„Vielleicht! Ich jedenfalls weiß es, weil ich mal mit einem Argentinier zusammen war, der in der Armee war. Hat nicht lang gehalten.“

Der Streifenpolizist kam zu ihnen rüber.

„Entschuldigen Sie. Sie sollen bitte den Wagen aus der Einfahrt wegfahren, hat mir mein Kollege gesagt. Einer der Anwohner hat sich beschwert. Der will rausfahren.“

„Genau, das wollt ich dir eben schon sagen“, meldete sich Wörmer. „Was sind denn das für Sitten? Sich mit Blaulicht in Einfahrten stellen!“

„Ist ja schon gut!“, konterte Becker. „Ich fahr ihn weg.“

Schon war er aufgestanden, um mit ganz normalen Schritten den Raum zu verlassen. Wenn der Kollege Schafberg ihn jetzt abfing und wieder über Fußball fachsimpelte, musste der Anwohner bestimmt noch bisschen warten, dachte Petra.

„Haben Sie bereits Ihre Schwester informiert?“, hörte sie die Frage von Wörmer.

„Ja - vorhin hab ich sie angerufen. Furchtbar. Einfach nur furchtbar. Sie – sie ist sonst eigentlich eine so starke Person ...“

„Ich kann nachfühlen, dass das schlimm war, Herr Skarlandtov.“

Während Skarlandtov versuchte, das beklommene Gefühl, das die Erinnerung an das Telefonat in ihm wachrief, durch einen langen Zug an der Zigarette zu verscheuchen, wanderte Wörmers Blick über den Rauchkringel blasenden Skarlandtov hinweg zur Wand, an der in einem schlichten Passepartout ein armbreites Schwarzweißfoto hing. Skarlandtov bemerkte den Blick und erklärte: „Ein Foto von Prag. Die Karlsbrücke.“

Wörmer nickte.

„Ein sehr beliebtes Motiv.“

Wieder nickte Wörmer. Er hatte über Weihnachten, als er mit Mara ein paar Tage in Prag war, selbst gesehen, in welchen unendlichen Variationen Souvenir-Händler über die ganze Stadt verteilt Prag-Bilder feilboten. Mara hatte auf der Karlsbrücke auch das Relief unter der Figur des Heiligen Nepomuk berührt, das angeblich Glück bringen sollte. Dabei sei es überhaupt kein tschechischer Brauch, sondern ein von italienischen Touristen importiertes Ritual, hatte ihre Fremdenführerin behauptet. Charlotte hatte es damals kein Glück gebracht, als er mit ihr dort war. Ein halbes Jahr, nachdem sie ihre Hand auf das Relief gelegt hatte, war bei ihr der Krebs ausgebrochen.

„Klo im Treppenhaus! Das ist ja noch so richtiges Zille-Milieu hier, meinen Sie nicht auch?“, holte ihn die Stimme Beckers, der sich nach seiner unfreiwilligen Einfahrtbefreiungsaktion wieder zu ihnen gesellt hatte, in die Wirklichkeit zurück. Skarlandtov, dem die Frage galt, schaute Becker nur unverständig an.

„Na, wie früher halt!“, erklärte dieser, worauf Skarlandtov höflich nickte.

„Warum hat man auf ihn geschossen?“, fragte Wörmer.

Es dauerte einen Moment, bis Skarlandtov den Gedankensprung zum eigentlichen Thema nachvollzog, und weil es Wörmer einen Tick zu lange dauerte, wiederholte er seine Frage, die er gleich zu mehreren ausbaute.

„Wieso fühlte sich Ihr Neffe bedroht? Wer hat auf ihn geschossen? Hat er Ihnen darüber was erzählt?“

„Er glaubte, dass das irgend so eine Blutrache einer Zigeunersippe ist?"

„Wieso Blutrache?", fragte Petra.

„Na, Vacláv saß im Gefängnis, etliche Jahre. Dabei ist er gar kein schlechter Kerl. Ist halt in jungen Jahren in schlechte Gesellschaft geraten – Skinheads, Rechtsradikale, Sie verstehen ..."

„Und weiter?" hakte Becker nach.

„Na, er wurde verurteilt, weil er den Sohn eines Oberhaupts einer Zigeunerfamilie aus Olomouc tot geschlagen haben soll. Er hat damals gesagt, dass sie ihn nicht umbringen wollten – dass es ein Unfall war. Das Gericht hat ihnen aber nicht geglaubt."

„Wie lange ist er denn wieder raus?", kam Beckers Frage.

„So weit ich weiß, vier Wochen, ja – um die vier Wochen."

„Hm ..", machte Wörmer, „Sie sagten eben, dass sie ihn nicht umbringen wollten. Soll das heißen, dass es mehrere Täter gab?"

„Ja, sie wurden damals zu dritt oder zu viert angeklagt. Auf die anderen wurden auch Anschläge verübt, hat Vacláv mir erzählt. Deshalb glaubte er ja auch an eine Blutrache der Zigeuner."

„Also, um das noch mal zu wiederholen, auf Ihren Neffen wurde geschossen, und auf seine früheren Mittäter wurden Anschläge verübt. – Das hat er Ihnen erzählt?", fragte Petra

Skarlandtov nickte, worauf Petra, die sich während der Befragung Notizen gemacht hatte, ihren Block und Stift in ihrer Handtasche verstaute. „Ich glaube, wir sind hier fertig", sagte sie dann mit Blick zu Wörmer. Der nickte, und alle standen auf.

„Wenn Ihnen noch was einfällt, dann melden Sie sich bitte bei uns", sagte Petra zu Skarlandtov und drückte ihm eine Visitenkarte in die Hand.

„Mach ich, Frau Kommissarin!", las er von dem kleinen Karton ab. Auf der Treppe klingelte Wörmers Handy. Stumm und ausdruckslos lauschte er den Informationen.

„Vier Tote in der Nähe von Gau-Algesheim!", verkündete er anschließend. „Alles deutet auf ein Gewaltverbrechen hin. – Dann fahren wir mal sofort hin!"

„Macht ihr beiden das allein? Ich denke, ich kümmere mich in der Zwischenzeit schon mal um die Verbindung unseres toten Tomásek nach Dortmund", meinte Petra.

„Gut, vielleicht treffen wir uns ja später noch im Präsidium, um beide Fälle zu besprechen", erhielt sie Wörmers Antwort.

„Sorry, Leute“, meldete sich da Becker. „Ich muss heute Abend noch auf den Schießstand. Nachprüfung, ihr wisst ja. Bin doch letztes Mal mit Klang und Gloria durchgefallen“, senkte er beim letzten Satz vertraulich die Stimme.

„Dann mal viel Glück!“, meinte Petra.

„Schön, Besprechung dann morgen früh als erstes“, ergänzte Wörmer. „Das glaubt man doch nicht!“, machte er sich anschließend Luft. „Seit Tagen trudeln bei uns Leichen wie auf dem Fließband ein, deren Tod nachgeholfen wurde. – Mensch, könnt ihr euch erinnern, dass wir schon mal so viele Mordfälle parallel hatten. Wir sind Mainz, und nicht Chicago oder Johannesburg.“

Da beiden nichts darauf einfiel, schwiegen sie, während sie die Treppe weiter nach unten stiegen.

„Wir sind halt nicht nur im Fußball erstklassig, gell – Herr Hauptkommissar!“, meldete sich plötzlich der Kollege Schafberg von der Streife, der ihre Unterhaltung mitgehört hatte und den dreien jetzt verschmitzt zuzwinkerte. Bis auf Becker schauten ihn die Angesprochenen recht entgeistert an.

31. Januar –Gau-Algesheim

Die längere Gesprächspause im Wageninnern wurde von einem leisen, gleichmäßigen Geräusch des 6-Zylinder-Motors ausgefüllt, der beim Verlassen der A60 an der Abfahrt Ingelheim-West kurz unwillig aufheulte, um wenig später auf der B41 wieder das rhythmische Schnurren eines vor Energie strotzenden Tigerkätzchens an den Tag zu legen. Die Spargel- und Obstfelder, die der Region neben dem Weinbau in wenigen Wochen ihr typisches Gepräge verleihen würden, lagen brach und öde inmitten klirrender Eiseskälte, die den stumpf und trüb über der Rheinebene klebenden Sonnenstrahlen ihre Kraft nahm. An einer im Schatten des hohen Kirchturms von St. Cosmas und Damian aufgestellten Plakatwand, die mit einer historischen Ortsansicht auf eine Festveranstaltung am 11. Februar in Gau-Algesheim aufmerksam machte, fuhren sie ab. Nach wenigen Minuten und weiteren Biegungen und Windungen erreichten sie ihr Ziel.

Der Hof war mit Wagen vollgestellt, darunter erkannte Wörmer auch den Dienstwagen von Dr. Hüttig. Im gleichen Moment unterdrückte Joe Becker wider besseres Wissen seine Enttäuschung, nicht die hübsche Frau Dr. Maikowitz anzutreffen. Aber die hatte wohl augenblicklich ein eher makabres Rendezvous mit dem toten Tomásek. Die Promenadenmischung schlich um die Garagenecke, verschwand aber sogleich wieder, als sich die Neuankömmlinge näherten. Nicht ganz so leicht machte es ihnen eine junge Polizistin mit blonder Pagenfrisur, die ihnen einige Meter vor dem Garagentor den Weg versperrte.

„Mordkommission!", hielt Wörmer ihr seinen Dienstausweis hin und passierte mit Becker im Schlepptau.

In der Werkstatt, in deren Ecken zusätzlich aufgestellte Scheinwerfer ein grelles Licht verströmten, glühte und rauchte noch der schwarz und schmierig am ausgebrannten Wagen verlaufene Lack, der sich an manchen Stellen großflächig unter der Hitze abgelöst und mit Ruß und Brandresten auf den Bodenkacheln vermischt hatte. Die Türen hingen nach außen verbogen in ihren Angeln, Heck- und Frontscheibe waren geborsten und halb aus ihren Gummidichtungen herausgelöst. Um ein handtellergroßes Loch in der Windschutzschreibe zog sich ein Spinnennetz von tief in die Scheibe verlaufenden Rissen. Der Kofferraumdeckel fehlte und lag jämmerlich verbeult gut acht Meter entfernt auf einer Werkzeugbank. Der Wagen war bis auf die Karosserie ein Opfer der Hitze und des Feuers geworden, nur an den Seitenspiegeln sah man Reste der früheren Silberlackfarbe.

Auf der Rückbank lagen in grotesken Todesverrenkungen die sterblichen Überreste dreier Männer, stark verkohlt, im Schädelbereich teilweise skelettiert und mit der typischen mumienähnlichen Ledermaske halb eingeäscherter Brandopfer. In der Luft lag ein eklig-süßer Gestank verkokelten Menschenfleischs, den Wörmer bislang nur aus der Theorie kannte. Unwillkürlich kramte er ein Taschentuch aus der Hosentasche und hielt es sich vor die Nase. Becker machte es ihm instinktiv nach.

„Das riecht ja scheußlich, ich glaub, ich muss mich gleich übergeben", meinte Becker, während er sich von einem Kollegen der Spurensicherung zwei Paar Handschuhe geben ließ, von denen er eins an Wörmer weiterreichte.

„Männliche Opfer, irgendwo zwischen zwanzig und vierzig", kam Dr. Hüttig, der zu den beiden herangetreten war, der Frage von Wörmer zuvor. Seine in einem Latexhandschuh steckende Hand griff sich einen bis auf Elle und Speiche freigelegten Arm, um den sich dünne Kunststofffäden wickelten.

„Sehen Sie?", hielt er den geschundenen Arm wie eine Trophäe in die Höhe. Beide sahen und winkten ab.

„Reste von Klebeband. Die drei wurden vorher gefesselt und in den Wagen verfrachtet", stellte Becker fest.

„Wenn sie gefesselt waren, kann man wohl davon ausgehen, dass sie nicht tot waren, als sie in den Wagen geschafft wurden", dachte Wörmer laut.

„Vielleicht, vielleicht auch nicht", warf Dr. Hüttig vielsagend ein. „Soweit ich feststellen konnte, gibt es keine Einwirkung äußerer Gewalt."

„Was für den da nicht zutrifft", Becker deutete auf die wenige Meter entfernte Gestalt am Boden.

„Ja, genau – der wurde von vorn erschossen. War wohl sofort tot."

Wörmer und Becker gingen hin und nahmen den Körper in Augenschein. Der Tote lag auf dem Rücken. Das Einschussloch befand sich knapp zwei Fingerbreit über der Nasenwurzel.

„Können wir über den armen Kerl eine Decke breiten?", fragte ein in weißem Overall steckender Kollege von der Spurensicherung. Er hielt ein gefaltetes, dunkelgrünes Plastiklaken in der Hand. „Wir sind nämlich fertig mit dem."

„Bitte noch nicht. Wir müssen uns das Opfer noch genauer anschauen", antwortete ihm Wörmer. „Legen Sie das Tuch doch daneben. Wir machen das dann gleich."

Der Mann nickte und tat, was Wörmer ihm aufgetragen hatte.

„Also, Wörmer, warten Sie meinen Obduktionsbericht ab", brachte sich Dr. Hüttig aus der Entfernung in Erinnerung. „Der geht Ihnen, wie immer, morgen oder übermorgen zu."

Wohl eher übermorgen, dachte Wörmer. Aber auch wenn er es ausgesprochen hätte, hätte es Dr. Hüttig wohl kaum mitbekommen, denn sein Oberkörper hing bereits wieder halb im Kofferraum, während er einen Mitarbeiter der Spurensicherung zu irgendeiner Tätigkeit anwies.

„Schau mal – der Schraubenschüssel!" Wörmer zeigte auf das Werkzeug, das knapp einen Meter von der ausgestreckten Hand des Toten entfernt lag.

„Ob er ihn in der Hand hatte, als ihn der Schuss traf?“ Becker deutete eine Schlagbewegung mit seiner nach hinten ausholenden Hand an.

„Kann gut sein. Vielleicht konnte er sich verstecken und hat dann versucht, dem oder den Tätern von hinten eins überzubraten. - Bitte noch den Schlüssel dort auf der Erde nach Fingerabdrücken untersuchen. Mich interessiert besonders, ob die von unserem Toten hier stammen“, wandte Wörmer sich an einen groß gewachsenen Mann, der in Nähe des Garagentors Anweisungen gab und ihm jetzt erstmals auffiel. Als der sich umdrehte, erkannte Wörmer ihn.

„Ah, der Kollege Bender vom LKA.“

Auch Bender begrüßte Wörmer und Becker mit einem kurzen „Hallo, die Herren!“

„Die Spuren sind übrigens schon gesichert“, fügte er dann hinzu und deutete auf einen rollbaren anthrazitfarbenen Kasten mit zahlreichen Knöpfen, Reglern, Armaturen und Kabeln.

„Ist das einer dieser neuen Laser?“, fragte Becker interessiert.

„Exakt - ein forensischer Laser. Arbeitet mit grünem Laserlicht“, antwortete der LKA-Mann knapp.

„Falls Sie mögen, können wir die Spuren nachher gleich draußen im Einsatzwagen am PC analysieren.“

„Prima, machen wir“, winkte ihm Becker zu, während sie sich schon auf dem Weg zurück zum ausgebrannten Wagen befanden.

„Habt ihr Sprengstoffreste oder Brandbeschleuniger gefunden?“, fragte Becker einen von der Spurensicherung, der sich gerade an den erbärmlichen Resten des ehemaligen Handschuhfachs zu schaffen machte.

„Deutet auf C4-Sprengstoff hin, um Näheres zu sagen, müssen wir aber die Laboranalyse abwarten. Ein Brandbeschleuniger war sicher auch dabei - bei der Feuerentwicklung. Aber auch da müssen wir wohl die Untersuchung im Labor abwarten“, meinte der, während er sich halb zu Wörmer umschaute und dabei mit einem schraubenzieherartigen Gerät in den schwärzlichbraunen Rückständen der ehemaligen Verkleidung herumkratzte.

„Was ist hier passiert, Joe? – Das sieht ganz wie eine Hinrichtung aus.“

„Vielleicht Bandenkriminalität im großen Stil“, erwiderte Becker.

„Nach meinem Empfinden wurden die hingerichtet. Gefesselt, rein ins Auto und – wumms! – Für mich riecht das nach organisiertem Verbrechen.“

Ratlos standen sie für einen Moment an der Wagentür, die Becker gewaltsam so weit geöffnet hatte, dass sie freien Blick auf die Rückbank und die dort übereinander liegenden Todesopfer hatten. Gerade holte einer von der Spurensicherung aus der Brusttasche eines der Opfer aus einem kaum noch zu erkennenden Overall ein unter der Hitze wellig verformtes Handy.

„Ding, ding, dong", machte es, als er auf einen Knopf drückte.

„Siemens", nickte er ihnen anerkennend zu. „Das scheint tatsächlich noch zu funktionieren!"

„Vielleicht sollten wir uns ja auch Hartschalen implantieren lassen", meinte Becker sarkastisch, winkte dann aber ab, als er merkte, dass der Kollege seinen etwas skurrilen Humor nicht verstand.

„Ob die ganze Unordnung hier von der Explosion stammt?" Wörmer deutete mit dem Finger auf den unzähligen Müll, der in der Werkstatt verstreut herumlag.

„Vielleicht haben die vorher nach was gesucht", bemühte sich Becker um eine Erklärung.

„In den Mülltonen?"

„Mag ja auch sein, dass die Kübel durch den Explosionsdruck umgeflogen sind und der ganze Mist herausgeschleudert wurde."

Wörmer zählte, als er sich in der Halle umsah, drei Blech- und Plastikfässer, die umgekippt auf dem Boden lagen.

„Habt ihr schon den Müll untersucht?", fragte er einen Spurensicherer in seiner Nähe.

„Haben wir. Nichts Nennenswertes!"

„Gut – danke!"

Draußen machten sich laute Stimmen bemerkbar. Neugierig trat Wörmer an das Tor. Dort gestikulierte und diskutierte ein älterer Mann mit Brille mit der jungen Polizistin von eben.

„Ich sagte Ihnen doch schon – hier können Sie nicht durch. Hier ist abgesperrt wegen polizeilicher Ermittlungen", sagte sie gerade gereizt, während sie ihm den Weg versperrte.

„Und ich sagte Ihnen schon, dass mich das einen Scheißdreck interessiert. Das ist meine Werkstatt, und ich will da rein!", sagte der Angesprochene nicht minder unfreundlich.

„Lassen Sie ihn ruhig durch, Frau Kollegin", entkrampfte Wörmer die Situation und winkte den Mann zu sich.

„Wer sind Sie? - Ihnen gehört also die Werkstatt?"

„Ja, wie ich schon sagte! – Was um alles in der Welt ist hier eigentlich passiert. Ich komme nichtsahnend zurück, und mein Hof wimmelt von Polizei ..." antwortete der Mann aufgeregt, während er mühsam in der Hosentasche kramte und ein Taschentuch herausbeförderte.

„Beruhigen Sie sich erst einmal. - Mein Name ist Hauptkommissar Wörmer von der Mordkommission in Mainz. Und Sie sind ...?"

„Mordkommission? Was -?" Der Mann gestikulierte sprachlos mit den Armen.

„Nun ja, hier ist leider ein ziemlich scheußliches Verbrechen passiert."

„Verbrechen? Ich versteh nicht ..."

„Kommen Sie!", Wörmer dirigierte ihn neben das Garagentor ins Freie.

„Also, jetzt erst mal eins nach dem anderen. – Wer sind Sie den überhaupt?", begann er dort erneut.

„Wilfried Springer. Mein Name ist Wilfried Springer."

Während der Mann das sagte, setzte er seine Brille ab und wienerte mit dem Taschentuch die vor Aufregung angelaufenen Gläser. Hoffentlich ist das noch nicht benutzt, dachte Wörmer. Sonst wüsste er gleich nicht, wie er dem Mann ins Gesicht schauen sollte. Doch als Springer die Brille wieder auf seinem Nasenrücken platziert hatte, machte sie einen unverdächtigen Eindruck, was Wörmer erleichtert zur Kenntnis nahm.

„Was ist denn nun passiert? – So reden Sie doch endlich! Ist was mit einem meiner Leute?"

„Wie viele Mitarbeiter haben Sie denn beschäftigt?"

„Vier – als ich weg bin, haben hier vier meiner Leute gearbeitet."

„Also, Herr Springer – die Sache ist die. Ihre Männer sind, wie es aussieht, einem Gewaltverbrechen zum Opfer gefallen!"

„Einem Gewaltverbrechen? – Tot?"

Wörmer nickte.

„Alle vier?"

Wieder nickte Wörmer.

Springer wechselte die Farbe. Sichtlich geschockt bemühte er sich, die Nachricht zu verdauen.

„Wie – wie konnte das passieren?", keuchte er hervor.

„Wir wissen es noch nicht."

Der Werkstattbesitzer machte einen Schritt nach vorn, wollte in die Garage hinein, doch Wörmer hielt ihn am Arm fest.

„Sie sollten sich das nicht antun. Die Männer sind im Auto verbrannt. Sie werden sie nicht mehr erkennen. – Es tut mir leid!"

„Lassen Sie mich. – Ich muss - ich muss da hin. Ich ..." Er schüttelte Wörmers Hand ab und eilte auf das Wrack zu, schaute erschüttert ins Wageninnere, um sich dann überstürzt abzuwenden und aus der Werkstatt zu hasten. Im Freien blieb er stehen, stützte sich auf seine Knie und sog hörbar die kalte Winterluft ein. Wörmer trat zu ihm hin, ließ ihm aber Zeit, sich von seinem Schock zu erholen.

„Mein Gott, die armen Jungs. Wie soll ich das nur ihren Familien sagen?", meinte er nach einer Zeit zu Wörmer, der still und abwartend neben ihm stand.

„Machen Sie sich da mal keine Sorgen. Das übernehmen wir schon."

Ein Polizist kam aus der Halle auf Wörmer zu. Er wartete einen Moment, bis sich Wörmer von Springer ab- und ihm zuwandte. Um diesen Prozess zu beschleunigen, trat er mehrmals mit den Füßen auf der Stelle, als müsste er der Blutzirkulation in seinen Füßen auf dem hartgefrorenen Hof auf die Sprünge helfen. Vielleicht musste er es wirklich, denn die nachmittägliche Kälte klebte an den Füßen und schlich, nachdem die spärlichen, matten Sonnenstrahlen zusehends dem rasch dämmernden Abend weichen mussten, schnell die Beine hoch. Als Wörmer ihn wahrnahm, fragte der Polizist: „Sind Sie einer von der Mainzer Kripo?"

„Ja, ich bin einer von der Mainzer Kripo", griff Wörmer seine Wortwahl auf.

„Gut – dann schauen Sie doch mal, was ich da drin gefunden habe."

Wörmer blickte auf ein verrostetes, buckliges Auspuffwrack, das der Streifenpolizist in der Hand hielt.

„Na, dann lassen Sie mal sehen!"

Der Polizist kam seiner Aufforderung nach und streckte ihm mit der anderen Hand ein ovales, rund zehn Zentimeter langes und acht oder neun Zentimeter dickes Gebilde entgegen, das aus einer rötlichbraunen Geleemasse in einer durchsichtigen Plastikummantelung bestand und eine um die Längsachse verlaufende Schweißnaht aufwies.

„Wo haben Sie das her?"

„Haben Sie eine Ahnung, was das sein könnte?", antwortet der Polizist mit einer Gegenfrage.

Wörmer zuckte mit den Schultern.

„Woher stammt das denn nun?“, fragte Wörmer etwas ungeduldig.

„Das Ding hab ich hier im Auspufftopf gefunden.“ Er hielt das Blechutensil in die Höhe.

„Da drin?“

„Ja, der lag mit anderem Müll in einer Ecke. Hier ist ein großes Loch – Rostfraß, sehen Sie ... ?“

Wörmer schaute in die dunkle, faustgroße Öffnung, die ihm der Polizist mit einer Drehung an dem kurz hinter dem Topf abgebrochenen Rohr hinhielt.

„Und da haben Sie es rausgefischt?“

„Das war reiner Zufall, Sie. – Ich hab den Topf hochgehoben, und da hat irgendwas drin gegluckert. Muss die Flüssigkeit in dem Ei sein. Da bin ich natürlich neugierig geworden.“

Wörmer winkte Becker zu sich heran, der im Moment zu ihm rüberschaute. Becker kam mit bedächtigen Schritten auf ihn zumarschiert, wobei er darauf bedacht war, die zwei, drei vereisten Pfützen, die sie auf dem Hof noch voneinander trennten, zu vermeiden.

„Schau mal, Joe, was der Kollege gefunden hat.“

Er hielt ihm das Ei unter die Nase, das von Becker einen Moment kritisch beäugt wurde. Dann nahm er es Wörmer aus der Hand und führte es dichter an seine Augen.

„Wo haben Sie das denn her?“, fragte Becker den Polizisten.

„War hier drin.“

Auch Becker bekam die Fundstelle gezeigt. Becker widmete seine Aufmerksamkeit wieder der ovalen Plastikkugel.

„Da steht was drauf! – Irgendwas wie onxhokt 3.“

„Was?“, fragte Wörmer, wobei er Becker bewusst kritisch ansah.

„Ja, sieh doch selbst – onxhokt oder irgendwas 3!“, wobei er Wörmers prüfendem Blick standhielt.

Wörmer nahm ihm das Objekt weg und hielt es dicht an seine Augen, realisiert dann, dass er als Altersweitsichtiger den umgekehrten Weg wählen musste und prüfte die ultimative Reichweite seines ausgefahrenen Arms. Das nachlassende Tageslicht, das die Gegenstände bereits in trübe Schatten tauchte, machte es ihm nicht einfacher.

„Kyrillisch oder Russisch – 3 und irgendwas Undefinierbares davor!“, lautete sein Kommentar.

„Sag ich doch! - Das Zeug da drin verformt sich, wenn du bisschen fest auf die Hülle drückst, siehst du?“ Becker drückte zum Beweis mit dem Zeigefinger dagegen.

„Wir sollten da nicht rumdrücken, bevor wir nicht wissen, was für eine Substanz da drin ist, meinst du nicht auch?“

„Is ja schon gut!“

Becker zog seinen Finger zurück und versenkte ihn mit der ganzen Hand in der Hosentasche.

„Die im Labor sollen sich sputen. Ich will wissen, was da drin ist. – Ob der oder die Mörder die Unordnung in der Werkstatt deswegen veranstaltet haben? – Weil sie nach dieser Kapsel gesucht haben?“

„Kann schon sein. Ich bleib am Ball, damit wir möglichst rasch Ergebnisse haben. – Ich schau mir noch mal den Wagen an.“

Wörmer nickte ihm zu und wandte sich wieder Springer zu, der immer noch etwas neben sich stand und stumpf in die Gegend starrte.

„Na, Herr Springer, geht´s wieder einigermaßen?“

„Tja, einigermaßen ist übertrieben. Das ist mir ganz schon auf den Magen geschlagen.“

„Sicher. Das ist verständlich. – Trotzdem hätte ich noch ein, zwei Fragen an Sie.“

„Na, dann fragen Sie halt!“

„Gut – nun, Herr Springer, das muss ich Sie fragen, weil wir auch dieser Möglichkeit nachgehen müssen. – Also, Herr Springer, kann es sein, dass Ihre Leute in unsaubere Geschäfte verwickelt waren.“

„Was meinen Sie? – Wie kommen Sie denn darauf? Meine Leute hatten noch nie was mit der Polizei zu schaffen. Die waren alle anständig. Da leg ich meine Hand für ins Feuer, das sag ich Ihnen!“

Springer war entrüstet und schüttelte unwirsch den Kopf.

„Wem gehört eigentlich der Wagen?“

„Wem – tja, das kann ich Ihnen nicht sagen.“

„Das ist doch Ihre Werkstatt, und Sie können mir nicht sagen, wem der Wagen gehört?“

„Ich geb ja zu, das mag sich für Sie komisch anhören, aber genau so ist es.“

„Sind keine Schilder dran. Muss wohl ein BMW gewesen sein. Machen Sie immer die Schilder ab, wenn Sie an einem Wagen arbeiten“, versuchte ihm Wörmer auf die Sprünge zu helfen. Springer zog die Achseln hoch und schüttelte bedauernd den Kopf.

„Mein Werkstattleiter nimmt die Aufträge an. Den hat er bestimmt erst heute oder frühestens gestern reinbekommen. Ich war seit gestern nicht hier.“

„Wo waren Sie denn?“

„Bei meiner Schwester in Bingen.“

„Und die Schilder?“

„Die Jungs wollten vielleicht neue Spoiler anbringen, oder es gab Ausbesserungen, Steinschlag, was weiß denn ich.“

„Vorn und hinten?“, ließ Wörmer nicht locker.

„Womöglich“, antwortete Springer einsilbig.

„Die hätte man doch auch abkleben können.“

„Sicher. – Das wird auch oft gemacht. So oder so halt.“

„Danke, Herr Springer, ich denke, das wär´s fürs erste.“

Während Kollege Bender, der an einem der Fahrzeuge auf dem Hof lehnte, durch Handzeichen in Wörmers Richtung auf sich aufmerksam machte, entfernte sich Springer sichtlich erschöpft und angespannt in die andere Richtung, um sogleich von einer ihm anscheinend bekannten Dame aus der zahlreicher gewordenen Zuschauergruppe am Hofeingang mit Fragen bombardiert zu werden, die er jedoch nur stichwortartig beantwortete. Schon saß er im Wagen, den er bei seinem Eintreffen vor dem Anwesen geparkt hatte, und fuhr davon.

11. Februar – Mainz

„Wir müssen morgen am Bruchweg eben Moral zeigen“, erklärte Becker fast schon beschwörend, während er das bisschen Milch, das er in seine übergroße Kaffeetasse gegossen hatte, unter heftigen Rotationsbewegungen des Kaffeelöffels in die tiefdunkle Flüssigkeit einrührte. Das gelang ihm so gut, dass sich die Kaffeefarbe nur unwesentlich aufhellte. Er genehmigte sich einen zweiten Versuch aus der Milchtüte. Während er sich auf diese Tätigkeit konzentrierte, nutzte Wörmer, der ihm über den Schreibtisch hinweg gegenüberstand, Beckers Unaufmerksamkeit zu seiner eigenen Spielanalyse.

„In Berlin haben wir eben nicht effektiv gespielt, das wird morgen in Leverkusen hoffentlich anders. Die Berliner hatten doch nur drei Torchancen und haben daraus drei Tore gemacht."

„Wenn das Mittelfeld mitmacht. Vergiss nicht, da Silva, Weiland und Gerber sind verletzt, und auch der Rose wird kaum spielen können", meinte Becker.

„Wieso ist eigentlich die Laboranalyse von dem Zeug aus Gau-Algesheim immer noch nicht da?", wechselte Wörmer das Thema.

„Das frag ich mich auch. Ich hab gestern Nachmittag noch mal mit dem Dr. Fahrenhorst telefoniert. Ist ein Material, das ihnen noch nicht untergekommen ist, sagt er. Auch Haunstein hat heute Morgen schon angerufen und danach gefragt."

„So, so", nickte Wörmer nachdenklich. „Warum ziehen die nicht das BKA hinzu?"

„Wer gibt schon gern zu, dass er nicht weiterkommt!", mischte sich Petra ein. Sie war vorhin während der Fußballdiskussion ins Nachbarzimmer an die Kaffeemaschine geflüchtet und hatte es sich jetzt in Wörmers Bürosessel bequem gemacht.

„Die haben das BKA bereits eingeschaltet. Wie Dr. Fahrenhorst gesagt hat, haben die gestern was von dem Zeugs nach Wiesbaden geschickt."

„Gestern erst – wunderbar!" Und Haunstein sitzt uns im Nacken und fragt jeden Tag dreimal nach Ergebnissen", meinte Petra. Während Becker zustimmend nickte, wechselte Wörmer den Fall.

„Wie kommst du mit Triebig weiter?", fragte er Petra.

„Da hat sich erfreulicherweise einiges zu unseren Gunsten getan. Die Kollegen aus Dortmund haben einen Zeugen, einen Standaussteller. Der hat zum Tatzeitpunkt in unmittelbarer Nähe von Triebig einen Mann gesehen."

„Na, immerhin", meinte Becker skeptisch.

„Es geht noch weiter!", entgegnete Petra. „Der hatte seinen Stand schräg gegenüber. Er hat, als es passierte, Prospekte in Regale einsortiert. Hat denen wohl nur wenige Sekunden den Rücken zugedreht. Wie er ausgesagt hat, war der andere neben Triebig verschwunden, als er sich umdrehte. Da muss Triebig schon tot am Pfosten gelehnt haben. Momente später ist er zu Boden gegangen."

„Warum wissen die in Dortmund erst jetzt davon?", meinte Wörmer.

„Der Aussteller hat dem Ganzen wohl keine Bedeutung beigemessen. Der hat sich erst wieder vor wenigen Tagen dran erinnert, als die Kollegen ihn noch mal befragten."

„Na, immerhin ein erster Anhaltspunkt", warf Becker ein. „Ich muss mal irgendwo hin", hörte man ihn dann, und schon war er aus der Tür.

„Hat der Aussteller den Mann beschreiben können?", wollte Wörmer wissen.

„Anfang dreißig, mittlere Statur, braune, kurz geschnittene Haare, schwarze Lederjacke", kam Petras Antwort.

„Könnte unser toter Tscheche aus der Sömmerringstraße sein."

„Ich habe der Kripo in Dortmund ein Bild von Tomásek geschickt."

„Und?", fragte Wörmer gespannt.

„Noch nichts. – Da gibt es auch ein kleines Problem."

„Ein kleines Problem?"

„Ja - der Mann ist momentan nicht verfügbar."

„Wieso das denn nicht?"

„Na, ja – nachdem die Dortmunder Kollegen ihn befragten, ist er auf eine Messe in Frankreich. Er sollte aber gestern oder heute wieder zurück sein."

„Na, prima!", meinte Wörmer, wobei er ungeduldig in die Hände klatschte. „Dann warten wir wohl einfach mal ab."

Die sich anschließende kurze Gesprächspause nutzte Wörmer, um sich nach Sabine zu erkundigen. Eine halbe Minute später wusste er, dass sie die letzte Mathe-Arbeit verhauen hatte.

„Mara könnte ihr doch mal dabei helfen", schlug Wörmer vor.

„Hab ich ihr vor der Klassenarbeit auch vorgeschlagen, doch sie wollte partout nicht. Manchmal ist sie wirklich ein richtiger Sturkopf."

„Von wem sie das wohl hat?", grinste Wörmer sie an. Petra entgegnete nichts.

„Jetzt sei nicht wieder bös, wenn ich das sage, aber – äh, ein Mann im Haus täte auch ihr bestimmt gut, und du weißt das", warf Wörmer ein. „Sie kommt jetzt halt in das Alter."

„Ach was!", grummelte sie ärgerlich zurück.

„Ich meine es doch nur gut", versuchte er sie zu besänftigen.

Alle meinten es nur gut. Er, ihre Mutter, die Freundinnen, auch Mara! Dabei kamen sie, so wie es war, gut klar. - Sie dachte kurz an die schlimmen Monate vor der Scheidung. Das hatte Sabine fertig gemacht, nicht die Zeit danach. Beide hatten sie in den zurückliegenden dreieinhalb Jahren endlich Abstand gewonnen. Sie kamen gut klar, auch mit ihrem Beruf! - Da konnten die andern sagen, was sie wollten. Sie stand unwirsch auf, um ihm Platz zu machen und sich an ihren Tisch zu verziehen.

„Bleib ruhig sitzen", sagte Wörmer. „Ich bin die nächsten zwei, drei Stunden eh weg. - Ich fahr noch mal nach Gau-Algesheim und befrag die beiden Anwohner. Vielleicht hat doch jemand was gesehen."

„Warum rufst du die nicht einfach an oder bestellst sie ein?", fragte Becker neugierig, der sich im Moment wieder in seinen Stuhl vergraben hatte.

„Denen hat man Bescheid gesagt, dass ich heute vorbei komme", ging Wörmer auf seinen Einwand ein.

„Ich will aber auch noch mal in die Werkstatt. Informiert doch bitte die Ingelheimer Dienststelle. Sie sollen in gut einer halben Stunde einen Kollegen vorbeischicken, der mir behilflich ist reinzukommen und die Werkstatt später wieder versiegelt."

Becker nickte zur Bestätigung, und Wörmer griff sich aus dem Garderobenschrank Mantel und Schal und kramte sicherheitshalber in den Manteltaschen nach seinen Handschuhen, die sich am erwarteten Platz befanden.

Eine knappe halbe Stunde später erschien Jiri Skarlandtov.

„Wie geht es Ihnen, Herr Skarlandtov?", begrüßte ihn Petra, die zufällig an der Tür vorbeikam, als er eintrat.

„Wie es einem halt so geht, der vorgestern seinen Neffen beerdigt hat."

Petra nickte ihm mitfühlend zu.

„Danke, dass Sie heute schon kommen konnten", meinte sie.

„Ich habe gestern, als ich zurückkam, Ihre Nachricht auf dem Anrufbeantworter gehört. Ihr Kollege sagte, dass Sie noch Fragen haben. – Ich hoffe, ich kann bisschen Licht ins Dunkel bringen, wie es so schön im Deutschen heißt."

„Ja, das hoffen wir auch", sagte Becker, der zu ihm herangetreten war, um ihm kurz die Hand zu geben und ihn danach ins Nebenzimmer zu führen. Petra, die hinter den beiden ging, steuerte vorsichtshalber erst einmal auf das Fenster zu, das sie einen Spalt breit öffnete. Dass sie das Richtige getan hatte, bestätigte ihr Skarlandtov sofort, als seine Augen den Aschenbecher auf dem Tisch fixierten und er die für ihn so wichtig Frage nachschob.

„Darf ich hier rauchen?"

Petra nickte widerwillig, weil sie wusste, auf was sie sich damit einließ. Schon zog er sich den Aschenbecher heran, um danach eine fast volle Packung Giants aus seiner Jacke zu kramen. Petra, die vorsichtshalber erst mal stehen geblieben war, setzte sich möglichst weit weg an das gegenüberliegende Kopfende des Tisches.

„Ich hab wirklich was Interessantes für Sie, Herr Inspektor", begann Skarlandtov, als Becker am Aufnahmegerät hantierte.

„Milan, das ist Václavs jüngerer Bruder, hat mir in Olomouc bei der Beerdigung das eine oder andere erzählt", begann er vielsagend.

„Ja, dann wollen wir mal", gab ihm Becker das Signal loszulegen.

„Also – Václav hat Milan erzählt, dass er in Deutschland einem an den Kragen wollte, dem er die Schuld am Tod seiner Freundin gab."

„Das sollten Sie uns genauer erzählen", unterbrach ihn Petra.

„Die ist vor vielen Jahren bei einer Demonstration umgekommen. Das war, bevor Václav wegen dieser Geschichte mit dem Rom ins Gefängnis musste. Sie wissen ja."

„Ich weiß ja ...?", fragte Becker ratlos zurück.

„Na, hab ich Ihnen doch letztes Mal schon erzählt. Er soll doch in Olomouc mit einigen anderen diesen jungen Rom, diesen Radz, totgeschlagen haben."

„Ach, ja!", fiel es Becker wieder ein.

„Jedenfalls – dieser Kerl, hinter dem er in Deutschland her war, das war wohl einer vom deutschen Geheimdienst."

„Na, sieh mal an – und woher wusste Václav das?"

„Irgendein alter Spezi aus der rechten Szene muss ihm das erzählt haben. Und, wie Milan sagte, hat dieser Typ vom Geheimdienst wohl damals eine Aktion von Václavs Gruppe an die tschechische Polizei verraten."

„Was für eine Aktion?", wollte Petra wissen.

„Keine Ahnung! – Auf jeden Fall ist bei der Geschichte Václavs Freundin umgekommen."

„Das hätte der gute Milan lieber nicht für sich behalten sollen. Vielleicht wäre Václav dann noch am Leben", entgegnete Petra.

„Milan musste ihm schwören, dass er keinem was sagt, auch nicht ihrer Mutter. Svetlana ist aus allen Wolken gefallen, als sie das gehört hat. Das können Sie sich ja vorstellen!"

Becker nickte verständig.

„Dieser Deutsche, Driberg hieß der wohl, muss auch Geld kassiert haben. Hatte wohl Dreck am Stecken. Irgendwas war da."

„Triebig?", fragte Becker plötzlich.

„Ja, vielleicht auch Triebig. – Kennen Sie den?"

„Vielleicht. - Erzählen Sie weiter."

„Na, ja – dass es um Schmiergeld ging. Das war wohl über verschiedene Ecken der Auslöser für den Tod von Václavs Freundin. – Alena hieß die wohl. Das hat Václav noch mehr auf die Palme gebracht, sagt Milan. Außerdem wurde er ja bedroht. Auch deshalb ist er von zu Hause weg, um nach diesem Triebig zu suchen."

„Den hat er wohl auch gefunden!"

„Wie bitte?"

„Wie es aussieht, hat er ihn gefunden – und ermordet", wurdet Becker deutlicher, worauf ihn Petra kurz tadelnd ansah.

„Das – das ist doch nicht möglich!" Skarlandtov schaute Petra entgeistert an.

„Leider deutet zurzeit einiges darauf hin", meinte die mit einer Geste des Bedauerns. Skarlandtov schwieg und schaute betreten auf seine Knie, während er an seiner frisch angezündeten Zigarette einen kräftigen Zug tat.

„Sie sagten, er wurde bedroht", durchbrach Petra nach kurzer Pause das Schwiegen. „Haben Sie darüber in Olu...?"

„Olomouc", half ihr Skarlandtov.

„Danke – in Olomouc – haben Sie dazu was Näheres gehört?"

„Zwei von denen, die damals mit ihm wegen der Sache mit dem Rom verurteilt wurden, sind umgekommen. Das stand dort in der Zeitung. Einer wurde erschossen. Der andere ist von einem Auto überfahren worden. Fahrerflucht. Und auf Václav haben die ja auch geschossen."

„Stimmt! – Das haben Sie uns ja schon erzählt", fiel Becker wieder ein.

11. Februar – Mainz

Vorsichtig spähte der Mann auf dem Dach des B-Turms der beiden Bonifazius-Hochhäuser über den Mauerrand nach unten zum Hauptbahnhof. Sein Gesicht wurde von einem schwarzen Vollbart eingerahmt, der bis auf Höhe des Kehlkopfs in borstigen Stoppeln auslief. Seine ebenfalls schwarzen Haare steckten unter einer blau-rot melierten Pudelmütze, die er sich tief über die Ohren ins Gesicht gezogen hatte, um auch Stirn und Nase möglichst vor der eisigen Kälte zu schützen, gegen die auch die spärlichen nachmittäglichen Sonnenstrahlen nichts ausrichten konnten.

Der Mann hatte sich jetzt an der etwa 80 Zentimeter hohen Brüstung hingekniet.

„Noch alles unverdächtig – nichts von ihnen zu sehen", vernahm er die Stimme von Sarhan im Kopfhörer, der unter dem Mützenrand auf der Ohrmuschel drückte.

Das war für den Mann auf dem Turm das Signal, sich weiter aus seiner Deckung hervorzuwagen und die Waffe, die er neben sich an die Mauer gelehnt hatte, über die Mauerkante in Richtung der schräg unter ihm matt glänzenden Bahngleise anzulegen. Im Sucher der Zieloptik hatte er kurz seine beiden Kumpane, die sich wiederholt nach allen Richtungen umschauten. Dann ließ er das Fadenkreuz nach links und rechts wandern. Der elektronische Entfernungsmesser im Fernglas aus amerikanischen Armeebeständen hatte ihm eben eine Richtentfernung von 215 Metern angezeigt. Es war nahezu windstill.

Er würde etwas links anhalten. Immerhin kannte er seine Waffe. Etwas links und einen Fingerbreit hoch.

„Noch immer nichts zu sehen", vernahm er erneut Sarhans Stimme.

„Bleib in Deckung, dass man dich von unten nicht sieht."

„Brauchst du mir nicht zu sagen!", raunzte er in das kleine Mikrophon im dichten Haargestrüpp an seiner Wange zurück. Er lehnte die Waffe zurück an die Mauer, griff sich ans Ohr und brachte die unbequeme Halterung in eine etwas andere Position.

An den Bahnsteigen standen die Menschen und warteten auf ihre Züge. Eine S-Bahn fuhr von rechts auf Gleis 4 in den Bahnhof ein. Von fern hörte er das undeutliche Gequake der Lautsprecher. Leute stiegen aus und hasteten hin und her.

Am Gleis 11, wo Sarhan und Abdul standen, war es relativ ruhig. Ein mattroter Nahverkehrszug stand mit der Lok kurz vor dem Prellbock, der das Gleisende zu den Bahnhofsgebäuden hin markierte. Das dumpfe Brummen des Dieselmotors wurde durch den Pegel der Nebengeräusche nur schwach herübergetragen. Vereinzelt bewegten sich auf Plattform 11 Fahrgäste an den beiden wartenden

Männern vorbei und verschwanden im Zug. Sicherheitshalber zog er den Kopf wieder zurück und ging ganz hinter der Mauer in Deckung.

Als er knapp eine Minute später seine obere Gesichtshälfte erneut über die Kante schob, sah er auch ohne Fernglas, wie Abdul seine von Handschuhen geschützten Hände rieb. Jetzt registrierte auch der Mann auf dem Dach, wie die Kälte durch seine Kleidung kroch. Er bewegte mehrmals hintereinander Arme und Beine, dann auch die Finger, um sie unter den graugrünen Armeehandschuhen für den bevorstehenden Job gut zu durchbluten. Dabei merkte er auch, dass der kieselsteinige Dachbelag durch die Hose ins angewinkelte Knie drückte und ihm unangenehm in die Haut stach.

Der Mann trug einen schweren, vorn geöffneten Parka mit Fellkapuze. Darunter schien ein Overall mit der knallig gelben Aufschrift „Jensch-Aufzüge“ hervor. Eine Baseballkappe mit ebensolcher Aufschrift ragte halb aus einer Parkatasche.

Neben dem Stahlrohrgalgen, an dem sonst die Gondel der Fensterputzer an dem Stahlbetonriesen hinuntergelassen wurde, hatte er eine längliche Tasche aus robustem blauem Segeltuch abgestellt, auf der in gelben Lettern ebenfalls das Jensch-Logo aufgedruckt war, darunter der Schriftzug „Aufzug-Montage-Service“.

Plötzlich kam Bewegung in seine Kumpane unten am Bahnsteig. Sie gestikulierten kurz und schauten gespannt nach links zum Hauptgebäude, von wo sich zwei Männer näherten. Der eine hatte einen Koffer bei sich.

Das mussten die Russen sein.

Der Mann auf dem Dach führte das neben ihm liegende Magazin ein und lud die Waffe mit kurzem Zug am Spannschieber durch, wodurch sich die erste 7,62 mm Patrone mit metallischem Klicken in den Lauf schob. Er setzte das Zielfernrohr ans Auge und nahm den stämmigeren der beiden Ankömmlinge ins Visier. Dessen Gesicht erschien kurz erbsengroß im Fadenkreuz. Dann wanderte der Lauf mit dem Fadenkreuz tiefer zur Brust. Das war der sicherste Schuss auf die Entfernung.

Kampfunfähig machen reicht, hatte ihn Khalid instruiert. Sarhan und Abdul mussten es nur vom Bahnsteig bis zu den Taxiständen vor dem Bahnhof schaffen, in deren Nähe Mouhssen mit dem Wagen wartete. Vielleicht musste er auch herbeieilende Bahnhofspolizisten in Schach halten. Langsam krümmte sich sein Finger um den Abzug.

11. Februar – Mainz

Wie lange schon alles zurückliegt – Charlotte!, ging Wörmer durch den Sinn, während er auf seine Füße schaute.

Und ich werde alt und müde und habe nur noch ein paar Jahre bis zur Pensionierung.

Auch wenn Mara auf ihre liebenswerte Art versuchte, ihn jung zu halten. In dem Moment wusste er, wie dankbar er für das Geschenk war, noch einmal das Glück in einer Beziehung gefunden zu haben.

So stand er am Grab seiner ersten großen Liebe und dachte liebevoll an Mara, strich sich in Gedanken über die Krawatte, die sich knallig rot von seinem braunen Anzug und dem tiefblauen Dufflecoat abhob und mittlerweile schon so Teil seines „Outfits" geworden war, dass es keinem mehr aufzufallen schien.

„Ach, der Herr Kommissar aus Mainz", hörte er in dem Moment eine weibliche Stimme in seinem Rücken und drehte sich rasch herum. Vor ihm stand eine ältere Dame, die ihn neugierig mit freundlichem Lächeln anschaute.

„Guten Tag Frau ...", er streckte ihr höflich die Hand hin, um Zeit zu gewinnen. Die ältere Dame, die dies bemerkte, war ihm behilflich.

„Eberfeld, Sigrun Eberfeld."

„Natürlich, Frau Eberfeld – Jakob Unseld, die Hochsitz-Geschichte!", antwortete Wörmer. Jetzt war er wieder im Bilde.

Sie nickte.

„Ja, der arme Jakob."

„Ich wusste gar nicht, dass Sie in Stadecken-Elsheim wohnen", sagte sie dann.

„Tu ich auch nicht", entgegnete er freundlich. „Meine Frau", er deutete mit dem Finger kurz auf den Grabstein, „war gebürtige Elsheimerin. Sie wollte hier begraben werden."

„Das tut mir leid – mit Ihrer Frau."

„Danke - das liegt schon lange zurück."

„Und Sie – was führt Sie hierher?", fragte Wörmer höflich zurück.

„Jakob – ich war an Jakob Unselds Grab."

„Natürlich", nickte Wörmer.

„Tja, Herr Kommissar, die Einschläge kommen in rascher Folge. Erst die Beerdigung von Jakob und dann letzte Woche ein weiterer lieber Freund in Bingen."

„Hermann Triebig?", riet Wörmer.

„Ja, Hermann Triebig", nickte sie mit trauriger Miene.

„Was für eine furchtbare Geschichte. Ein Messer in den Rücken. – Sind Sie mit dem Fall befasst?", wollte sie wissen.

„Nicht direkt."

Sie schwieg einen Moment und schaute nachdenklich auf den fröstelnden Rhododendron auf Charlotte Wörmers Grab.

„Ob das vielleicht doch mit seiner Vergangenheit beim Verfassungsschutz zu tun hat, was meinen Sie? – Aber da dürfen Sie ja bestimmt keine Auskunft zu geben."

„Beim Verfassungsschutz? – Er war beim Verfassungsschutz? Hat er Ihnen das erzählt?"

„Ja, ich denke schon, dass er mir das erzählt hat. Oder ich wusste es von Hannelore, seiner Frau."

Wörmer rief in Gedanken die Informationen über Triebig ab, die ihm bekannt waren.

„Er war pensioniert, nicht wahr – Frührentner, oder?"

„Ja, Hermann war schon seit Jahren Pensionär. – Na, er hat seine freie Zeit gut genutzt, denke ich, vielseitige Interessen hatte er, wissen Sie. Außerdem sind er und Hannelore viel gereist. Er stammte ja aus dem Sudetenland. Da waren sie etliche Male im Urlaub."

„Triebig wohnte doch in Bingen, nicht wahr?"

„Ja. - Und was für ein schönes Haus, direkt über der Nahe. Das haben sie sich damals Mitte der 90-er gekauft."

„Und vorher?", wollte Wörmer wissen.

„Vorher – vorher?", sie überlegte intensiv, wobei sie die Lippen aufeinander presste und dabei den Sitz ihres beigen Winterhütchens auf ihrem weißen Haar prüfte.

„Vorher haben sie mehrere Jahre irgendwo in Bayern gelebt. - In Grafenau im Bayerischen Wald. – Jetzt fällt es mir wieder ein. Hannelore hat mir damals so tolle Postkarten von dort geschickt. Ich sollte sie auch besuchen. Das hat sich dann aber irgendwie zerschlagen."

„Ah, ja", meinte Wörmer. „Und warum sind die Triebigs damals nach Süddeutschland gezogen?"

„Hm – ich glaube, der Hermann ist damals dienstlich dorthin versetzt worden. Aber so genau kann ich Ihnen das auch nicht sagen. Da müssten Sie die Hannelore fragen."

„Ist auch nicht so wichtig", winkte Wörmer ab.

„Gut, Frau Eberfeld. Vielen Dank für die Auskunft."

„Hab ich doch gern gemacht, Herr Kommissar."

Er streckte ihr seine Hand hin, die sie mit einem milden Lächeln entgegennahm. Dann bewegte sie sich langsam auf dem alleeartigen, asphaltierten Mittelweg dem Ausgang zu.

11. Februar – Mainz

Jewgenij schaute sich argwöhnisch nach allen Seiten um.

Nichts zu entdecken!

Gut zwanzig Meter entfernt warteten die beiden Iraker. Ihre Blicke waren ausdruckslos und fast schon gelangweilt. Wieder schaute Jewgenij nach links und nach rechts. Links war ein Zug eingefahren, Reisende stiegen ein und aus – nichts Auffälliges! Dann schweifte sein Blick flüchtig nach rechts und erfasste schemenartig die Häuserfluchten am Bahnhofsvorplatz.

Die Iraker hatten die Übergabe auf viertel vor zwei angesetzt. Sie sollte bei den beiden Plakatwänden an Gleis 11 in unmittelbarer Nähe des Gleisendpunkts stattfinden. Weil sich dort nur selten die Bahnhofspolizei herumtrieb, war ihre Begründung.

Jewgenij und Sergej waren gestern dort gewesen und hatten die Lage gepeilt. Dass sie links und rechts des Bahnhofs von den höheren Gebäuden aus sichtbar waren und somit ein mögliches Ziel boten, hatte Jewgenij nicht behagt. Er hatte mit dem Iraker verhandelt und gefordert, dass sie die Übergabe an Gleis 2 oder 4 machten. Dort waren sie durch die Überdachungen besser vor Beschuss geschützt. Doch der Iraker hatte dagegengehalten, dass an den Gleisen häufig Bahnpolizisten herumliefen. Wäre zu gefährlich. Einen anderen Übergabeort hatte er abgelehnt.

Jewgenij hatte tunlichst verschwiegen, dass die Lieferung jetzt wegen des fehlenden Behälters etwas leichter ausfiel.

Das war Verhandlungssache.

Er hatte sich innerlich schon darauf vorbereitet. So viel Zugeständnis von Seiten der Iraker musste sein. Das war auch die Meinung des Chefs. Immerhin hatten sie den Übergabetermin aus irgendwelchen Gründen um eine Woche verschoben. Er und Sergej hatten die ganze Zeit in Wiesbaden wie auf heißen Kohlen gesessen. Das fehlende Pfund Sprengstoff ohne Abzug an der Kaufsumme war der gerechte Ausgleich dafür! - Wenn sie das Zeug wirklich für einen Anschlag auf Bush haben wollten, dann lief ihnen jetzt die Zeit davon. Aber das sollte nicht sein Bier sein!

Sie wollten sich am Bahnsteig treffen und zehn Minuten später in die S-Bahn nach Wiesbaden einsteigen. Dort würde sie wohl ein Chemiker der Iraker in Empfang nehmen, der während der Fahrt irgendwie den Stoff prüfen sollte. Dabei hatte der Chef den Irakern schon vorab eine kleine Probe des Stoffs zur Prüfung zukommen lassen. Die waren wirklich übervorsichtig!

Hoffentlich verstand der Chemiker sein Fach, sonst würden sie vielleicht noch mit dem Zug und allen anderen Reisenden pulverisiert, schoss es Jewgenij durch den Kopf. Im nächsten Moment war er wieder bei etwas Angenehmerem. Er oder Sergej sollten das Geld kontrollieren. Alle blieben mit den anderen Reisenden in einem Abteil zusammen. Alles unauffällig! In Wiesbaden würden alle zufrieden und glücklich den Zug verlassen.

Das hörte sich nicht so an, als ob die Iraker schon in Mainz, wenn überhaupt, ein linkes Ding abziehen wollten. Trotzdem hätte Jewgenij sich wohler gefühlt, wenn zwei seiner Jungs irgendwo in einem der oberen Stockwerke in Bahnhofsnähe Posten bezogen hätten, um ihm den Rücken freizuhalten.

Die beiden Russen waren jetzt bis auf wenige Meter an die wartenden Iraker herangekommen. Jewgenij hielt den Koffergriff fest umschlossen, während sich beide Gruppen misstrauisch musterten. Dann entdeckte Jewgenij plötzlich das aus dem gekräuselten dunklen Haarbüschel herauslaufende Knopfmikro, das am Mundwinkel des ihm nächststehenden Irakers fast im dunklen Vollbart verschwand. Und er sah, dass der Iraker irgendwas in das Mikro sprach.

Das rettete ihm erst mal das Leben, weil er sich in dem Moment instinktiv in Richtung einer möglichen Bedrohung und damit kurz nach links und rechts drehte. So verfehlte ihn die zweite Kugel des Schützen vom Hochhaus und schlug im Gleisbett ein. Das Geräusch, das sie verursachte, ging im Lärm des jetzt am Bahnsteig 1 einfahrenden Zugs unter. Die erste Kugel jedoch traf Sergej seitlich in die Brust und riss ihn nach rechts zu Boden, wo er regungslos liegen blieb.

Aus den Augenwinkeln registrierte Jewgenij, dass die beiden Iraker unter ihren Mänteln nach Waffen langten. Der eine hatte eine Pistole bereits hervorgezogen und war gerade im Begriff, auf Jewgenij anzulegen. Mit wenigen Sätzen hechtete Jewgenij nach vorn und sprang ihn mit vorgestrecktem Koffer an. Der Iraker taumelte nach hinten, geriet an den Plattformrand und verlor das Gleichgewicht. Seine Hände klatschten mit der Pistole gegen den noch mit hoher Geschwindigkeit einfahrenden Zug. Sie rutschten ihm in Fahrtrichtung weg, griffen in Millisekundenschnelle ins Leere und zogen ihn mit hinunter ins Gleisbett zwischen Wagen und Plattformmauer. Wie zwischen zwei Walzen wurde er einmal um die eigene Achse gewirbelt und war dann mit einem grässlichen Schrei, der im Quietschen von Zugbremsen unterging, unter dem Wagen verschwunden.

Auch der andere Iraker hatte jetzt seine Waffe hochgewuchtet und legte auf Jewgenij an. Doch er wagte nicht zu schießen, weil Jewgenij den hochexplosiven Koffer, der beim Zusammenprall mit dem Iraker auf den Boden gefallen war, schnell wieder aufgehoben hatte und jetzt zum Schutz vor seine Brust hielt. Dieser Bruchteil einer Sekunde, den er zögerte, kostete den Iraker sein Leben. Auch Jewgenij hatte nun seine Waffe oben und feuerte zwei Schüsse auf ihn, die ihn beide in Brustmitte trafen und wie einen Baum fällten.

Mit einer weiteren Kugel, die Jewgenij am Unterarm traf und eine heiße Spur durch mehrere Zentimeter Haut- und Muskelgewebe zog, machte sich der Schütze auf dem Dach wieder bemerkbar. Schnell hechtete Jewgenij in dem jetzt am Bahnsteig ausbrechenden Durcheinander, in dem sich Reisende schreiend und gestikulierend in Sicherheit zu bringen suchten, die wenigen Meter zur ihm am nächsten befindlichen Plakatwand.

Doch zwei Kugeln, welche die Wand durchschlugen und seinen Kopf nur um wenige Zentimeter verfehlten, zeigten ihm, dass diese Deckung nichts taugte.

Verdammt, er sieht meine Füße und hat so meine Position hinter der Wand!

Die auf zwei Pfosten montierte Werbefläche war gut 40 Zentimeter über dem Boden angebracht. Rasch ließ sich Jewgenij zu Boden fallen und entging so einem weiteren Schuss, der dort durch die Wand schlug, wo sich vor einer Sekunde noch sein Kopf befand. Während er sich behände mit dem Koffer durch den Zwischenraum zwängte und in das Gleisbett direkt am Prellbock fallen ließ, hatte der Querschläger der letzten Kugel eine in dem Moment vorbeilaufende Frau unterhalb des Knies getroffen. Stöhnend lag sie auf den nassen und von Streusalz verkrusteten Bahnhofsfliesen. Ein mutiger Mitreisender zog die leidende und fast ohnmächtige Frau an beiden Armen aus der Schusslinie, wobei er eine blutige Schleifspur hinterließ.

Jewgenij hechtete mit einer Rolle aus dem Schotter, sprang auf und feuerte aufs gerade Wohl zwei Schüsse in Richtung des Hochhausdachs, wo er den Schützen vermutete. Zwei herbeieilende Bahnhofspolizisten stellten sich ihm in den Weg. Er feuerte auch auf sie und traf den einen. Die entstehende Verwirrung wollte er zur Flucht nutzen. Doch in dem Moment prallte er mit einem in ihn hineinrennenden Mann zusammen. Beide gingen zu Boden, und der Koffer schlitterte über den nassen Untergrund.

Jewgenij rappelte sich auf.

Der Koffer!

„Halt, Hände hoch – Waffe fallen lassen, oder ich schieße!"

Im Rücken des Polizisten sah Jewgenij weitere Polizisten, die mit gezogenen Pistolen heranstürmten.

Er schaffte es nicht!

Schon flüchtete Jewgenij über den Bahnhofsvorplatz, während die Polizisten über Funk Hilfe für ihren verletzten Kollegen anforderten.

11. Februar – Frankfurt

„Verdammt, du hättest den Koffer retten müssen!"

Die schneidende Stimme des Chefs bellte durch die Handymuschel an Jewgenijs Ohr, während er aus dem Fenster in das Dunkel der Nacht starrte. Links am Horizont zeichnete sich die erleuchtete Pyramide des Messeturms ab.

„Wie hätte ich das machen sollen? Ich wurde vom Hochhaus aus beschossen, und die Polizisten hatten auf mich angelegt. – Na, die werden nicht viel Spaß damit haben. Wenn sie ihn öffnen wollen, fliegt er ihnen um die Ohren und die halbe verdammte Stadt mit."

"Das darf nicht passieren. Dann ist auch unser Geld futsch!"

„Was soll´s, Chef? Die Iraker haben uns doch eh gelinkt und wollten nicht zahlen."

„Da ist das letzte Wörtchen noch nicht gesprochen. Ich schau mal, was ich da tun kann. – Wie geht es dir sonst? Bist zu okay?"

„Bis auf einen Streifschuss am Arm und ein paar blaue Flecken."

„Behindert dich die Wunde?"

„I wo, ist nur ein Kratzer."

„Wo bist du jetzt?"

„Ich bin erst mal aus Mainz weg und nach Frankfurt. Bin hier in dieser Pension, die Sie uns aufgeschrieben hatten."

„Gut, da bleibst du auch vorerst einmal, bis du wieder von mir hörst. – In Mainz bist du nicht mehr sicher. Die Amerikaner haben bestimmt schon wegen des Bush-Besuchs ihre Vorauskommandos in der Stadt. Nach der Schießerei heute wollen wir ja nicht unbedingt in die Schusslinie von CIA und FBI kommen."

„Mal ehrlich, Chef, ist es nicht besser, wenn wir die ganze Sache abblasen? Wir haben keine Abnehmer mehr, und die Ware ist weg. Die deutsche Polizei hat den Koffer. Was sollen wir da noch machen?"

„Erst mal ruhig Blut bewahren."

„Aber der Koffer ist weg! Entweder die fliegen mit in die Luft oder schaffen es, den Koffer zu öffnen. Aber so oder so – den Stoff sehen wir doch nie wieder!"

„Hm – ich muss überlegen. Vielleicht fällt mir noch was ein. Ich melde mich wieder."

Ein Knacken in der Leitung. Jewgenij legte das Handy mechanisch neben sich auf die Kommode, während er sich über die nur notdürftig mit einem breiten Pflaster verklebte Wunde am Arm fuhr.

Kapitel 4

14. Februar – Mainz

Joe Becker war so sehr in die Montagsausgabe einer der Mainzer Zeitungen vertieft, dass neben ihm eine Handgranate hätte explodieren könnte und er das als Röcheln der verkalkten Kaffeekanne im Nebenzimmer interpretiert hätte, dem er nicht die geringste Aufmerksamkeit widmen musste. Fast noch mehr Eindruck als eine explodierende Handgranate machte Kriminaloberrat Haunstein, wenn er am frühen Montagmorgen mit puterrotem Kopf und angeschwollenen Halsadersträngen hereingestürmt kam. Und das machte er im Moment, wobei er heftig mit einer Zeitung in der Luft herumwedelte.

„Mein lieber Becker, Sie lesen die falsche Seite! Bestimmt wieder der Sportteil. Dabei sollten Sie das mal lesen. - Hier! Das musste ich eben im Bus zur Kenntnis nehmen!"

Er knallte ihm die Zeitung mit aufgeschlagener zweiter Seite auf den Tisch und pochte mit seinem knochigen Zeigefinger derart heftig auf den betreffenden Artikel, als wollte er durch sein Stochern die Druckfarbe und den durch sie sichtbar gemachten Inhalt zum Verschwinden bringen.

„Dabei haben wir noch Glück, dass in wenigen Tagen der US-Präsident kommt. Sonst wären wir auf der ersten Seite!"

Mit seinem rund um die kahle Stirn aufgerichteten Schopf stand er wie eine aufgeregte Krähe vor Beckers Tisch. Nachdem er sich den Finger auf der Tischplatte müde gestoßen hatte, waren seine Hände wieder in den Manteltaschen verschwunden, wo sie seiner Aufgeregtheit auf andere Weise Ausdruck verliehen. Sie bohrten sich derart heftig in die Taschen seines feinen Tuchmantels, dass sie seine Schultern nach vorn zogen und sich sein hagerer Körper wie aus Ekel vor der verhassten Schlagzeile neigte. Wieder war eine Hand aus der Manteltasche gefahren und fuchtelte aufgeregt über den Zeitungsseiten.

„Das ist der dritte Artikel in den letzten Tagen. Na, dazu fällt Ihnen wohl nichts ein, nicht wahr? Hier! – Brutale Mordserie in Mainz und im Landkreis Mainz-Bingen. Polizei tappt im Dunkeln. Macht sich das organisierte Verbrechen breit, fragen sich seit einigen Tagen die Verantwortlichen von Polizei und Stadtverwaltung. Und so weiter, und so weiter ... Und wir haben keine Spur, oder haben wir?“

„Leider nein, bislang noch nicht. Aber wir arbeiten daran.“

„Sie arbeiten daran – Sie arbeiten daran? Ich muss gleich zum Polizeipräsidenten. Der OB hat anrufen lassen und sich erkundigt, was los ist.“

Als Becker seine Ausführung regungslos zur Kenntnis nahm, wechselte er das Thema.

„Wo ist eigentlich der Kollege Wörmer?“

„Noch nicht da!“, kam Petra, die aus dem Nebenzimmer hereinspazierte, Becker mit einer Antwort zuvor.

„Na, dann sagen Sie dem Herrn Hauptkommissar, wenn er sich bequemt, seinen Dienst anzutreten ... “, wieder stocherten seine Hände gefährlich in den Manteltaschen, als wollte er sie aus dem Futter stoßen, „... sagen Sie ihm also, dass er sofort bei mir durchklingeln soll, wenn er da ist. Ich will ihn nämlich sprechen. Und Sie, Becker, kommen am besten gleich mit!“

Die Hände fuhren aus den Manteltaschen und beschrieben eine undefinierbare Bewegung, die an die Geste eines Platzanweisers im Kino erinnerte. Gleich darauf eilte Haunstein mit einem „Schönen Tach noch zusammen!“ aus dem Raum.

Kurze Zeit später erschien Wörmer. Er war stinkig, weil er von Triebigs Verfassungsschutztätigkeit erst zufällig auf dem Friedhof erfahren hatte, und sagt es ihnen.

„Das wollte ich dir schon am Freitagnachmittag sagen, dann haben sich die Dinge aber wegen der Schießerei am Bahnhof überschlagen.“

Petra verteidigte sich damit, dass es ja der Fall der Dortmunder Kripo war und sie bislang nur per Amtshilfe und anhand konkreter Anfragen recherchiert hatten.

„Na gut, aber da ist vielleicht noch mehr dran. Ich setz mich auf jeden Fall mit der Landesbehörde für Verfassungsschutz in Verbindung“, meinte Wörmer etwas versöhnlicher.

„Wir sollen zu Haunstein hoch“, fiel Becker plötzlich ein. „Der ist fuchsteufelswild, fuchtelte hier mit der Zeitung rum. Schlechte Presse, schlechter Haunstein! Kennen wir ja. - Du sollst ihn vorher anklingeln.“

Wörmer nickte nur und begab sich ins Nebenzimmer zur Kaffeemaschine.

„Na, was sagst du zu gestern?“, empfing Becker ihn, als er mit Kaffeetasse zurückkam und sich ihm gegenüber niederließ.

„Gute erste Halbzeit, aber dann sind wir eingebrochen. Der Sieg der Leverkusener geht in Ordnung.“

„Wir waren in der Offensive zu umständlich“, analysierte Becker das Manko der FSV-Stürmer im Abschluss.

„Die siebte Klatsche in Folge – wenn das so weitergeht ...“ gab sich Wörmer skeptisch.

„Immerhin haben Bochum, Freiburg und Rostock auch nichts gerissen“, machte Becker in Zweckoptimismus.

„Ich ruf mal bei Haunstein durch“, meinte Wörmer und griff sich den Hörer.

„Ach, der ist doch bestimmt noch beim Präses und bekommt den Kimmel gerieben“, versuchte Becker ihn weiter für sein Lieblingsthema zu ködern.

Doch vergeblich. Wörmer tippte schon auf die Wähltasten.

„Bingo!“, unterbrach ihn in dem Moment Petra, die ihren Kopf aus dem Nebenzimmer durch die Tür streckte.

Beide Männer schauten zu ihr herüber.

„Es deutet immer mehr auf Tomásek als Täter hin“, schickte sie triumphierend hinterher.

„Der Aussteller hat Tomásek auf dem Foto erkannt. Die Dortmunder Kollegen haben eben angerufen.“

„Das macht ihn aber noch nicht automatisch zum Täter.“

„Das nicht – aber vielleicht was anderes.“

Ihr triumphierendes Lächeln blieb in ihrem Gesicht, als wäre es festgefroren.

Das hielt die Neugier ihrer beiden Kollegen wach, und beide warteten auf ihre Erklärung.

„Spaziergänger haben am Rheinlanddamm direkt an der A 40 ein Stilett-Springmesser mit blutverschmierter Klinge gefunden. Der Fundort befindet sich nur wenige hundert Meter von den Westfalenhallen entfernt.“

„Die Wunde in Triebigs Rücken stammt laut Gerichtsmedizin von einem Stiletto-Springmesser“, stellte Becker fest.

„Genau! – Also was haben wir? – Wir haben Tomásek, der auf der Messe, unmittelbar bevor Triebig ermordet wurde, neben Triebig stand. Nicht zu vergessen die Eintrittskarte, die wir bei ihm gefunden haben. Und wir haben jetzt ein Springmesser, das in der Nähe der Westfalenhallen gefunden wurde. Gleichzeitig wissen wir, dass

Triebigs Rückenwunde mit hoher Wahrscheinlichkeit von der Klinge eines solchen Springmessers herrührt."

„Hast du den Dortmunder Kollegen schon Tomáseks Fingerprints zum Abgleich zukommen lassen?", fragte Wörmer.

„Hab ich – gleich nachdem die vorlagen!"

Das siegesgewisse Lächeln in ihrem Gesicht wollte nicht weichen.

15. Februar– Ingelheim

Der Mann mit graumeliertem, halblangem Haar, das er unter Zuhilfenahme von Haargel glatt und strähnig über seinen Schädel in den Nacken frisiert hatte, studierte die Karte. Dazu hatte er seine Brille abgenommen.

„Bringen Sie mir doch einen Latte Macchiato und einen Asbach", sagte er zu der dunkelhaarigen Bedienung.

„Möchten Sie auch ein Stück Kuchen?"

Sie deutete mit einem freundlichen Lächeln einladend auf die Auslage in der länglichen Glasvitrine.

„Nee, davon krieg ich immer Sodbrennen."

Die Bedienung entfernte sich, während der Mann durch die breite Glasfront den lebhaften Verkehr auf der am Stadtcafe vorbeiführenden Binger Straße beobachtete. Wenige Minuten später betrat ein Mann das Café und steuerte, nachdem er sich kurz umgeschaut hatte, mit langsamen, bedächtigen Schritten auf den Tisch des Mannes zu, der gerade einen Kognakschwenker zum Mund führte.

„Hallo, Wilfried", begrüßte er den Sitzenden und schnaufte kurz durch, nachdem er es sich in einem Stuhl bequem gemacht hatte.

„Du hast es ja am Telefon recht spannend gemacht", sagte er dann.

„Ich brauch noch mal deine Hilfe. - Meine Jungs haben vor zwei Wochen ins Gras gebissen, und ich komm keinen Deut weiter. Von den Bullen kann ich natürlich nicht viel erwarten."

„Aber von mir! – Was soll ich denn noch machen? Ich hab doch schon herumgehorcht. Nichts! – Keiner weiß was!"

„Bist du wirklich an alle ran, die was wissen könnten?"

„Ei, sicher doch! Ich habe mit Nicolai gesprochen, den beiden Brüdern aus Minsk, diesen, na, wie heißen die noch?"

„Lobov?“

„Genau, diesen Lobovs. Die wissen und hören ja sehr viel. Doch Fehlanzeige! Dann hatte ich auch Kontakt zu Slawomir, dem, der uns damals diese Polen aus Königsberg vom Hals geschafft hat, und natürlich zu Adil. Der hat Leute in Italien angespitzt, die sich umgehört haben. Dieses Autobombending trägt ja so bisschen die Handschrift der Mafia. Aber nichts!“

„Und Tschechien? Da war doch im letzten Jahr der Knatsch mit dieser Bande aus Brünn.“

„Harmlos! – Das waren doch nur armselige Gelegenheitsdiebe, die mit uns ins Geschäft kommen wollten.“

„Lass den Josef Svorada trotzdem mal seine Fühler ausstrecken. Sicher ist sicher!“

„Mit dem habe ich doch schon letzte Woche telefoniert – nachdem das in der Werkstatt passiert ist. Er sagte, die sind harmlos. Ich glaube, aus der Ecke gibt es Entwarnung. Er sagte, er würde das mitbekommen haben, wenn sich da in der Szene was gegen uns aufgebaut hätte.“

Die letzten beiden Sätze sprach er deutlich leiser, weil die Bedienung herannahte und nach seinen Wünschen fragte. Er bestellte.

Als sie außer Hörweite war, sagte Springer: „Bleib trotzdem dran!“

Der andere nickte kurz und fischte sich eine Packung Marlboro aus einer Seitentasche seines Mantels, den er beim Kommen über einen Stuhl gelegt hatte. Sekunden später sog er den ersten Zug in die Lunge.

Springer atmete den intensiven Tabakgeruch ein und führte den Latte zum Mund. Nachdem er sich den Milchschaum aus den Mundwinkeln gewischt hatte, begann er erneut.

„Der Wagen hatte Dresdner Kennzeichen. Über Dresden kommen normalerweise die Polen und Russen rein. Bleib auch an Slawomir und den Lobovs dran. Vielleicht finden die ja doch was raus.“

„Mach ich“, sagte sein Gegenüber mit einem leichten Seufzer. „Aber versprich dir nicht zu viel davon.“

„Ich muss wissen, wer meine Leute hingerichtet hat, und dann gnade ihm Gott!“

„Das ist vielleicht eine Nummer zu groß für dich. Hast du dir das schon mal überlegt? – Weißt du, mit wem du dich im Endeffekt anlegst?“

„Das ist mir erst mal egal. – Der, der das gemacht hat, wird dafür büßen!"

„Na, gut. Das ist deine Entscheidung. – Ich glaube aber nicht, dass das irgendwas mit unserem Geschäft zu tun hat. Für mich war das ein – tragischer Zufall. Deine Leute haben einfach dem Falschen den Wagen geklaut. Der wollte ihn wieder haben und hat nicht lang gefackelt."

„Na, schön – der hat uns aufgespürt! – Aber wer beschafft sich einen geklauten Wagen wieder und bringt dafür vier Leute um? Sag mir das?"

Springers Stimme war in wiederaufflammender Erregung angeschwollen, so dass ihm der Andere mit der Hand ein Zeichen gab, etwas leiser zu reden. Springer schaute sich kurz um. Ihre Vorsicht war unbegründet. Die Bedienung hantierte in einem hinter der Kuchentheke angrenzenden Zimmer, und weitere Café-Besucher befanden sich nur im Nebenraum und somit außer Hörweite.

„Vielleicht war in dem Wagen etwas, das jemand unbedingt wieder haben wollte?"

Springer überlegte und strich sich dabei über seinen pomadigen Schädel.

„Ich hab den Wagen doch gesehen, als der reinkam. Ich kann mich an nichts erinnern."

Der Andere nippte an einer Tasse Kaffee und zog ratlos die Schultern hoch. Die Bedienung tauchte erneut auf und brachte ein Stück Apfelkuchen, das der Mann ebenfalls bestellt hatte. Schon führte er den ersten Bissen zum Mund. Springer leerte das Kognakglas und grübelte vor sich hin, während der Kuchen rasch vom Teller verschwand.

17. Februar– Mainz

Der Mann im weißen Kittel stand etwas unbeholfen im Zimmer und wartete darauf, dass man ihm Aufmerksamkeit schenkte. Jetzt erst bemerkte Wörmer, der sich gerade mit Petra unterhielt, den Neuankömmling.

„Sie sind der Herr Lämmle?", fragte er in Richtung Tür, die Hans Peter Lämmle, Diplomchemiker im LKA, mit einer Hand festhielt. Der Angesprochene nickte und trat einen Schritt ins Zimmer, als wollte er der Aufforderung einzutreten rasch zuvorkommen.

„Wir machen gleich weiter“, sagte Wörmer zu Petra, die sich nach kurzem Gruß in Richtung Lämmle ins angrenzende Zimmer verzog.

„Nehmen Sie doch Platz, Herr Lämmle, das mit uns beiden wird schon bisschen länger dauern.“

Lämmle bekam für einen Moment einen Gesichtsausdruck, als befürchtete er, von Wörmer hinter Gitter gebracht zu werden, kam aber Wörmers Aufforderung nach. Während er sich den Stuhl möglichst bequem an den Tisch heranrückte, wozu er mehrere Versuche brauchte, die Geräusche auf dem speckigen grauen Boden verursachten, hatte sich Wörmer eine Akte von einem Stapel genommen.

Der Kittel, den sich Lämmle über seine Straßenkleidung gezogen hatte, war so weiß, dass es Wörmer auffiel. Den zog er bestimmt nur über, wenn er irgendwo im Haus zur Berichterstattung musste, so wie jetzt zu mir, dachte Wörmer, als er kurz von der Akte aufsah. Sein Ausgehkittel sozusagen. Er stellte sich kurz vor, dass Lämmle den auch zu anderen Anlässen trug, etwa zur Firmung seiner Tochter oder zur Verleihung des Bundesverdienstkreuzes, und musste insgeheim über das vor seinen Augen entstehende Bild lächeln.

Rasch verscheuchte er es und blättert in der Akte, um den Einstieg für seine erste Frage an Lämmle zu finden. Während er suchte, zuppelte Lämmle erwartungsvoll an seiner Krawatte.

„Das ist doch Ihr Bericht, nicht wahr – 17/2/5-13-BCA“, er hielt Lämmle den Aktendeckel kurz entgegen.

„Ja“, entgegnete dieser, „von mir und den Herren Gfaller, Wietschke und Dr. Braun. Dann haben auch Fr. Dr. Petzoreit und Herr ....“

„Gut, gut!“, winkte Wörmer rasch ab.

„BCA – wofür steht das eigentlich?“, fragte er statt dessen.

„Biologisch-Chemische Abteilung.“

„Hat ja ziemlich lange gedauert, bis wir das Ergebnis auf dem Tisch hatten, gell?“, testete er zunächst Lämmles Reaktionsvermögen. Das war ausgesprochen gut, denn Lämmle saß im Bruchteil einer Sekunde in Position wie ein austrainierter Vorsteherhund und schüttelte vehement seinen Zeigefinger am ausgestreckten Arm.

„Da können wir aber nichts für! – Die Substanz lag ja vorher bei Ihnen in der Kriminaltechnik. Wir haben sie erst vorgestern zugestellt bekommen.“

Vor Entrüstung hatte sich seine Gesichtsfarbe dermaßen verfärbt, dass Wörmer spontan überlegte, ob die Druckmanschette eines Blutdruckmessgeräts jetzt einem Belastungstest an Lämmles Oberarm Stand halten würde.

„Ah, ja – na, dann kommen wir mal zu dem, was hier in Ihrem Analysebefund steht“, wiegelte er ab. „Den habe ich vor einer halben Stunde auf den Tisch bekommen.“

„Dr. Braun hat den aber heute Morgen schon in die Hauspost gegeben!“, kam Lämmle sofort wieder auf blutdruckkritische Touren.

„Tja, die Hauspost – das Bermuda-Dreieck der Neustadt.“

Lämmle nahm Wörmers Angebot dankbar an, und beide lächelten kurz über seinen Witz.

Dann kam Wörmer zur Sache.

„Ich habe Ihren Bericht nur kurz überflogen. Ehrlich gesagt, bin ich rasch wieder ausgestiegen, weil ich kaum was von dem verstehe, was Sie darin schreiben.“

Lämmle zuckte mit professionellem Bedauern die Schultern.

„Na, deswegen bin ich ja da. – Fragen Sie mich!“

„Gerne! - Sie schreiben, dass es sich bei dem untersuchten Material um eine Verbindung aus Quecksilber und Antimon handelt.“

„Quecksilberoxid, um genau zu sein“, korrigierte Lämmle ihn.

„Das Material ist übrigens radioaktiv“, sagte er dann fast schon vorwurfsvoll.

„Radioaktiv! – sehr?“

„Na, ja – es scheint eine recht kurze Halbwertzeit zu haben. Die Strahlung war aber noch recht beachtlich und für Menschen durchaus gefährlich.“

„Dann will ich nur hoffen, dass bei Ihnen im Labor keiner irgendeiner Strahlung ausgesetzt wurde.“

„Wir gehen immer vorsichtig zu Werke und rechnen mit allem, wenn wir es mit einer unbekannten Substanz zu tun haben.“

„Dann bin ich ja beruhigt!“

„Aber alle, die mit dem Gegenstand in Berührung kamen, sollten sich durchaus mal checken lassen. Nichts Beunruhigendes! Dazu ist die Strahlung eigentlich zu gering.“

„Danke, ich geb´s weiter!“

Wörmer fiel ein, dass auch er den Plastikbeutel kurz in Händen hielt.

„Wir haben es also mit radioaktivem Material zu tun. Da wird sich mein Chef aber freuen."

„J---ein!", brachte Lämmles Einwand den Gedankenfluss von Wörmer ins Stocken.

„Was meinen Sie damit?"

Er schaute Lämmle erwartungsvoll an.

„Nun, sehen Sie, Herr Wörmer, diese Verbindung aus Quecksilberoxid, Antimon und noch einigen anderen Elementen, die genauen Anteile finden Sie ja im Bericht aufgeführt, ist an sich nicht radioaktiv."

„An sich nicht radioaktiv? – Aber Sie sagten doch ..."

„Das Material muss mit radioaktivem Material versetzt worden sein - oder bestrahlt, was nach meinem Dafürhalten wahrscheinlicher ist", beeilte sich Lämmle.

„Das heißt, man hat es nachträglich radioaktiv gemacht?"

„Genau!"

„Haben Sie eine Vorstellung, wie man das macht?"

„Nun, ja – man kann zum Beispiel Kobalt 60 zuführen oder die Substanz mit einer Neutronenquelle beschießen."

„Das wird ja immer komplizierter!", stöhnte Wörmer. „Mit einer Neutronenquelle beschießen?"

„Sehen Sie, Herr Wörmer, um nicht-radioaktive Stoffe radioaktiv zu machen, muss man entweder Strahlenmaterial hinzugeben oder man muss den Stoff mit einer üblichen mobilen Neutronenquelle beschießen", versuchte Lämmle, es Wörmer einfacher zu machen, was ihm aber nicht wirklich gelang, denn der Hauptkommissar schaute ihn immer noch entgeistert bis hilflos an.

Da Lämmle merkte, dass er so nicht weiterkam, hielt er sich an die Fakten.

„Wir haben das Radionuklid Hg 197 gefunden. Das erhält man theoretisch, wenn man Hg 196 mit einer mobilen Neutronenquelle beschießt."

Wörmer verstand zwar immer noch Bahnhof, sprang aber auf den einzigen Zug auf, den er erwischen konnte, und das war das Wörtchen „theoretisch" in Lämmles Ausführung, weil es dann auch ein „praktisch" geben musste, das es lohnte nachzufragen.

„Theoretisch?"

„Ja, theoretisch. – Theoretisch geht das mit einer Neutronenquelle beispielsweise aus Beryllium, aber praktisch erhält man nutzbare Mengen nur in Reaktoren. Das hängt mit dem Neutronenfluss zusammen, wissen Sie. Bei den mobilen Neutronenquellen ist der Neutronenfluss gewöhnlich zu gering dafür."

Wörmer nickte, um sich Zeit zu verschaffen, seine Gedanken zu sammeln. Doch Lämmle interpretierte das fälschlicherweise als neuen Hoffnungsschimmer, was das naturwissenschaftliche Aufnahmevermögen des Hauptkommissars anbelangte, und legte nach.

„Ich bin für diese Zusammenhänge natürlich der falsche Ansprechpartner. Falls Sie mehr Detailwissen zu dem Thema benötigen, dann würde ich Sie mit unserer Frau Dr. Petzoreit zusammenbringen. Die ist auch Physikerin und ..."

„Nee, lassen Sie mal gut sein. Das – das reicht mir schon!"

„Na, dann nicht", gab Lämmle resignierend auf.

„Wir haben es also mit einem hochradioaktiven Stoff zu tun, für den anscheinend bereits gemordet wurde", fasste Wörmer mehr für sich als für Lämmle zusammen.

„Radioaktiv und hochexplosiv!", meldete sich Lämmle wieder.

„Was – hochexplosiv? - Warum steht denn davon nichts im Bericht?"

Wörmer zuckte in seinem Bürostuhl wie eine Feder nach vorn.

„Kann ja auch nicht! – Haben wir doch erst vor knapp einer Stunde festgestellt. In unserem Versuchsraum im Keller sieht´s aus, als hätte eine Bombe eingeschlagen, das kann ich Ihnen sagen!"

Vielleicht deshalb der frische Kittel, weil der alte jetzt aussieht, als wär ein Zug drübergefahren, schoss es Wörmer durch den Kopf, und er revidierte blitzschnell seine Vorstellung über Chemiker.

„Dabei haben wir glücklicherweise nur kleinste Mengen verwendet", fuhr Lämmle fort.

„Das ist die hochexplosivste Substanz, die mir je untergekommen ist."

„Wie hochexplosiv?"

„Okay – Sie kennen Plastiksprengstoff wie Semtex oder herkömmliches TNT. Dieses Zeugs ist um einen Quantensprung explosiver."

„Einen Quantensprung?", fragte Wörmer gequält.

„Ja, hundertmal mehr, vielleicht noch mehr – Ein Teufelszeugs. Die ganze Abteilung ist in Aufregung."

„Nicht nur die. Das können Sie mir glauben!"

Nur wenige Sekunden, nachdem sich Lämmle verabschiedet hatte, rief Wörmer Haunstein an.

„Sie erwischen mich äußerst ungünstig. – Ich bin gerade auf dem Sprung“, entgegnete dieser, nachdem sich Wörmer zu erkennen gegeben hatte.

„Es geht um den Laborbericht in Mordfall Gau-Algesheim. Sie haben doch auch eine Kopie bekommen. Haben Sie da mal reingeschaut?“

„Ähm - bin leider noch nicht dazu gekommen. Musste noch das Koordinierungsmeeting nachher im Ministerium vorbereiten. Sie wissen ja.“

In wenigen Sätzen informierte Wörmer ihn über den Inhalt seines Gesprächs mit Lämmle. Wenige Sekunden später saß Haunstein schon erwartungsvoll vor Wörmers Schreibtisch, dass Wörmer sich fragte, ob er die beiden Treppen zu ihm runtergesprintet war. Jetzt malten Haunsteins dünne Krähenfinger in Erwartung weiterer Informationen imaginäre Kreise auf Wörmers Schreibtischplatte, so dass Wörmer sich beeilte, seine Kaffeetasse erst mal vorsichtshalber außer Reichweite zu bringen.

„Das ist ja unglaublich, Wörmer – das ist eine Katastrophe!“ Haunstein stierte Wörmer an.

„Hundertmal höhere Sprengkraft als Plastiksprengstoff?“

„Oder noch mehr!“

Haunstein blickte Wörmer stirnrunzelnd an und kratzte sich sein Grübchen am Kinn. Dann schüttelte er in stummer Verzweiflung seinen kantigen Schädel. Plötzlich schöpfte er neue Hoffnung in einer weiteren Frage.

„Und es ist ausgeschlossen, dass die sich irren?“

„Nun, der Kollege Lämmle sagte mir, dass sie mit geringer Menge getestet und diese enorme Sprengkraft festgestellt haben. Die machen das ja ansonsten immer sehr zuverlässig. Ich denke, wir können schon glauben, was die uns berichten.“

„Sicher, sicher“, Haunstein sackte resignierend in den Schultern ein, um dann wieder nach vorn zu stoßen, wobei er Wörmers Schreibtischplatte umkrallte, als wollte er sie aus der Verankerung heben.

„Ich muss sofort die betreffenden Stellen informieren. Das wird einen Aufruhr geben! Das geht garantiert bis nach Berlin. - Na, ja – sei´s drum. Auch die Amerikaner müssen informiert werden. Vielleicht muss der Bush-Besuch in Mainz ganz abgeblasen werden.“

„Wir müssen jetzt erst mal herausbekommen, ob die Morde in Gau-Algesheim und die Schießerei am Hauptbahnhof zusammenhängen“, meinte Wörmer. „Dann wissen wir auch, ob in dem Koffer noch mehr von diesem Teufelszeugs ist.“

„Sie haben natürlich Recht, Wörmer. – Nicht auszudenken, wenn in dem Koffer noch mehrere Kilos von diesem Mistkram stecken! – Gibt es in beiden Fällen eigentlich neue Anhaltspunkte?“

„Bislang leider nur wenige. Bei den drei Toten am Hauptbahnhof warten wir auf die Befunde der Gerichtsmedizin. Ansonsten wenig Verwertbares. Zwei von denen hatten überhaupt keine Ausweise oder sonst was dabei, worüber sie zu identifizieren wären. Vom Typ her sind die beiden wohl aus dem Mittleren Osten oder Vorderasien. Aber das kennen Sie bereits, das steht ja im Bericht.“

Haunstein nickte etwas zu rasch, worauf Wörmer sich nicht mehr sicher war, ob er den Bericht überhaupt gelesen hatte.

„Der dritte Tote hatte einen russischen Pass dabei, ausgestellt auf einen Pawel Michalkow. Allerdings hat die Überprüfung ergeben, dass er gefälscht war. – In der Gau-Algesheimer Geschichte gibt es zwar den BMW, der irgendwie dahingekommen sein muss. Über die Motornummer haben unsere Leute herausgefunden, dass er von einem Dresdner Autohändler stammt.“

„Na, das ist ja doch schon mal was!“, fuhr ihm Haunstein hoffnungsvoll in die Parade.

„Eher wenig“, dämpfte Wörmer seinen aufkeimenden Optimismus sofort wieder, worauf Haunstein seine Unterlippe einzog und nachdenklich darauf herumkaute, während seine unruhigen Äuglein gespannt auf Wörmers weitere Ausführungen warteten.

„Der Wagen wurde am 28. Januar von einem Russen gekauft. Einem gewissen ...“, Wörmer schaute in seine Unterlagen, wobei er mit seinem Zeigefinger suchend über einige Textabsätze fuhr, „... ja, hier steht es, einem Wladimir Beresin. – Aber auch der Name stimmt nicht.“

„War ja zu vermuten, dass die es uns nicht so einfach machen. Das sind Profis. Hier geht es um ein großes Ding und wohl um sehr viel Geld. Wissen Sie schon, wie hoch der Schwarzmarktpreis für das Zeug ist?“

Wörmer schüttelte verneinend den Kopf.

„Wir wissen ja noch nicht einmal, ob derselbe Stoff auch im Koffer ist und falls ja, wie viel davon.“

„Sicher, das stimmt schon – aber trotzdem sollten wir von dieser Annahme ausgehen und schon mal eine Hausnummer haben. Kümmern Sie sich doch bitte darum.“

Wörmer machte sich eine kurze Notiz.

„Wir müssen davon ausgehen, dass die Sache am Hauptbahnhof eine fehlgeschlagene Übergabe war. – Hier ein Russe, dort ein Russe – hm. Und auf der anderen Seite irgendwelche Gestalten aus dem Mittleren Osten – Iraker, Iraner, Araber – was auch immer. - Aber gut, wir haben den Koffer."

Haunstein sagte dies, als wollte er sich selbst erst mal Mut machen. Wörmer ließ ihn einen kurzen Moment in diesem Gefühl.

„Wie weit sind die Techniker vom LKA eigentlich mit dem Koffer gekommen?", fragte er dann.

„Die arbeiten, so weit ich weiß, noch dran. Nachdem wir am Freitagabend diesen anonymen Anruf bekamen, dass es im sichergestellten Koffer eine Sprengfalle gibt, versuchen die Kollegen, das Problem zu lösen. Bislang aber wohl leider ohne Erfolg", entgegnete Haunstein und verzog dabei sein Gesicht zu einer leichten Grimasse des Bedauerns.

„Ist ja gut, dass wir den Anruf bekamen. – Nachdem wir wissen, was das Zeugs im Koffer anrichten kann - wenn es sich denn um diesen Stoff handelt, den wir in diesem Ei aus der Gau-Algesheimer Werkstatt fanden!"

„Da haben Sie sicher Recht, Wörmer", entgegnete Haunstein. „Da haben Sie verflucht Recht! – Die Techniker vom LKA haben übrigens den Koffer durchleuchtet und eine verdächtige Vorrichtung identifiziert, die auf eine Sprengladung hindeutet."

„Haben sie? – Das wusst ich noch gar nicht", meinte Wörmer.

„Ich hab das erst heute Morgen reinbekommen. Wegen des Meetings im Ministerium bin ich leider noch nicht dazu gekommen, Sie zu informieren."

Wörmer nickte verständnisvoller, als ihm eigentlich lieb war.

„Ich werde jetzt gleich erst mal die Leute vom BKA informieren. Wir müssen, wie es aussieht, vom begründeten Anfangsverdacht des Schmuggels von waffenfähigem, radioaktivem Material ausgehen, und das fällt klar unter das Kriegswaffenkontrollgesetz. – Eigentlich sind wir draußen, Wörmer!"

„Wir sind erst draußen, Herr Haunstein, wenn wir das sicher wissen", erwiderte Wörmer mit verschlossenem Blick.

„Trotzdem geh ich jetzt mal hoch und telefoniere ein bisschen rum. Wir dürfen keine Zeit verlieren. Hier steht verdammt viel auf dem Spiel. – Das ist Ihnen ja wohl klar!"

Schon war er aus der Tür, während Wörmer sich noch mal den Laborbericht zur Hand nahm, um darin etwas nachzublättern, was er meinte, beim ersten Drüberschauen übersehen zu haben. Weil er es auch diesmal nicht fand, läutete er bei Hans-Peter Lämmle durch.

„BCA Lämmle", meldete sich der.

„Hallo, Herr Lämmle, hier noch mal Wörmer vom K 11. Ich hab da noch eine Frage, die ich vorhin vergessen habe."

„Nur zu, fragen Sie", forderte ihn Lämmles Stimme auf.

„Auf diesem Ei, Sie wissen ja, diesem –Einschweißbeutel."

„Plastisol!", half ihm Lämmle durch die Leitung zum richtigen Begriff.

„Gut – also auf diesem Plastisol-Ei war doch was in, na ich schätze mal, kyrillischer Schrift aufgedruckt. – Gibt es da eigentlich schon eine Rückmeldung, was dieser Aufdruck im Deutschen heißt?"

„Hm - warten Sie mal, ich glaube, da ist heute Morgen noch was reingekommen für den Abschlussbericht. Ich frag mal gerade einen Kollegen."

Wörmer hörte ein gedämpftes Stimmengemurmel, dann war mehrere Sekunden Stille, bis Lämmle wieder klar und nah am Hörer sprach.

„Ja, Herr Wörmer – eine Notiz vom Übersetzungsdienst – Charge 3!"

„Wie Charge 3?"

„Na, so heißt die Beschriftung auf dem Beutel – Charge 3."

„Charge?", wiederholte Wörmer wie jemand, der sich in ein neues Wort verliebt hatte und es nicht mehr hergeben wollte. Da es Lämmle jetzt zu bunt war oder weil er nichts darauf erwidern konnte, blieb es am anderen Ende der Leitung still.

„Gut, Herr Lämmle, soviel dazu. Dann hab ich noch eine ganz andere Frage", erlöste Wörmer ihn.

„Was wird das Zeug in dem Plastisol-Beutel wohl wert sein? Haben Sie eine Vorstellung?"

„Pfuh!", Lämmle blies hörbar die Luft durch die Backen, „keine Ahnung, wenn ich ehrlich sein soll. Sicher, radioaktive Stoffe sind auf dem Schwarzmarkt natürlich teuer – je nachdem, für was sie Verwendung finden. Dann kommt hier noch die extreme Sprengkraft hinzu. – Ich weiß es nicht, Herr Wörmer!"

Wenig später saß Petra in Beckers verwaistem Schreibtischstuhl und hörte Wörmers Kurzfassung vom neuesten Stand der Dinge. Sie lauschte seinen Worten, während sie gleichzeitig nicht umhin konnte, irgendeine kreatürliche Gestalt aus dem unentwirrbaren Formen- und Farbenspiel auf Wörmers Strickweste herauszulesen. Immer dann, wenn sie beides sicher bewältigte, biss sie hörbar in einen Apfel.

„Starrst du auf meinen dicken Bauch?", fragte er argwöhnisch.

„Ich versuche, das Muster deiner Strickjacke zu entziffern", gab sie ehrlich zu Antwort.

„Ich kann auch aufhören, wenn ich dich langweile", grummelte er zurück.

„Mach weiter, ich hör schon zu! ... Haben wir keine Angaben zu dem Preis, der für das Zeugs auf dem Schwarzmarkt gezahlt wird und stand auf dem Eikarton Charge 3", wiederholte sie sinngemäß seinen letzten Satz, wobei ihn ihre klaren Augen hinter dunklen Wimpern versöhnlich anlächelten.

„Das heißt, wenn es eine Charge 3 gibt, dann kann es auch durchaus eine Charge 1 und 2 geben, die auf den Markt gelangt", knüpfte er wieder sachlich an seine vorherigen Ausführungen an.

„Oder 4 und 5. – Weiß Haunstein schon davon?"

„Der fühlt sich so schon wie Bruce Willis in Armageddon. – Ich sag´s ihm später."

Beide stellten sich, jeder auf seine Weise, den dürren, hektischen Haunstein mit Fliege und Glanzlackschuhen in einem Astronautenanzug auf einem Asteroiden vor. Haunstein bräuchte bestimmt keine überdimensionalen Hightech-Bohrer wie im Film, sondern würde einfach mit seinen knochigen Fingern das für die weltrettende Sprengladung notwendige Bohrloch in die metallharte Oberfläche hineinstoßen. Petra lächelte spitzbübisch in sich hinein, während sich auch Wörmer einen Herzschlag lang über seine Haunstein-Version amüsierte.

„Du sagtest, der in Gau-Algesheim hochgejagte BMW war in der Werkstatt nirgends als Auftrag registriert", schaltete Petra wieder auf dienstlich. „Kommen wir so vielleicht an diese Russen ran? Gesetzt den Fall, das Ei stammt von den Typen, denen der Wagen gehörte."

„Und die am Bahnhof wahrscheinlich den Koffer verloren haben", ergänzte Wörmer.

Sie nickte und signalisierte ihm mit einer Drehung ihrer Handflächen ihr vollstes Einverständnis.

„Wir sind sowieso draußen, sagt Haunstein", holte er sie dann im Moment auf den Boden der Tatsachen zurück, was sie mit einer unwirschen Handbewegung quittierte, als wollte sie eine lästige Fliege abschütteln.

Einen Augenblick schaute sie betroffen in Richtung des Fensters, durch das ein kalter, wolkenverhangener Himmel hereinschien.

„Na, immerhin können wir den Triebig-Fall abhaken", teilte sie ihm dann mit.

„Heute Mittag kam das Ergebnis aus Dortmund. Triebigs Blut war an der Klinge, und am Messerknauf waren nur die Abdrücke von Tomásek."

„Gratuliere! – Bleibt nur noch zu klären, ob Tomásek Triebig wirklich aus Rache für den Tod seiner Freundin ermordet hat."

„Du meinst wegen Triebigs Tätigkeit beim Verfassungsschutz", versuchte sie seine Gedanken zu erraten.

„Genau! – Vielleicht gibt es darüber ja noch ein anderes Tatmotiv."

„Na, Hauptsache, wir wissen, wer der Mörder war. Sicher, sein Tatmotiv ist wichtig – aber in dem Fall – Tomásek ist doch eh unter der Erde," meinte Petra.

„Hm – wer weiß, so ein Tatmotiv kann unter Umständen zu anderen führen, die nicht unter der Erde sind. – Warten wir mal ab, was Joe in Erfahrung bringt."

17. Februar – Mainz

Joe Becker hatte sich im Bassenheimer Hof, in dem das *Ministerium des Innern und für Sport* untergebracht war, bis zur Abteilung Verfassungsschutz durchreichen lassen. Eine knorrige Brünette jenseits der Fünfzig mit Rüschenbluse hatte ihm Warten im Vorzimmer des Leiters des Referats Rechtsextremismus verordnet.

„Es ist aber nur der stellvertretende Referatsleiter da", hatte sie ihm knapp über ihre Brille beschieden.

„Ist der denn über unser Amtshilfeersuchen informiert?", hatte er zurückgefragt.

„Der weiß alles, was ich auch weiß", hatte sie ihm knurrig geantwortet und ihn dabei kurz und streng über ihre Brille angeschaut.

„Und ich weiß, dass Sie angemeldet sind. Auch der Antrag Ihrer Dienststelle liegt uns vor. Also – gedulden Sie sich bitte noch ein wenig. Der Herr Ministerialrat Schreiber ist noch im Meeting."

„Wie lange wird´s denn wohl noch dauern?", hatte Becker nachgebohrt.

„Das kann ich Ihnen nicht sagen. Ich hoffe aber, Sie haben etwas Zeit mitgebracht!"

Wieder der unmissverständliche Blick über die Brille.

„Na, so viel Zeit haben wir auch nicht", hatte er sich erdreistet.

„Wir hier auch nicht! – Wir gewiss auch nicht!"

Dabei hatte sie das wir herausgespuckt, als würde es ihr den Mund verbrennen, und ihn so missbilligend über ihre Brille angeschaut, dass diese vor lauter Nasenrümpfen noch tiefer über den länglichen Nasenhocker nach unten gerutscht war.

Sie hatte dann nur noch auffordernd auf einige wenige Sitzmöbel im Flur gedeutet, von denen Becker jetzt eins in Beschlag nahm. Durch die Fenster des alten Gemäuers ging sein Blick zur Kupferbergterrasse, die im Dunst des diesigen Nachmittagslichts lag.

Becker hatte sich vorher bereits mit dem *Kicker* gewappnet, da er sich vorsichtigerweise auf eine gewisse Wartezeit eingerichtet hatte. Das auffällig illustrierte Sportmagazin geriet sofort in das Blickfeld der Brünetten, und sie schickte einen missbilligenden Blick in seine Richtung. Sie gab erst Ruhe, als sie sah, dass er es mitbekommen hatte.

Käme wohl besser, wenn ich die *Deutsche Polizei* oder *Kriminalistik* hervorgeholt hätte, ging Becker spöttisch durch den Sinn, und er machte es sich so richtig bequem auf dem Stuhl, um sie noch bisschen mehr zu kitzeln. Doch sie hatte es jetzt vorgezogen, ihn keines Blicks mehr zu würdigen.

Beckers Laune heiterte sich bei der Lektüre über Balitschs unglückliche Rückkehr auf den Leverkusener Fußballrasen nicht unbedingt auf. Aber das, was die schrieben, sah er genauso. Auch wenn es die siebte Niederlage in Folge war, stellte auch der *Kicker* einen Aufwärtstrend fest. Becker ließ den Absatz auf sich wirken und seine angekratzte FSV Fan-Psyche streicheln. Gern nahm er auch die Feststellung entgegen, dass sich für die Mainzer kurioserweise erneut wenig am Abstand auf die Abstiegsplätze verändert hatte und dieser nach wie vor sechs Zähler betrug. Dabei hätte er den Punkteabstand der Mainzer auf den ersten Abstiegsplatz wie aus der Pistole geschossen und mit der aktuellen Tordifferenz als mühelose Draufgabe herunterbeten können, auch wenn man ihn mitten in der Nacht aus dem Schlaf hochgeschreckt hätte.

„Sie können jetzt rein!“, rief ihm die Brünette über den Flur zu und schickte einen Blick nach, der ihm unmissverständlich signalisierte, dass sie froh war, seine Anwesenheit nicht länger ertragen zu müssen.

Becker lächelte ihr überfreundlich zu, faltete den Kicker zweimal über Eck und ließ ihn in seiner bauchigen Manteltasche verschwinden. Dann war er im Zimmer des Ministerialrats, der ihn mit einem kurzen Händedruck begrüßte und ihm an einem kleinen Besprechungstisch einen Platz anbot. Den ihm ebenfalls angebotenen Kaffee hätte er auch dann nicht abgelehnt, wenn er von Kaffee garantiert eine allergische Hautreaktion mit 2-Euro-Stück-großen, juckenden und schwärenden Placken bekäme, weil er wusste, dass die Brünette ihn bedienen musste.

„Bringen Sie uns doch bitte einen Kaffee, Frau Beckendorn“, meldete Herr Schreiber auch schon durch die Anlage nach draußen.

„Mit Milch und Zucker, Herr Becker?“

Becker nickte. Er ließ sich alles bringen, auch wenn er nur Milch in den Kaffee tat.

„So, Herr Becker, dann kommen wir doch gleich zur Sache. Sie brauchen also Informationen zu unserem früheren Mitarbeiter Triebig?“

Während er das sagte, nahm er sich von einer Ecke des Schreibtischs eine Akte und legte sie griffbereit vor sich. Wohl die Personalakte von Triebig, riet Becker in Gedanken.

„Ganz genau! - Wie Sie wissen, wurde Triebig vor drei Wochen in Dortmund ermordet. Die Indizien deuten mit hoher Wahrscheinlichkeit auf einen Tschechen als Täter hin. Wir sind uns aber noch nicht schlüssig über das Tatmotiv und benötigen deshalb noch Informationen über das soziale Umfeld des Opfers.“

Während der Ministerialrat andächtig lauschte und beipflichtend nickte, bastelte Becker weiter an seiner Argumentation.

„Wir konnten in Erfahrung bringen, dass Triebig etliche Jahre in Bayern lebte und Kontakte zur rechtsradikalen Szene in Tschechien gehabt hat.“

„Ja, das ist richtig. Ich habe mir, nachdem Ihre Behörde um das Gespräch ersucht hat, die Akte von Herrn Triebig kommen lassen, mit dem ich persönlich nie zu tun hatte. Ich bin erst nach dem Ausscheiden des Kollegen in diese Abteilung gekommen, wissen Sie."

Frau Beckendorn betrat leise das Zimmer und stellte vor Becker ein Tablett ab. Sie würdigte ihn keines Blicks, lächelte nur kurz ihrem Chef zu und verschwand ebenso geräuschlos.

„Wieso hat Triebig eigentlich in Bayern gelebt? Ich denke, er war beim rheinland-pfälzischen Verfassungsschutz beschäftigt?", hakte Becker nach, wobei er sich Milch aus einem Glaskännchen in den Kaffee goss und ausgiebig umrührte.

„Nun ja, Triebigs Eltern waren Sudetendeutsche, die 1945 vertrieben wurden. Triebig sprach Tschechisch, und als das Bayerische Landesamt für Verfassungsschutz Anfang der 90-er Jahre einen V-Mann mit diesem Anforderungsprofil suchte, bewarb er sich und wurde von uns zeitlich befristet an die bayerischen Kollegen abgestellt."

„Triebig wurde frühpensioniert, nicht wahr? Gab es da irgendwelche dunklen Flecken in seiner Akte, die, ich sag mal, begünstigten, dass er früher als normal in Pension ging?"

Becker setzte die Tasse an – und verbrannte sich den Mund!

Hatte die Schnepfe den in die Mikrowelle getan?

„Spielen Sie da auf was ganz Bestimmtes an?", fragte Schreiber argwöhnisch zurück und riss Becker aus seinem nicht ganz freundlichen Nachsinnen über die diesbezüglichen Motive von Frau Beckendorn. Schreiber hatte sich seine goldumrandete Nickelbrille von der Nase genommen, um Becker intensiver zu fixieren. Seine Augen hatten sich unter der Anstrengung verengt, so dass über der Nase an der Wurzel und links und rechts daneben mehrere furchteinflößende Furchen entstanden waren, die auch einigen Behandlungen mit Botox standhalten würden.

„Nein – nicht unbedingt", konterte Becker, wobei er sich mit seiner Zunge über den lädierten Gaumen fuhr, was ihm aber kaum Linderung verschaffte. „Aber es könnte doch sein, und bei einem Job als V-Mann gerät man wohl schon mal auf die falsche Seite. Wo die Versuchung groß ist, da ... oder so ähnlich, wie das Sprichwort sagt. – Na, auf jeden Fall suchen wir nach dem Tatmotiv, und das kann natürlich in dieser Zeit angelegt sein."

„Gewiss, Herr Becker, aber ich muss Sie enttäuschen", lächelte Schreiber mit wieder einigermaßen geglätteter Stirnpartie.

„Triebig ging ganz normal in den Vorruhestand wegen gesundheitlicher Probleme. Sie verstehen, dass ich Ihnen dazu nichts Näheres sagen kann.“

„Verstehe“, nickte Becker.

„Wann war er eigentlich in Bayern?“, wechselte er das Thema.

„Das war – Moment ...“, Schreiber blätterte in seinen Unterlagen, „... ja, hier ist es, Triebig war von 1992 bis 1998 bei den bayerischen Kollegen.“

„Und er war in Tschechien eingesetzt?“, wollte Becker wissen.

„So weit ich weiß, hat er Aktionen der bayerischen Kollegen in Zusammenarbeit mit den tschechischen Stellen koordiniert. Mehr kann und darf ich Ihnen natürlich nicht sagen. Details aus dieser Zeit wissen überdies nur die bayerischen Kollegen. Wenn Sie mehr wissen wollen, müssen Sie die um Amtshilfe ersuchen.“

„Na, vergessen wir das erst mal. Das hier hat schon lange genug gedauert!“, konnte Becker sich nicht verkneifen.

Ministerialrat Schreiber nahm seine Bemerkung mit merklicher Faltenbildung auf der Stirn, aber ohne eine Entgegnung auf.

„Ab 1998 hat er dann wieder für Ihre Behörde hier gearbeitet?“, fragte Becker unbeirrt weiter.

„Ja!“, erhielt er die einsilbige Antwort.

„Wann wurde er denn pensioniert?“

„Das war ...“, wieder suchte Schreiber nach der Information, „... ja, genau – 1999. Vorher hat er noch als Mann der ersten Stunde an unserem Programm Rauswege aus dem Extremismus mitgearbeitet.“

Becker gab sich beeindruckt, und es entstand eine kurze Gesprächspause, die Ministerialrat Schreiber zum Ausstieg aus dem Gespräch nutzte.

„Ich habe leider gleich ein Meeting, Herr Becker, wenn Sie sonst keine Fragen mehr haben ...?“

Becker hatte wirklich keine mehr.

17. Februar – Frankfurt

Das Schrillen des Telefons ließ Jewgenij Schumatsky in seinem Bett in der Pension an der Friedrich-Ebert-Allee hochfahren. Er brauchte erst einige Sekunden, um wach zu werden. Er rieb sich die Augen.

Das Mobiltelefon auf dem Nachttisch ertönte erneut.

Einmal ... zweimal ... dreimal.

Als er sich meldete, vernahm er die Stimme des Chefs.

„Ich werde selbst nach Deutschland kommen, Jewgenij. Ich bring noch zwei Leute mit, die du nicht kennst. Ich komme morgen, spätestens übermorgen."

„Wenn Sie meinen, dass das notwendig ist."

„Genau das meine ich."

In die Stille, die entstand, tickte die altmodische Uhr auf der Kommode laut und mechanisch. Jewgenij räusperte sich, um anzudeuten, dass die Verbindung noch stand. Er hatte Erfolg, denn in dem Moment hörte er wieder die schneidende, befehlsgewohnte Stimme des Chefs.

„Ich habe meine Verbindungen spielen lassen. – Ich denke, ich weiß jetzt, wie wir womöglich wieder an unseren Koffer kommen können."

Jewgenij erstaunte die Neuigkeit nicht sonderlich. Der Chef hatte immer ein Ass im Ärmel. Das kannte er von ihm.

„Wie?" Mehr fragte er nicht. Der Chef sollte sehen, dass er seinen Ideen vertraute.

„Jetzt nur so viel dazu – sei du morgen Nachmittag gegen 18 Uhr in Mainz – am Valenciaplatz. Mach dich schlau, wie du dahin kommst!"

Was hat er vor? Das Ass im Ärmel hält er auch vor dir verborgen, ging Jewgenij durch den Sinn.

„Hast du einen neuen Wagen?", wurde er in seinen Gedanken durch die Frage des Chefs unterbrochen.

„Ja – den alten sollte ich ja nach der Geschichte mit dieser Autobande wieder loswerden."

„Gut! – Also sei um die Zeit dort. Du wirst einen Mann in Empfang nehmen."

„Was für einen Mann? – Wie erkenn ich den?"

„Ich ruf dich auf dem Handy an, wenn er aus dem Polizeipräsidium rauskommt."

„Aus dem Polizeipräsidium – ein Polizist?"

Die Verblüffung schwang in Jewgenijs Worten mit.

„Ganz genau – ein Polizist. Aber alles andere morgen. Bis dann, Jewgenij!"

Die Leitung war tot. Der Chef hatte das Gespräch beendet.

Jewgenij ließ sich wieder auf das Kopfkissen zurückfallen. Er grübelte und überließ sich seinen Gedanken. Einschlafen konnte er jetzt am frühen Abend sowieso nicht mehr. Er würde nachdenken. Nachdenken war gut! Die Ruhe in der Pension war ideal dafür. Und die Flasche Wodka, die auf seinem Nachttisch stand. Schlafen und nachdenken. Das war seine Hauptbeschäftigung in den zurückliegenden Tagen gewesen, in denen er in dieser Pension zur Untätigkeit verdammt war. Er hatte viel nachgedacht!

18. Februar – Bingen

„Sorry übrigens, dass du auf mich warten musstest", sagte Petra zu Wörmer, während der den Wagen auf der A60 an der Ausfahrt Ingelheim West vorbeisteuerte.

„Meine Mutter hat heute Nachmittag einen Arzttermin. Ich musste für Sabine nach der Schule noch eine Ersatzbleibe finden."

Er blickte kurz zu ihr herüber.

„Überhaupt kein Problem!"

Schon sah er wieder auf die Straße vor sich und setzte zum Überholvorgang an.

„Wolltest du nicht in Gau-Algesheim vorbei? - Dann hättest du hier rausgemusst."

„Das machen wir auf der Rückfahrt."

Er blickte in den Innenspiegel und scherte wieder auf die rechte Spur ein.

„Der Gau-Algesheimer Wagen war doch nirgends in den Auftragsbüchern. Vielleicht haben Springers Leute was auf eigene Kappe gemacht?", meinte Petra, während sie sich ihre Lippen nachzog.

„Vielleicht haben sie es schlicht vergessen einzutragen", schielte er zu ihr rüber.

Sie unterließ den sofort in ihr aufkeimenden Einwand, als sie an seinem Gesichtsausdruck sah, dass er seine Bemerkung nicht wirklich so meinte.

„Vielleicht hatte dieser Russe, auch wenn er mit gefälschten Papieren unterwegs war, tatsächlich nichts mit diesem Quecksilberzeugs zu tun. Womöglich wollte er wirklich was am Wagen reparieren lassen?", überlegte Wörmer laut.

„Da fehlte doch auch der Kfz-Schein“, entgegnete Petra.

„Wenn die den Auftrag schon nicht ordnungsgemäß eintragen. - Aber den Kfz-Schein hätten sie sich doch bestimmt geben lassen!“

„Ich denke, Springer weiß mehr, als er sagt“, entgegnete Wörmer, während er den Wagen von der Autobahn in Richtung Bingen lenkte.

„Hier – hier links hoch!“, gab Petra ihm wenige Minuten später einen Tipp. Wörmer bog ab und folgte dem Schild in Richtung Weiler.

„Da vorn noch mal rechts hoch!“

Schon bog er rechts in die Straße, die sich in einer engen Windung den Berg hochschraubte. Er verlangsamte und schaute sich suchend um.

„Im Bangert!“

Petra deutete auf das Straßenschild.

„Fahr doch einfach mal weiter hoch!“

Was er dann auch machte.

„Elisenhöhe!“, las Petra ab.

Dann waren sie auch schon vor Triebigs Anwesen, parkten den Wagen und machten sich bemerkbar. Während sie darauf warteten, dass ihr Läuten beantwortet wurde, inspizierten sie mit kurzen Blicken den schmucken Flachbungalow, der nach hinten einen traumhaften Blick auf die Rheinebene bot.

Hannelore Triebig öffnete und bat sie nach kurzem Händeschütteln und ihrer beider Beileidsbekundung hinein. Sie war eine elegante Erscheinung, Mitte fünfzig, dunkelblondes gewelltes Haar. Dunkles Twinset, Tweedrock und Perlenkette auf schwarzer Bluse vermittelten den Eindruck, als hätte sie sich trotz Trauer für ihren Besuch extra schick gemacht. Bevor sie ihren Gästen im Wohnzimmer am Tisch vor der Terrassentür einen Platz anbot, stellte sie ihnen einen weiteren Anwesenden vor.

„Herr Tetzlau berät uns schon seit Jahren in Gelddingen. Jetzt nach dem Tod von Hermann gibt es natürlich so viel, was berücksichtigt werden muss. - Ich war Hermanns zweite Frau, wissen Sie. Da sind die Dinge noch komplizierter“, erklärte sie.

Tetzlau, in Anzug und Weste gekleidet, die seiner beachtlichen Leibesfülle nur mühsam Herr wurden, begrüßte sie kurz und verzog sich anschließend wieder in ein Nebenzimmer. Durch die halb geöffnete Tür geriet sein provisorischer Arbeitsplatz ins Blickfeld. Seine fleischigen Finger bearbeiteten bereits wieder die Tastatur eines Notebooks, als Wörmer und Petra noch auf den ihnen angebotenen Kaffee warteten.

Beide ließen das Panorama auf sich wirken, das sich ihnen durch die Fensterfront darbot. Links ging der Blick runter nach Rüdesheim und oberhalb davon zum Niederwalddenkmal mit der Germania, die, von hier aus gesehen, nach all den vielen Jahren und Erfahrungen nicht mehr so streng in Richtung Frankreich zu blicken schien. Vorne Wingerte, die sich nach unten ins Tal schlängelten. Der Rhein lag matt glänzend im Vormittagslicht. Einige Frachter pflügten sich durch das Wasser. Am Horizont ging der Blick bis nach Wiesbaden und zu den Ausläufern des Taunus.

„Schöne Aussicht, nicht wahr?", meinte Tetzlau, der seine Arbeit unterbrochen hatte, um auf der Terrasse eine Zigarette zu rauchen. Petra bedauerte, dass sie ihre Jacke an der Garderobe gelassen hatte, denn ein eisiger Windhauch zog aus dem Garten in das Zimmer. Doch Tetzlau hatte die Tür schon von außen beigedrückt und vertrat sich rauchend die Beine.

„Sie kennen die Triebigs schon lange?", fragte Petra mehr aus Höflichkeit als aus dienstlicher Neugier, als er ins Wohnzimmer zurückkehrte und die Terrassentür schloss.

„Schon etliche Jahre", lächelte er. „Wir haben uns in Bayern kennen gelernt."

„Ah, Sie sind Bayer?", entgegnete sie und wollte ihm schon ein Kompliment machen, dass man kaum einen Dialekt heraushörte, als er ihr zuvorkam.

„Nein", grinste er zurück. „Ich habe dort nur zeitweise gelebt. Ich stamme aus der ehemaligen DDR, aus Magdeburg, um genau zu sein. Nach der Wende hat es mich in den Westen verschlagen."

Er nickte ihr höflich zu und verschwand in seinem provisorischen Arbeitszimmer.

Dann kam Frau Triebig mit dem Kaffee, und gleich darauf befanden sie sich im Gespräch.

„Sie sagten am Telefon, dass auch ein gewisser Oldrich Radz eventuell ein Tatmotiv gehabt hätte. Wir interessieren uns da natürlich für jeden, auch wenn wir den Täter mit hoher Wahrscheinlichkeit identifiziert haben", leitete Wörmer zum konkreten Anlass ihres Besuchs über.

Sie nickte bestätigend.

„Wir haben übrigens über die tschechischen Kollegen Informationen zu Radz eingeholt. - Oldrich Radz ist der Vater des jungen

Mannes, der Mitte der neunziger Jahre von Tomásek und weiteren Mittätern zu Tode geprügelt wurde. Wieso sollte demnach Radz Ihren Mann vom Mörder seines Sohns ermorden lassen? Das gibt doch keinen Sinn!", sagte Petra.

„Da ist es wahrscheinlicher, dass er bei der Ermordung von Tomásek seine Finger im Spiel hat", pflichtete ihr Wörmer bei.

„Sie wissen ja, dass auch Tomásek ermordet wurde?"

Frau Triebig nickt erneut.

„Ich meine ja auch nicht, dass Radz direkt was damit zu tun hat. Das ist wohl wirklich unwahrscheinlich – nachdem Sie mir das mit Radz und Tomásek erzählt haben."

„Sondern ...?", bohrte Wörmer nach.

„Na, ja – das Ganze geht eigentlich zurück bis in die Nachkriegszeit. Ich fange am besten ganz von vorn an ..."

Sie erzählte, während Wörmer und Petra gespannt lauschten und Tetzlau sich nebenan mit den Angelegenheiten von Frau Triebig beschäftigte. Sie erzählte, dass Hermann Triebigs Onkel, ein gewisser Josef Triebig, Ende der zwanziger Jahre eine Tschechin geheiratet und mit ihr in Mähren gelebt hatte.

Vor dem Krieg brachte er es zu beträchtlichem Wohlstand, doch 1949 wurde sein gesamter Besitz von den Kommunisten enteignet. Nutznießer war damals der noch junge Oldrich Radz gewesen, der eine mächtige Figur in der kommunistischen Partei war. Er kaufte mehrere Immobilien, die Josef Triebig gehörten, für eine lächerlich geringe Summe. Josef Triebig und seine Frau, deren Ehe kinderlos blieb, hatten ihren Neffen Hermann Triebig als Erben eingesetzt.

„Darf ich Ihnen noch Kaffee nachschenken?", unterbrach Frau Triebig ihre Ausführungen. Beide lehnten dankend ab und bedeuteten ihr, doch fortzufahren.

„Hermann hat nach der Wende gegen Radz geklagt, weil er seinen ererbten Besitz zurückhaben wollte. Das ging damals über das Kreisgericht in Aussig", machte Hannelore Triebig dort weiter, wo sie vorhin aufgehört hatte.

„Hermann hat den Prozess verloren. Aber damit war die Sache nicht aus der Welt. Ich kann Ihnen natürlich nur das sagen, was er mir später darüber erzählt hat. – Jedenfalls musste dieser Radz wohl handeln, weil bekannt war, dass eine generelle Entscheidung des tschechischen Verfassungsgerichts in dieser Sache anstand."

„Und Radz hat gehandelt?", fragte Petra.

Hannelore Triebig nickte. „Hermann war damals in der Zeit nach dem Prozess in Aussig ...“

Petra machte sich wieder Notizen in ihr handliches Moleskine-Notizbuch.

Eines Abends sei außen am Balkon des Hotels, in dem Hermann mit seiner Tochter logierte, ein Mann hochgeklettert. Gerade als er ins Zimmer eingestiegen war, sei die Tochter aus dem Nachbarzimmer hereingekommen. Sie habe den Eindringling entdeckt und in Panik geschrieen. Der habe aus Schreck oder aus welchem Grund auch immer auf sie geschossen und sei geflohen. Doch beim Versuch, wieder über den Balkon zu verschwinden, sei er an der Balustrade gestolpert und habe sich unten im spitzen Eisengitter des Zauns aufgespießt. Er sei sofort tot gewesen. Triebigs Tochter sei im Krankenhaus an ihren Verletzungen gestorben.

Hannelore Triebig machte eine Pause, um Petra und Wörmer, die jetzt nicht abwehrten, Kaffee nachzuschenken.

„Das Ganze ist Anfang 1995 passiert und hat damals für Aufsehen gesorgt. Der Tote stand wohl in gewisser Verbindung zu Radz, was auch der Polizei bekannt war. Hermann glaubte, dass der Anschlag eigentlich ihm galt und von Radz inszeniert war. Radz wurde vor Gericht gestellt, kam aber aus Mangel an Beweisen frei.“

„Aber Ihrem Mann fiel es schwer, damit klarzukommen?“, fragte Wörmer.

„Er kam überhaupt nicht damit klar! – Für ihn war das ein Auftragskiller und Radz sein Auftraggeber. Auch ohne Beweise. – Vielleicht wusste er auch mehr. Das war ja vor unserer Zeit.“

„Hat Ihr Mann Ihnen sonst noch was erzählt“, hakte Petra nach.

„Tja, ich denke, das kann ich Ihnen ja jetzt ruhig erzählen.“

Sie holte tief Luft. „Ihm kann es ja nicht mehr schaden.“

„Was kann ihm nicht mehr schaden?“

„Na, wissen Sie – er hat damals wohl seine Kontakte spielen lassen und irgendwelchen tschechischen Rechtsradikalen Geld gegeben, damit sie sich den Sohn von diesem Oldrich Radz vorknüpften.“

„Das hat er Ihnen erzählt“, fragte Wörmer überrascht.

„Nicht direkt.“ Sie wich seinem Blick aus und schaute für einen Moment in den Garten. „Ich – ich hab das später zufällig mitbekommen. Er hat mal mit einem aus dieser tschechischen Organisation telefoniert. Da ging es wohl um das Geld. Ich kam gerade nach Hause ...“

„Gut – wir wissen also, dass Radz einen Grund gehabt hätte, Ihrem Mann ans Leder zu wollen. Aber dazu hätte er von dieser Sache wissen müssen“, sagte Wörmer nach einer kurzen Pause.

„Und er hätte wohl jeden anderen geschickt als ausgerechnet Tomásek“, ergänzte Petra.

Kapitel 5

18. Februar – Mainz

Die per Beamer auf die Leinwand projizierte Formel schien den Anwesenden im abgedunkelten Konferenzraum des Polizeipräsidiums übergroß und grell entgegen. Petra, die zusammen mit Kolleginnen und Kollegen aus diversen Kommissariaten sowie dem LKA und BKA in dem winterlich überheizten und schläfrig machenden Raum saß, flimmerten die übergroßen Hgs, Sbs, Ns und Cs vor den Augen. Als sie die kurz zusammenkniff, hörte sie den Zeigestock des Referenten kratzend über die Leinwand schaben, so dass sie es wieder vorzog, ihre Augen dem Licht und der unverständlichen Strukturformel an der Wand auszusetzen. Sie hatte Chemie schon in der Schule gehasst und möglichst schnell abgewählt. Das schien den Referenten, einen gewissen Dr. Haas vom BKA, aber nicht zu interessieren.

„Die von uns analysierte Substanz hat nach vorläufigen Berechnungen eine Detonationsgeschwindigkeit von zirka 48.000 Metern pro Sekunde. Trinitrotoluol, also unser herkömmliches TNT, hat im Vergleich dazu gerade mal 6.900. Die Sprengkraft liegt wahrscheinlich um den Faktor 348,6 über dem von TNT."

„Habe ich Sie richtig verstanden, dass Sie das mehr als 300-fache von TNT meinen", meldete sich einer im Saal.

„Das haben Sie, genau – das 348fache – ja, ganz genau!"

Ein ehrfürchtiges Raunen ging durch den Raum, das Dr. Haas als guten Zeitpunkt interpretierte, an seinen jüngeren Kollegen vom BKA zu übergeben, den Haunstein vorhin als Fabian Freud, leitender Beamter der Task Force zur Bekämpfung international organisierter Bandenkriminalität, vorgestellt hatte.

„Vielleicht sagen Sie noch etwas zur Radioaktivität", forderte Freud Dr. Haas auf.

„Ach ja – natürlich, also – wir haben es hier mit einem Radionuklid zu tun, das sich durch eine Halbwertzeit von etwas über 80 Stunden auszeichnet. Die Strahlenbelastung liegt etwa bei einem Kurzzeitwert von 0,03 Sievert, also nicht im für Menschen kritischen Bereich. Durch die Bleiummantelung des Koffers wird sie fast gegen Null reduziert."

Ach ja, der Koffer!

Haunstein hatte, bevor Dr. Haas ans Pult durfte, mitgeteilt, dass die Techniker von BKA und LKA den Koffer unter Umgehung des Sprengmechanismus aufbekommen hatten.

Gott sei Dank! Petra ließ in Gedanken ein Stoßgebet los. Ansonsten wäre dort, wo sich Polizeipräsidium, Goethe-Park und die halbe Neustadt befanden, jetzt ein Krater, in dem man die Jahresproduktion von Opel verbuddeln konnte.

Haunstein hatte auch mitgeteilt, dass in dem Koffer 23 Beutel von dem Zeug waren, das sie in Gau-Algesheim gefunden hatten. Aber im Moment interessierte sie sich mehr für den Task Force-Menschen Freud. Gut schaute der aus. Drahtig, schlank, um die vierzig, mit dunklen halblangen, gewellten Haaren, die an den Seiten ins Gräuliche übergingen. Zudem mit übertrieben weißen Zähnen und einem zugegebenermaßen sympathischen Lächeln, das ihm gleich zwei Grübchen machte. Außerdem war der Kerl für Winter verdammt braun. Entweder Sonnenstudio oder viele Auslandseinsätze in Ländern mit vielen Sonnentagen.

„Wir gehen davon aus, dass es sich bei der Substanz um rotes Quecksilber handelt", hörte sie ihn sagen.

Rotes Quecksilber - Davon hatte sie nie gehört! Dass hochangereichertes Uran oder Plutonium geschmuggelt wurden – gewiss, aber Quecksilber. Und dass das so gefährlich sein sollte!

„Ich muss leider bisschen weiter ausholen, um Ihnen den vermutlichen Ursprung und den Anwendungsbereich von rotem Quecksilber nahezubringen", entschuldigte sich Freud. Dabei ließ er vor dem Beamerlicht, das immer noch die von nahezu Null Prozent der Anwesenden verstandene Formel an die Wand warf, seine Zähne blitzen.

„Wohlgemerkt, wir vermuten, dass es sich bei dem Stoff um rotes Quecksilber handelt", schränkte er vorsorglich ein.

„Wir wissen es nicht! – Wir wissen es nicht, weil wir noch nie mit dem echten Material in Berührung gekommen sind."

Anschließend führte er seine Zuhörer mit seiner angenehm sonoren Stimme in die bekannten Fakten ein.

„Um das rote Quecksilber ranken sich viele Mythen ..."

Angeblich handelte es sich bei rotem Quecksilber um ein Material, das von russischen Wissenschaftlern während des Kalten Krieges für den Bau von Briefatombomben entwickelt wurde. *Übertrieben!*

Aber es hielt sich das Gerücht, dass von der ehemaligen sowjetischen Seite eine Mini-Atombombe entwickelt wurde, wobei ein als „Rotes Quecksilber“ oder „Red Mercury“ bezeichneter Stoff die Zündfunktion für atomare Sprengköpfe übernehmen sollte. *Schon wahrscheinlicher!*

Es wurde angenommen, dass rotes Quecksilber als Substanz für Atombomben ebenso geeignet war wie zur Tarnbeschichtung von Kampfflugzeugen. Mitte der 90-er Jahre ging durch die Presse, dass aus dem Produkt RM 20/20 hergestellt wurde. Das wurde um den Plutoniummantel einer Miniatombombe gelegt und diente als Zündverstärker. Das war vom BKA und den Nachrichtendiensten aber nie verifiziert oder falsifiziert worden. Auf jeden Fall konnten dadurch Miniatombomben einfacher hergestellt werden, weil RM den Neutronenfluss beschleunigte und deshalb weniger Plutonium zum Bombenbau benötigt wurde. *Wahrscheinlich!*

Des weiteren sprach die festgestellte außergewöhnliche Sprengkraft des Materials dafür, dass es als Hochpräzisionszünder für herkömmliche Bomben und als Zünder für Nuklearbomben eingesetzt werden konnte. *Hörte sich nicht gut an!*

Der Kilopreis von rotem Quecksilber lag auf dem Schwarzmarkt bei um die 350.000 Euro. Wahnsinn! *Das verführte natürlich!*

„... ist somit nach derzeitiger Erkenntnis davon auszugehen, dass die von uns sichergestellte Substanz, und wir gehen einmal davon aus, dass es sich dabei um rotes Quecksilber handelt, sowohl für einen Anschlag mit einer sogenannten schmutzigen Bombe als auch als traditionelle Bombe mit extremem Zerstörungspotential genutzt werden kann.“

Freud schaute in die Runde und nickte Haunstein zu, der sich erhob und kurz in seine dürren Hände klatschte. So musste sich der Beifall des Sensenmanns anhören, fiel dem neben Petra zuhörenden Wörmer ein, und der Vergleich kam ihm angesichts des gerade referierten Themas gar nicht so weit hergeholt vor.

Haunstein machte Licht, und der ganze Saal blinzelte in die Runde.

„So Herrschaften, die Ausgangslage dürfte jedem klar sein! – Wir haben einen Koffer voll mit wahrscheinlich rotem Quecksilber, mit dem man nach derzeitigem Kenntnisstand einen ganzen Stadtteil von Mainz dem Erdboden gleich machen kann. Es gibt zudem einen Flüchtigen, der das Zeug ins Land geschmuggelt hat, und mögliche Drahtzieher. Bekanntermaßen ebenso Abnehmer.“

Er unterbrach seine Rede bewusst für einen Moment, um das Gesagte auf die Anwesenden wirken zu lassen. Dann legte er noch mal nach.

„Außerdem trägt das sichergestellte Material den Aufdruck Charge 3. Gibt´s folglich auch eine Serie 1 und 2, die womöglich ebenfalls im Land sind? - Vor dem Hintergrund des geplanten Besuchs von Präsident Bush und der deutschen Politikprominenz bei uns in Mainz heißt das für uns natürlich allerhöchste Alarmstufe."

Aus dramaturgischen Gründen wippte er dabei auf den Zehenspitzen, so dass seine Fliege auf dem Adamsapfel auf und ab zu gleiten schien.

„Noch heute Nachmittag wird in Koordination mit dem Innenministerium eine SOKO auf die Beine gestellt. Auch die Bundesanwaltschaft wurde bereits informiert. – Meine Damen und Herren, an die Arbeit!"

Wörmer kannte Petra lange genug, um zu wissen, ob sie jemanden mochte oder nicht. Bei Freud war er sich nach kurzer Zeit sicher, dass sie ihn mochte. Na, das sollte ihn erst mal nicht weiter interessieren. Es gab ohnehin genug Arbeit im Umfeld der neu gegründeten Sonderkommission „Rotes Quecksilber".

Außerdem hatte sich auch noch Tetzlau angekündigt. Er hatte angeblich bei der Erledigung der persönlichen Geschäfte von Frau Triebig eine interessante Entdeckung gemacht, die er ihm mitteilen wollte. Er hatte wohl in der Neustadt zu tun und wollte im Präsidium vorbeikommen.

„Sie werden staunen, Herr Hauptkommissar!"

Als Wörmer fragen wollte, worüber er staunen würde, hatte Tetzlau bereits aufgelegt.

Während Wörmer noch über den Sinn und Zweck von Tetzlaus Anruf nachdachte, kamen Freud und Petra gemeinsam aus einer Besprechung. Petra war der SOKO zugeteilt worden oder hatte sich zuteilen lassen. Wörmer wusste es nicht so genau. Auf jeden Fall war Freud als Verbindungsmann des BKA die nächsten Tage erst mal mit von der Partie.

Aus den Augenwinkeln nahm Wörmer wahr, dass Petra Freud einen Kaffee brachte.

„Kann ich auch einen haben", fragte er dreist, um sie ein bisschen herauszufordern.

„Natürlich!", strahlte sie, dass es ihm fast die Sprache verschlug.

„Oh, ich krieg ja tatsächlich einen gebracht“, brachte er ungläubig hervor, als sie ihm wenig später eine Tasse neben seine Tastatur stellte. Er konnte nicht anders, als sie misstrauisch zu beäugen. Doch sie lächelte ihn nur an und entschwand wieder.

Als Tetzlau kam, hatte Wörmer die bemerkenswerte Verhaltensänderung von Petra fast schon wieder vergessen. Natürlich würde er Mara davon berichten, und natürlich würde sie Petra in Schutz nehmen. Vielleicht sollte er besser ganz seinen Mund halten, überlegte er noch, als Tetzlau nicht nur seinen speckigen Schädel, sondern auch bereits den massigen Teil darunter zur Tür hereingeschoben hatte. Nach kurzer Begrüßung bat Wörmer ihn, Platz zu nehmen. Als hätte Tetzlau nur darauf gewartet, ließ er sich auf ein Sitzmöbel nieder. Wohlig streckte er seine Beine aus, um dann aus seiner mitgebrachten Tasche einen in einer Klarsichthülle deponierten Zettel herauszukramen. Den warf er mit elegantem Schwung vor sich auf den Tisch.

„Das ist es, warum ich gekommen bin.“ Er deutete mit seinem bergähnlichen Finger darauf.

Wörmer schaute interessiert.

„Frau Triebig hat das bei der Leerung des Schließfachs ihres Mannes gefunden.“

Wieder schwebte sein Zeigefinger über der Plastikhülle.

„Lassen Sie mal sehen!“

Wörmer holte aus dem Zellophan die Kopie eines Überweisungsträgers. Er entzifferte Petr Kuchtov als Empfänger einer Zahlungsanweisung von Triebig über 200.000 Kronen nach Tschechien auf ein Konto bei der Union Banka in Olmütz, ausgestellt am 6. Mai 1995. Wahrscheinlich hatte er damit die Geschichte mit dem jungen Radz bezahlt.

Warum machte ein Mann wie Triebig das nicht bar auf die Hand, sondern ließ es über Banküberweisung laufen, überlegte Wörmer. Das hatte so einer, der mit allen Wassern gewaschen war, doch nicht ohne Grund gemacht. - Womöglich wollte er was gegen Kuchtov in der Hand haben. Aber wozu? Und außerdem das Risiko. Immerhin ging es um Anstiftung zur Körperverletzung, mehr hätte man ihm sowieso nicht beweisen können. Ein guter Anwalt hätte die Sache eh als geringfügig niedergeschlagen. – Aber trotzdem: Wieso überwies er aus dem grenznahen Grafenau, wenn er damals sowieso häufig in Tschechien war? Und wieso händigte Frau Triebig der Polizei so freimütig belastendes Material gegen ihren Mann aus – auch wenn er tot war? Es ging immerhin um seinen Ruf, womöglich auch um versorgungsrechtliche Nachteile für sie – wenn die Sache weiterverfolgt wurde. Das Ergebnis der Überlegungen, die Wörmer in den wenigen Sekunden anstellte, in denen er den Überweisungsträger vor sich liegen hatte und der neugierige Blick von Tetzlau auf ihm ruhte, war, dass er sich überhaupt keinen Reim darauf machen konnte.

„Wie kommt es, dass Frau Triebig uns das hier so bereitwillig überlässt? Immerhin belastet es ihren Mann."

„Hannelore, ich meine Frau Triebig, will das vom Tisch haben. Ihrem Mann schadet es ja nicht mehr, verstehen Sie?"

So richtig verstand er es nicht, ließ es aber erst mal dabei bewenden.

„Ich danke Ihnen auf jeden Fall, Herr Tetzlau, dass Sie sich die Mühe gemacht haben, vorbeizukommen und mir das hier auszuhändigen."

Wörmer deutete mit einer Handbewegung auf die Kopie.

„Das ist gewiss ein interessantes Indiz, dass uns vielleicht hilft, mögliche Drahtzieher hinter dem Anschlag auf Herrn Triebig ausfindig zu machen", sagte er höflich.

„Sie glauben, dass es dieser Tomásek nicht allein war?", fragte Tetzlau interessiert.

„Das habe ich nicht gesagt. – Wir wollen und dürfen nur keine Möglichkeit ausschließen."

„Ja, natürlich – klar!", Tetzlau erhob sich umständlich.

Als Wörmer eine halbe Stunde später Dienstschluss machte, bemerkte er nicht, dass jemand im Haus genau seine Bewegungen verfolgte, als er sich nach unten zum Parkhaus im Untergeschoss bewegte.

18. Februar – Mainz

Die Straße vor dem Polizeipräsidium lag im Dunkel der früh hereinbrechenden Nacht. Lichtspuren vorbeifahrender Autos reflektierten auf der nassen Fahrbahndecke, trafen ab und an den Rückspiegel des am Straßenrand geparkten Peugeots und störten Jewgenij für einen kurzen Moment in seiner Aufmerksamkeit. Er wartete bereits seit geraumer Zeit, und die Kälte, die über der Stadt lag, kroch langsam durch die Ritze ins Wageninnere. Er hatte den Kragen der Anorakjacke hochgeschlagen, um sich besser zu schützen. Dabei empfand er die Kälte gar nicht mal als besonders unangenehm, hielt sie doch keinem Vergleich mit den Temperaturen stand, die er in den Wintermonaten in seiner Heimat gewohnt war. Das Radio spielte, um ihn abzulenken. Die Musik war der ähnlich, die sie seit einigen Jahren auch in Russland hörten. Leise summte er ab und an ein paar Töne mit und trommelte dabei mit den Fingern den Takt oder das, was er dafür hielt, auf das Lenkrad.

Wieder kam ein Wagen die Auffahrt aus der Tiefgarage hoch, und er schaute intensiv in dessen Richtung. Auch der passte nicht auf die Beschreibung. Noch gab es sowieso Entwarnung. Der Chef hatte sich bislang nicht gemeldet!

Jewgenij war unwohl bei dem Gedanken, einen Polizisten entführen zu sollen, denn so hatte er den Auftrag des Chefs interpretiert. Er hielt es für äußerst riskant, wohl für riskanter, als der Chef das einschätzte.

Konnte es sein, dass der Chef die Situation falsch beurteilte, oder hatte er alles im Griff, wie man das bislang von ihm gewohnt war? Wenn Sergej doch noch da wäre.

Geräuschvoll meldete sich das Handy, das er neben sich auf den Beifahrersitz gelegt hatte. Obwohl er auf den Anruf wartete, zuckte er für einen Moment zusammen.

Es war der Chef.

„Er kommt gleich raus!"

„Wie erkenne ich ihn?"

„Er kommt mit dem Wagen aus der Tiefgarage. Er fährt einen silbernen Opel Omega mit dem Kennzeichen ..."

Er wollte es sich sicherheitshalber aufschreiben.

„Können Sie noch mal wiederholen?"

Der Chef wiederholte.

Die Lichter an der Auffahrrampe machten die Identifikation des Wagens trotz der bereits vorangeschrittenen Dunkelheit einfacher. Trotzdem musste er wie ein Luchs aufpassen, wenn er keinen Fehler machen wollte. Er hielt das Fernglas an die Augen und wartete. Wieder hatte er kurz das Gefühl, die Stimme des Chefs von irgendwoher zu kennen. Ihn selbst hatte er ja nur einmal im Halbdunkel als Silhouette gesehen.

Diese Stimme – woher kannte er die nur? Meistens schien er seine Stimme am Telefon bewusst zu verstellen. Doch jetzt wieder der Tonfall, der ihm schon vor Tagen in der Frankfurter Pension aufgefallen war.

Jewgenij wurde aus seinen Gedanken gerissen, weil ein Wagen die Rampe hochkam, auf den die Beschreibung zu passen schien. Er schaute angestrengt durch das Fernglas.

Ja, das war er!

Der Wagen hielt oben an der Straßeneinmündung und bog zum Rhein hin ab. Jewgenij startete den Motor und folgte ihm in unverdächtigem Abstand. Trotzdem musste er dicht genug dranbleiben, um ihn nicht zu verlieren. Er durfte keine Fehler machen!

Er folgte dem Wagen durch die ihm unbekannte Stadt. Erst ging es am Rhein entlang und dann irgendwann nach rechts und immer höher. Irgendwann bog er in eine Straße ein, die Jewgenij als Stahlbergstraße ausmachte. Zwei Minuten später parkte der Wagen am Seitenrand. Ein Mann, seine mittelgroße Gestalt in einen halblangen Mantel gehüllt, stieg aus und betrat ein im Schatten zweier mächtiger Tannen gelegenes Haus. Eine Außenleuchte mit Bewegungsmelder warf ein fahles Licht auf einen gefliesten Weg, der von Büschen und Sträuchern gesäumt wurde. Jewgenij suchte sich einen Parkplatz in Sichtweite. Dann wartete er – gegen die Kälte vorsorglich in den dick gefütterten Anorak mit Kapuze verpackt.

Zwei Stunden später stieg eine Frau vor dem Anwesen aus. In der Dunkelheit sah Jewgenij im Scheinwerferlicht eines vorbeifahrenden Wagens kurz ihr hübsches Gesicht und ihre unter einer dicken Mütze hervorquellenden dunklen Locken. Kurz darauf war die zierliche Gestalt im Haus verschwunden.

Jewgenij richtete sich auf eine lange und unangenehme Nacht ein. Der Schlafsack und die Decken, die er sich besorgt hatte, würden es nicht schaffen, die Nachtkälte von ihm fernzuhalten. Innerlich verfluchte er sich dafür, dass er sich keinen Wagen mit Standheizung besorgt hatte. Aber das hatte er zu dem Zeitpunkt auch noch nicht wissen können.

Die Straße war noch ruhiger und unbelebter geworden. Nur selten traf ihn der Scheinwerferkegel eines vorbeifahrenden Wagens. Er griff sich von der Rückbank sein mitgebrachtes Essen. Wenigstens etwas Angenehmes, dachte er. Auch eine Flasche Smirnoff-Wodka war dabei. Alte Gewohnheit! Eine Flasche über die ganze Nacht verteilt, würde seine Handlungsfähigkeit nicht beeinträchtigen. Außerdem wärmte sie in der Nacht.

18. Februar – Mainz

Wörmer räumte auch noch die Teller in den Geschirrspüler. Als er zurück ins Wohnzimmer kam, hatte Mara ihm zur Belohnung einen kleinen Karton Mövenpick-Eis hingestellt. Auch noch Schokolade-irgendwas-Geschmack! Er lächelte sie ergeben an. Sie löffelten schweigsam, während die Kerze die Rotweinflüssigkeit in ihren Gläsern in ein Licht von himbeerfarbener Pflaume-Madeira tauchte.

Das plötzlich läutende Telefon musste seine akustische Benachrichtigungsfunktion gleich mehrfach unter Beweis stellen, bevor sich Wörmer aufraffte, die fünf Meter zur Entgegennahme des Gesprächs zurückzulegen. Fast verlor er noch gegen den Anrufbeantworter, der gerade im Begriff war zu übernehmen.

„Ja, Wörmer hier“, meldete er sich.

„Ach, hallo – du bist es.“

Einen Moment später hielt er Mara den Hörer hin.

„Es ist Petra – für dich!“ Er übergab den Hörer halb schadenfroh, um danach weiter sein Eis zu löffeln.

Er konnte sich denken, um was es ging.

Dass es länger dauern würde, merkte er sofort an Maras sich veränderndem Gesichtsausdruck. Sie hatte eine höchst interessante Neuigkeit mitgeteilt bekommen.

„Nein! –Was du nicht sagst!“, entgegnete sie gerade. Sie verließ augenblicklich den Tisch und kuschelte sich mit dem Hörer auf der Couch ein, um ihm zu signalisieren: Das geht dich nichts an, misch dich bloß nicht ein, und lass mich in Ruhe!

Sie hätte es ihm nicht offensichtlicher zeigen können, dass es um Freud ging.

Wörmer tat so, als hätte er nur Augen und Ohren für sein Eis, während er ihr pantomimisch mitzuteilen versuchte, dass ihrem Eis Gefahr drohte zu verlaufen.

Aber was kümmerte sie im Moment ihr Eis! – Außerdem war er gerade dabei, gegen Regel drei – sie in Ruhe zu lassen – zu verstoßen, was sie ihm mit einem unwirschen Augenaufschlag signalisierte.

Na, gut – bitte schön! Dann eben nicht!

„Warum hast du es nicht gemacht?“, hörte er Mara sagen.

Wörmer horchte neugierig auf, während er nach außen gelangweilt mit der Serviette eine kleine Eispfütze vom Tisch wischte.

„Hm – stimmt schon. – Sich gleich am ersten Abend auf einen Drink einladen lassen. Ist vielleicht gar nicht gut. Dann zeigst du ihm zu deutlich, dass du an ihm interessiert bist. – Aber wenn du ihn gut findest, dann musst du ihm auf jedem Fall zeigen, dass er eine Chance bei dir hat – das schon ...“

Gleich darauf erkannte Wörmer an Maras interessiertem Gesichtsausdruck, dass Freud bei Petra durchaus eine Chance hatte.

„Nein, natürlich nicht. – Das würde mir auch zu rasch gehen!“

So ging das noch eine Zeitlang hin und her, bis Wörmer beim besten Willen nichts mehr in dem ovalen Mövenpick-Schächtelchen fand, was er noch herauskratzen konnte.

Zwischendrin wurde das Ganze immer wieder von Maras eingeflochtenen „Ahas“ und „Ohs“ begleitet, ebenso ihrem „Ich freu mich für dich!“ und „Ich drück dir die Daumen!“ Natürlich auch von: „Ruf mich sofort an, wenn es was Neues gibt, hörst du. Ich will das sofort wissen!“

Dann legte Mara mit freudestrahlendem Gesicht auf und sah ihn vielsagend an.

„Du wirst es nicht glauben – Petra hat sich verknallt!“

Er schaute sie nur eindringlich an, während sie versuchte, mit schneller Löffelbewegung den Kampf gegen die fortschreitende Verflüssigung ihres Eisbechers zu gewinnen.

Seine Reaktion war ihr sichtlich zu wenig.

„Willst du nicht wissen, wer es ist?“

In dem Moment bedauerte er, dass er ihr seine Beobachtung hinsichtlich der Verhaltensänderung von Petra und deren Zusammenhang mit einem gewissen BKA-Mann Freud verschwiegen hatte. Jetzt musste er natürlich seine Rolle weiterspielen.

Er schaute sie möglichst einfältig an.

„Doch, natürlich – schon!“

„Freud – Fabian Freud heißt er. – Du kennst ihn auch. Der BKA-Mann, der seit heute mit euch zusammenarbeitet!“

„Seit heute!“, wiederholte er mit Betonung auf heute. „Sie kennt ihn seit heute und hat sich schon in ihn verknallt? Findest du nicht auch, dass sich die Dinge da bisschen überstürzen?“

„Wo die Liebe hinfällt!“, hielt sie ihm spontan entgegen, wobei ihre dunklen Augen vor Aufregung funkelten.

„Außerdem hat sie das so auch nicht gesagt ..."

„Ah, ja - sondern?"

„Na, ja – ich hab herausgehört, dass sich da was anzubahnen scheint."

„So, so – du hast das herausgehört."

Sie nickte überzeugt.

„Sie scheint ihn wirklich zu mögen", sagte sie dann.

„Der Kerl soll mir bloß keine Unruhe in meine Mannschaft bringen."

„In deine Mannschaft!", äffte sie ihn nach.

„Genau, in meine Mannschaft – wir sind nämlich Teamspieler. So was schadet nur. Gerade jetzt!"

„Die arme Petra darf sich also nicht verlieben, weil du plötzlich was dagegen hat. Dabei bist du doch derjenige, der ständig sagt, dass Petra wieder einen Mann braucht", provozierte sie ihn.

„Das mag sein, dass ich das schon mal gesagt habe - auch wegen Sabine natürlich", schränkte er ein.

„Na, also!" Mara prostete ihm mit süffisantem Siegerlächeln zu, was ihn wurmte, zumal er merkte, dass ihm zunehmend die Argumente ausgingen.

„Gut, es mag also sein, dass ihr und Sabine ein Mann im Haus wieder gut tun würden", versuchte er es erneut, „aber das muss doch nicht alles an einem Tag passieren, oder?"

Zufrieden kratzte er mit dem Dessertlöffel erneut in dem längst eisfreien Karton, um seiner Antwort eine möglichst lässige Geste folgen zu lassen. Das fuchste sie am meisten, wenn er eine Diskussion auf diese Art und Weise für beendet erklärte. Insgeheim freute er sich bereits auf ihre Reaktion. Er lag richtig, denn ihre Augen funkelten ihn jetzt gefährlich über den Tisch hinweg an, während sie an ihrer Erwiderung bastelte.

„Und außerdem braucht sie dich nicht um Erlaubnis zu fragen."

„Das hab ich ja auch gar nicht gesagt." Er ergriff sein Weinglas und prostete ihr zu. Sie reagierte nicht darauf.

„Aber der Herr hat trotzdem was dagegen", forderte sie ihn mit keckem Augenaufschlag heraus.

„Der Herr hat überhaupt nichts dagegen", imitierte er sie. „Aber dann soll sie sich gefälligst woanders einen Kerl suchen. Es gibt doch genug Männer. Da muss es nicht ausgerechnet dieser Mensch vom BKA sein. Wie es aussieht, haben wir mit dem in den nächsten Tagen und Wochen sowieso mehr zu tun, als uns lieb ist."

„Gut für Petra!“
Wörmer gab sich geschlagen.

19. Februar – Mainz

Kurz vor acht verließ Mara das Haus. Wörmer kam etwas später heraus. Er schloss den Wagen auf und warf die Aktentasche auf den Rücksitz.

Plötzlich stach ihm etwas Hartes in den Rücken, dass er zusammenzuckte.

„Sei still und rühr dich nicht!“, hörte er, als er sich gerade umdrehen wollte, eine harte Stimme mit russischem Akzent. Aus den Augenwinkeln bemerkte er die Pistole, die ihm den Schmerz zwischen den Schulterblättern verursachte.

„Einsteigen!“

„Wer sind Sie? – Was wollen Sie?“

„Einsteigen!“, wiederholte die Stimme.

Der Pistolenlauf drückte noch stärker in den Rücken. Wörmer blieb nichts anderes übrig, als auf den Fahrersitz zu rutschen. Der Russe setzte sich hinter ihn auf die Rückbank.

„Verdammt – was wollen Sie von mir?“, fragte Wörmer erneut angestrengt über eine Schulter nach hinten, als er den Wagen aus der Parklücke steuerte.

Er sah das grobschlächtige Gesicht seines Entführers im Rückspiegel, unter dessen buschigen Brauen ihm kleine, kalte Augen entgegenblickten. In seinem Nacken glaubte er alkoholgetränkten Atem zu riechen.

„Die Polizei hat einen Koffer, der mir gehört. Den will ich wieder haben“, sagte der Russe im Rückspiegel.

Die Mündung der Pistole kratzte für einen Moment kalt und unangenehm an Wörmers Schläfe.

„Sie meinen dieses Zeugs, diese Plastikeier?“

Der Russe nickte.

„Wie soll ich Ihnen da helfen? - Der Koffer ist bestimmt in der Asservatenkammer.“

„Keine Mätzchen, verstanden!“, zischte ihm der Russe ins Genick. „Die Polizei hat den Koffer. Du bist Polizist und wirst mir den Koffer wiederbeschaffen – oder sterben!“

„Wie ich sagte – der Koffer ist sehr wahrscheinlich in der Asservatenkammer. Da kann ich nicht so einfach reinspazieren und ihn holen."

Wörmer merkte, dass ihm trotz des kühlen Wetters etliche Schweißtropfen den Rücken runterperlten.

„Was ist eine Asservatenkammer?", wollte der Russe wissen.

„Dort kommen die Sachen hin, die von der Polizei sichergestellt werden", versuchte Wörmer eine möglichst einfach Antwort hinzubekommen.

„Gut, gut – du wirst mir helfen, den Koffer aus dieser – Kammer zu bekommen."

Während Wörmer krampfhaft überlegte, wie er aus der brenzligen Situation rauskommen sollte, spielte Jewgenij die nächsten Schritte im Kopf durch, die ihm der Chef aufgetragen hatte.

Er hatte seit gestern Abend und dem zweiten Anruf des Chefs genügend Zeit zum Überlegen gehabt. Schlafen konnte er angesichts des beengten Platzangebots im Auto und wegen der von Stunde zu Stunde zunehmenden Kälte sowieso kaum. Den Wecker, den er sich am Handy gestellt hatte, hätte er sich schenken können.

Der Chef hatte ihm erzählt, dass sie mit den Irakern wieder im Geschäft waren.

„Kostet die Scheißkerle jetzt aber vier Millionen", hatte der Chef gesagt.

„Chef, die werden uns doch wieder linken. Sergej hat das schon das Leben gekostet und mich beinahe", hatte er geantwortet.

„Wir bereiten das gut vor und sichern es diesmal hundertprozentig ab. Lass mich nur machen."

Er sollte mit diesem Polizisten, nachdem er den Koffer hatte, zu einer Adresse in Oppenheim.

„Der Bulle weiß schon, wie du dahinkommst. Ist etwa 15 Kilometer von Mainz weg. Dann bist du erst mal relativ sicher vor den Bullen und den Amis. Die werden nach eurer Aktion am Bahnhof und nachdem sie den roten Merkur untersucht haben, ihre Maschinerien auf Hochtouren laufen lassen", hatte der Chef gemeint.

Der Chef musste Helfer in Deutschland haben, zumindest einen. Das hätte er nie im voraus alles planen können. Jewgenijs Zuversicht war dadurch wieder gestiegen. Er fühlte sich nicht mehr ganz allein. Und außerdem wollte der Chef morgen selbst da sein!

Nachdem er Wörmer auf den Zubringer zur A63 dirigiert hatte, befahl ihm Jewgenij, auf der Höhe von Klein-Winternheim abzufahren. Er ließ ihn auf einen Feldweg abbiegen und nach rund zwanzig Metern neben einigen Nadelbäumen anhalten, welche die Sicht zur Straße versperrten.

„Also, noch mal – ich will den Koffer. Egal wie!", machte er Wörmer erneut klar, nachdem der den Motor abgestellt hatte.

„Da kann ich doch nichts machen! Der ist bereits in der Zuständigkeit des Bundeskriminalamts", log Wörmer.

Hätten die das Mistzeug doch nur direkt mitgenommen und nach Berlin oder sonst wo hin geschafft, dachte er.

„Ist mir egal. Sie helfen mir oder Sie sterben! Wenn es sein muss, hier und jetzt!"

Umständlich drehte Jewgenij einen Schalldämpfer auf die Pistole, um ihm zu zeigen, wie ernst es ihm war.

„In Russland machen wir ein kleines Spiel", sagte er dann.

Wörmer wollte gar nicht wissen, wie das ging, doch Jewgenij sagte es ihm.

„Vierter Schuss tötet. Wollen Sie wissen, wo die drei ersten Schüsse hingehen?"

Wörmer wollte auch das nicht wissen und überlegte. Er musste Zeit gewinnen!

„Also – helfen Sie mir?", hörte er die Frage des Russen, und aus dem Unterton in seiner Stimme meinte er herauszuhören, dass er die Frage nur noch dieses eine Mal gestellt bekam.

„Na, gut!", willigte Wörmer ein. „Wir fahren zum Polizeipräsidium. Da gibt es eine Abteilung, in der das Zeug wohl noch aufbewahrt wird. – Es kann aber sein, dass die Leute vom BKA, das ist unsere Bundespolizei, wie in Amerika das FBI ..." erklärte er. „Also, es kann sein, dass die Leute vom BKA das Zeug schon abgeholt haben."

Das hatten sie noch nicht, denn er wusste von Freud, dass das rote Quecksilber erst heute Nachmittag zunächst nach Wiesbaden gebracht werden sollte.

„Sehr gut - Sie helfen mir. Dann haben Sie eine Chance zu leben", erklärte der Russe kategorisch.

Als Wörmer gerade weiterfahren wollte, klingelte sein Handy.

„Ich sollte besser drangehen."

„Gut!", schnarrte der Russe.

„Aber kein falsches Wort, sonst Spieländerung – erster Schuss tötet!"

Was für ein Clown, dachte Wörmer gequält.

19. Februar – Gau-Algesheim

„Wilfried, wir brauchen drei Wagen, die nach Russland gehen sollen!“

„Wie stellst du dir das vor? – Ich hab nur noch zwei Männer von der alten Mannschaft übrig. Außerdem sitzen mir die Bullen im Nacken!“, schnaubte Springer aufgebracht in den Telefonhörer.

„Wieso die Bullen? – Immer noch wegen dem BMW, den die Killer hochgejagt haben?“

„Natürlich! Die haben mir doch nicht abgekauft, dass der nur aus Versehen nirgends in den Büchern zu finden war!“

„Na und! – Die können uns gar nichts. Du weißt von nichts!“, sagte sein Gegenüber am anderen Ende der Leitung.

„Das sagst du so einfach! – Aber ich muss auf der Hut sein. Über die Geschichte muss erst etwas Gras wachsen.“

„Das geht aber nicht!“, vernahm er die aufgebrachte Stimme an seinem Ohr, die fast in ein atemloses Keuchen überging. „Ich bekomme übernächste Woche eine Lieferung aus Jakutsk. Die muss ich mit den Autos bezahlen. – Ich bin momentan nicht flüssig.“

„Können wir die Lieferung nicht um ein paar Wochen verschieben?“

„Unmöglich! – Die Abnehmer in Amsterdam wollen die Lieferung zum ausgemachten Termin. Wenn wir nicht liefern, sind wir aus dem Geschäft. Und du weißt, was das für uns bedeutet!“

„Hm – das ist aber wirklich ein Problem“, seufzte Springer.

„Die können dir doch nichts anhängen, Wilfried. – In der Werkstatt gibt es nichts Verdächtiges. Die haben das Anwesen doch schon tagelang untersucht und nicht gefunden außer verbranntem Blech und Schrott. – Da siehst du mal, wie gut meine Idee war, das andere Material in Büdesheim zu bunkern. Von der Scheune weiß keiner.“

„Höchstens, wenn man mich ab und zu da sieht.“

„Jetzt mach dir mal nicht ins Hemd! Da kommt nichts, da bin ich sicher.“

„Na, gut – hoffen wir mal!“

„Bestimmt – so, zu den Wagen, wir brauchen einen Jaguar XJ8 Sovereign, einen Volvo XC90 und ein Mercedes CLK Coupé.“

„Sonst noch was?“, schnaubte Springer. „Du vergisst, dass ich keine Leute mehr hab. Außerdem stehen die Karren nicht wie Sand am Meer an der Straße rum.“

„Du hast doch Listen mit Standorten bevorzugter Modelle in unserer Region, oder nicht?“

„Trotzdem! – Wer weiß, ob die grad dabei sind. Und Listen veralten schnell.“

„Ich schick dir morgen zwei Leute vorbei. Die sind gut!“

„Was können die denn?“, fragte Springer in die Muschel. „Klauen oder umfrisieren?“

„Beides! – Verlass dich nur auf mich!“

19. Februar – Mainz

„Gehen Sie denn heute Abend mit mir aus?“, fragte Freud die ihm gegenübersitzende Petra. Er lächelte sein gewinnendes Lächeln, wobei sich augenblicklich die beiden Grübchen bemerkbar machten.

Sie lachte hell auf. „Sie sind aber hartnäckig! – Außerdem ist es erst halb zehn. Fragen Sie doch heute Abend noch mal nach.“

„Heute Abend ist Samstagabend. Wie lange gedenken Sie denn, hier die Stellung zu halten?“

„Na, das kann schon später werden. Aber wem sag ich das? – Sie wissen doch selbst, dass wir uns unter Umständen die ganze Nacht um die Ohren schlagen müssen.“

„Da können wir ja nur hoffen, dass wir die Russen und ihre Auftraggeber bis heute Nachmittag im Käfig haben. – Und dass wir den Amerikanern keine Sonderwürste braten müssen!“

Er lächelte verschmitzt.

„Was sagt denn die Freundin dazu, dass Sie, kaum dass Sie bei uns sind, mit mir ausgehen wollen?“

Ihre beiläufige Äußerung unterstrich sie mit einem leicht spöttischen Grinsen um die Mundwinkel.

„Es gibt keine Freundin“, sagte er ernst.

Sein Gesichtsausdruck hatte sich schlagartig geändert. Seine jungenhafte Unbekümmertheit, die eben noch den Scharm versprühte, der auf Frauen wirkte, war wie ausradiert.

„Es gab eine Frau, die vor anderthalb Jahren an Krebs gestorben ist.“

Es folgte eine unangenehme Pause, in der Petra versuchte, ihre Betroffenheit in den Griff zu bekommen, um etwas Sinnvolles erwidern zu können. Es gelang ihr nicht wirklich.

„Oh, wie schrecklich, das tut mir leid!"

Er schwieg.

„Kinder?", fragte sie vorsichtig.

„Nein ... wir wollten – doch plötzlich war alles aus. Als – als sie es feststellten, waren schon überall Metastasen. – Es hat nicht lange gedauert."

Beide schwiegen, und in die beklommene Situation platzte Becker wie eine Erlösung herein.

„Na, ihr beiden – auch grummelig, weil wir heute Überstunden schieben müssen?", interpretierte er die Stimmung im Zimmer völlig falsch.

Beide schauten ihn nur schweigend an.

„Tja, ich wollte heute Nachmittag eigentlich ins Bruchweg-Stadion. So ´n Mist, dass sich Bush und Schröder ausgerechnet Mainz als Treffpunkt ausgesucht haben", fuhr er unbeirrt fort.

„Vielleicht klappt es ja trotzdem, Herr Becker", versuchte Freud ihn ein wenig aufzumuntern.

Erleichtert nahm Petra wahr, dass Freuds Gesichtszüge sich wieder deutlich aufgehellt hatten.

„Hoffe mers!", verfiel Becker kurz ins Mainzerische. „Das ist nämlich ein super wichtiges Spiel."

„Joe, für dich ist doch jedes Spiel ein wichtiges Spiel!", frotzelte Petra.

„Ist es auch!" Er rümpfte unmerklich die Nase und latschte aus dem Raum.

„Woher – wollen Sie überhaupt wissen, ob ich an einer Männerbekanntschaft interessiert bin?", knüpfte Petra unvermittelt an ihr vorheriges Gespräch an.

Sie lächelte dabei verlegener, als sie es eigentlich wollte.

Sie überraschte ihn ein wenig. Während er noch um eine Antwort bemüht war, legte sie nach. „Vielleicht bin ich ja fest liiert."

„Wir sind doch Kriminalisten. Da gehört die Informationsbeschaffung doch zum Handwerkzeug, oder?", entgegnete er jetzt, wobei er ihren Blick lächelnd erwiderte.

Das war bestimmt Becker, dieser Idiot! Männergespräche!

Sie würde künftig vorsichtiger sein und überlegte sich spontan drei Foltermethoden für Becker. Die schlimmste war sicher Stadionverbot am Bruchweg. Na, dem würde sie was erzählen! Und zu allem Überdruss schnitt sie auch noch dieses für den armen Freud furchtbare Thema an. Wie peinlich!

„Okay!“, sagte sie.

„Was ist okay?“, fragte er.

„Sie haben gewonnen. Ich gehe heute Abend mit Ihnen aus“, lächelte sie ihn an.

„Prima!“ Sein Gesicht strahlte, wobei sich die beiden Grübchen wieder bemerkbar machten.

„Aber Sie müssen was aussuchen. Ich kenn mich ja hier nicht aus.“

„Och, da fällt mir schon was ein.“

„Während er sie noch anstrahlte, änderte sich sein Gesichtsausdruck.

„Jetzt muss ich aber ... Ich habe gleich verschiedene Besprechungen.“

Er sammelte mehrere Blätter auf, die er vorhin am Schreibtisch studiert hatte, und ließ sie in einer Mappe verschwinden.

„Weiß man jetzt eigentlich, ob es sich tatsächlich um dieses rote Quecksilber handelt“, fragte sie und deutet auf die Mappe, auf der das Etikett „Rotes Quecksilber“ klebte, sinnigerweise auch noch in roter Schrift.

„Nein, mit Gewissheit kann das noch keiner sagen. Aber so oder so – die kolossale Sprengkraft macht das Zeug hochgradig attraktiv für Terroristen. Und da stehen den Sicherheitsleuten natürlich angesichts des Bush-Besuchs die Haare zu Berge.“

„Ist die Wirkung wirklich so gewaltig, wie Sie und der BKA-Chemiker das gestern beschrieben haben?“

„Noch viel schlimmer! – Wenn nur das rote Quecksilber gezündet wird – immens! Wirklich eine Sprengkraft, die jeden Vergleich mit konventionellem Sprengstoff über den Haufen wirft. Aber schlimmer, viel schlimmer ist, wenn Terroristen das Know-how haben und das rote Quecksilber in eine Wasserstoffbombe umfunktionieren. Das kann ein Apparat sein, der kaum die Große eines Fußballs hat. Stellen Sie sich nur vor! – Da steht jemand als Zuschauer in der Menge mit einem kleinen Rucksack über der Schulter, während Bush und Schröder vorbeigehen.“

Petra schluckte beeindruckt.

„Wie ich heute Morgen erfahren habe, wurde aber bereits vorgesorgt. - Der Besuch findet wohl größtenteils unter Ausschluss der Öffentlichkeit statt.“

„Aus dem Grund?“

„Wahrscheinlich. So genau weiß ich das natürlich auch nicht. – Aber das ist jedenfalls das Prinzip. So eine Bombe basiert, wie man mir verklickert hat, auf schwerem Wasserstoff, sogenanntem Deuterium. – Deuterium- und Tritium-Isotopen, das sind wohl ebenfalls Wasserstoff-Isotopen, dienen als Brennstoff des Ganzen. Werden beide entsprechend zusammengepresst und erhitzt, dann verschmelzen sie und setzen Neutronen frei, die in einem Umkreis von mehreren Hundert Metern alles töten! – Und rotes Quecksilber ist der ideale Zünder! Es geht nicht sofort hoch, sondern bleibt lange genug intakt, um die enorme Temperatur und den Druck zu erzeugen, die für eine solche Verschmelzung erforderlich sind. - Oder so ähnlich."

Er lächelte sie an.

„Whow!", stieß Petra durch die Zähne. Sie konnte sich nur das fürchterliche Ergebnis ausmalen, ohne eins der Details zu verstehen.

„Und schön handlich wie ein Kinderarsch!", ergänzte Freud. „Lässt sich überall verstauen, braucht kein Plutonium oder Uran, an die sowieso nur schwer ranzukommen ist – hat aber eine ähnlich verheerende Wirkung!"

Becker steckte in dem Moment den Kopf durch die Tür, interpretiert ihre Stimmung aber unverändert als mit den Samstagsüberstunden zusammenhängend und verzog sich schleunigst wieder.

Gerade als Freud gehen wollte, klingelte das Telefon. Petra nahm ab.

Freud war fast schon aus die Tür, als sie ihm bei seinem Versuch, ihr ein Kusshändchen zuzuwerfen, signalisierte zu warten.

„Was Neues?", fragte er gespannt, als sie aufgelegt hatte.

„Die Asservatenkammer! – Wörmer war mit einem Fremden da und hat den Koffer abgeholt", sagte sie besorgt.

„Was? – Den Koffer, da stimmt doch was nicht!"

„Natürlich stimmt da was nicht! – Er klang schon vor einer Stunde so komisch, als ich ihn angerufen habe."

Kapitel 6

19. Februar – Oppenheim

Wörmers Rücken und Steiß schmerzten. Er kauerte auf dem Boden. Mit einem Arm hatte ihn der Russe mit seinen Handschellen an der Heizung im Bad festgekettet. Es war alles gut vorbereitet, was Wörmer erstaunt hatte. Das kleine Hotel in der Wormser Straße, versteckt in den kleinen Straßen im Stadtkern, war ein idealer Unterschlupf. Der Russe musste Helfer haben. Allein hatte er das gewiss nicht vorbereiten können. Als Wörmer den Wagen abgestellt hatte, hatte ihn der Russe mit vorgehaltener Pistole, die er in der Manteltasche verborgen hielt, zu ihrer jetzigen Bleibe dirigiert. Die Suite war reserviert und bereits bezahlt, soweit Wörmer das mitbekommen hatte – auf die Herren Sokolew und Pechstein. Der ihm zugedachte Phantasiename entbehrte nicht einer gewissen Ironie!

Wie und ob der Russe das mit dem Vorlegen der Ausweise gemacht hatte, wusste Wörmer nicht. Der Russe hatte ihn unter einem Vorwand direkt nach oben gebracht. Dort hockte Wörmer seit nunmehr gut drei Stunden auf dem Boden. Langsam taten ihm alle Knochen weh, und das Handgelenk, an dem die Handschelle befestigt war, schmerzte immer mehr. Der Russe hatte ihnen über Zimmerservice Essen bringen lassen. Vorher hatte er ihm eine Rolle Klebeband mit der Andeutung gezeigt, dass er ihm auch die ganze Zeit über den Mund verkleben könnte. Er hatte es nicht gemacht, weil er glaubte, dass der „Polizist" vernünftig war. Falls er jedoch schrie oder sich anderweitig bemerkbar machte, würde er nicht zögern, ihn zu töten. Er hatte ihm zur Bekräftigung wieder seine Pistole gezeigt, auf der immer noch der Schalldämpfer aufgeschraubt war.

„Du bist zwar eine Sicherheit für mich, Polizist, bis ich aus deinem Land raus bin. Ich komme aber auch ohne dich klar. Denk immer daran", hatte er gesagt.

Wörmer hatte von dem zugegebenermaßen guten und reichhaltigen Mahl nur wenig zu sich genommen. Noch stand der halbvolle Teller zwischen seinen Füßen, während sich der Russe zum Nachtisch an einer Flasche Wodka gütlich tat.

„Willst du einen Wodka, Polizist?", fragte er jetzt, wobei er mit dem Flaschenhals auf ein Zahnputzglas deutete.

Entgegen seiner Gewohnheit nickte Wörmer.

„Da?“ - „Ja?“

Der Russe grinste, nahm das Glas, füllte es halb voll und reichte es Wörmer. Der nippte vorsichtig an der hochprozentigen Flüssigkeit. Plötzlich überfiel ihn ein Hustenreiz. Der Russe lachte auf, wobei sich seine buschigen Augenbrauen wie ein Wischmopp über seine Augen zu schieben schienen. Wörmer keuchte und versuchte, sich mit einem Bissen vom Chateaubriand Linderung zu verschaffen.

„Ihr Deutschen habt nicht die Kehle für Wodka. Dazu braucht man die russische Kehle“, grinste der Russe, während er einen langen Schluck nahm.

„Ihr könnt besser Wein und Bier trinken.“

Er lachte schallend, wobei er sich über seinen kahlen Schädel strich. Vielleicht um die beiden Wischmopps aus den Augen nach hinten zu ziehen, ging Wörmer durch den Sinn.

„Woher wollen Sie wissen, was wir besser trinken können?“, fragte er.

Bevor Jewgenij antworten konnte, machte sich sein Handy bemerkbar. „Entschuldige mich, Polizist“, sagte er grinsend mit einer Klapperschlangen-Freundlichkeit, die Wörmer nichts Gutes hoffen ließ.

Es war der Chef.

„Wir sind morgen früh in Frankfurt, Jewgenij. Ich habe mit den Irakern einen neuen Übergabeort klar gemacht.“

„Wo?“

„An der Katharinenkirche. – Die ist ganz in deiner Nähe, in dem Ort, wo du gerade mit diesem Kommissar bist. – Frag ihn oder sonst jemand im Hotel, wie du da hin kommst.“

„Wieso eine Kirche?“

„Sie ist in deiner Nähe! - Unser deutscher Freund hat das alles gut ausgewählt, hoffe ich doch. Außerdem ist eine Kirche unverdächtig. Und liegt abseits von Bush, den Amerikanern und den deutschen Sicherheitsbehörden.“

„Um wie viel Uhr soll denn die Übergabe sein?“

Der Chef verstellte seine Stimme nicht mehr!

Es war mehr ein anderer Tonfall, den er vorher, vor der Zeit in der Frankfurter Pension, nicht gehört hatte.

„So weit sind wir noch nicht, Jewgenij. Ich ruf dich aber wieder an, wenn ich es weiß.“

Das Gespräch war beendet.

Nach einigen Momenten des Nachdenkens wandte er sich wieder Wörmer zu. Zum Telefonieren war er ins angrenzende Zimmer gegangen. Dort saß er jetzt auf dem Bett und betrachtete Wörmer durch die geöffnete Badezimmertür.

„Wo waren wir, Polizist? – Ah, ja – warum ihr keinen Wodka vertragt."

Wieder legte er dieses aufdringliche Grinsen an den Tag.

„Wodka ist die flüssige russische Seele. Er ist Teil von dem, was wir sind, und noch mehr. Sagt man nicht, jeder isst das, was er ist? Das gilt auch für das Trinken. Jeder trinkt das, was er ist!"

Er lachte selbstgefällig wie über einen originellen Witz und prostete Wörmer mit seinem Wodkaglas zu.

„Wie kommt es, dass Sie so gut Deutsch sprechen?", wechselte Wörmer das Thema.

„Ich habe viele Jahre in Deutschland gelebt, in der DDR, um genau zu sein. Ich war dort als Soldat stationiert, erst in Wünsdorf, dann in Magdeburg. Viele Jahre."

Wörmer nickte und schwieg, während der Russe weitererzählte.

„Man hat uns damals Wohnungen in Moskau versprochen, als unsere Truppe aufgelöst wurde. – Die Propagandafritzen von Radio Wolga haben uns viel versprochen."

Er grinste und blickte Wörmer stechend an.

„Wir haben noch nicht mal unseren restlichen Sold bekommen, nur eine blöde Verabschiedungsfeier. Bei der Roten Armee hatten wir wenigstens regelmäßig unser Kascha."

„Wie lange waren Sie denn in Deutschland stationiert?", fragte Wörmer höflich.

„Fast 15 Jahre. – Inflation und Armut in der Heimat? Njet Problem! – Pustekuchen! Ich lebte in der Kaserne, meine Frau zog zu ihrer Mutter aufs Land. Irgendwann, als ich aus der Armee ausschied, bin ich gar nicht mehr zu ihr, sondern nach Moskau."

Er schwieg. Später ließ er sich noch eine Flasche Wodka bringen.

19. Februar – Mainz

„Nichts – obwohl die Fahndung auf Hochtouren läuft!", teilte Petra dem neben ihr sitzenden Becker ärgerlich mit, nachdem sie den Hörer aufgelegt hatte.

„Die Beschreibung des Russen war auch nicht besonders brauchbar. Warum haben die da unten denn noch keine Videokamera?"

Becker zuckte mit der Schulter. „Woher wissen wir eigentlich, dass einer der Russen Ignatz entführt hat?", meinte er dann.

„Der Typ muss irgendwas gesagt haben", antwortete sie. „Dabei hat einer der Beamten, die da unten Dienst tun, einen russischen Akzent herausgehört. Das kann nur einer unserer Russen sein!"

„Das hätte denen doch aufstoßen müssen! - Wörmer kommt mit einem Russen und holt Asservate ab!"

„Hauptsache, der Abholer kann sich legitimieren und die Unterschrift stimmt", Petra winkte geringschätzig ab.

„Lächerlich!", schimpfte Becker. „Einfach lächerlich! – Da macht der Russe auch noch das Maul auf, und die merken nichts. Was für Penner! – Glauben die denn, wir haben gerade ein internationales Austauschprogramm mit der Moskauer Polizei laufen, oder was?"

Weil Petra ihm nur zustimmen konnte, enthielt sie sich einer Äußerung.

„Wegen dieser Luschen hocken wir hier, und ich hab das Spiel der Mainzer verpasst!"

Petra zeigte ihm den Scheibenwischer. „Du tickst wohl nicht richtig! Denk lieber mal an den armen Ignatz. – Und außerdem hast du die Übertragung ja im Radio gehört."

Becker schluckte.

„Du hast ja Recht", sagte er, plötzlich dann doch sichtlich geknickt. „Tut mir leid. Natürlich mache ich mir um unseren Dicken Sorgen! – Hoffentlich geht das gut. Aber das hätte nicht passieren müssen, wenn diese Schnarchtüten besser aufgepasst hätten."

„Wer weiß, wofür es gut war? – Vielleicht hätte der Russe gleich alle erschossen, wenn er auf Widerstand gestoßen wäre. – Zuzutrauen ist es ihm ja nach allem, was wir von ihm wissen."

„Was ist eigentlich mit Mara?", fragte Becker.

„Die Arme ist fix und alle. – Ich hab sie gebeten, erst mal zu Hause zu bleiben. Nachher hol ich sie hier her. Ich möchte nicht, dass sie heute Nacht allein ist."

„Wann willst du denn los? – Es ist gleich schon sechs!"

„Was – schon so spät?", Petra schaute instinktiv auf ihre Armbanduhr.

„Du hast Recht. – Ich fahr dann mal. – Bis gleich."

Sie angelte sich ihre Tasche vom Tisch und verschwand aus der Tür.

Becker trommelte eine kurze Zeit imaginäre Rhythmen auf die Schreibtischplatte. Zwischendrin nahm er Schlücke aus einer Milchtüte, die je nach Tempo seiner Soli auch als Ersatzschlagzeug diente. Als sein Blick zur Uhr auf dem Aktenschrank ging, beendete er seine Einlage. Er ging zu einem Schrank, öffnete ihn und entnahm ihm einen kleinen tragbaren Fernsehen. Nachdem er ihn auf seinem Schreibtisch aufgestellt hatte, holte er die Zimmerantenne aus dem Schrank.

In dem Moment kam Haunstein herein.

„Ah – Sie bereiten sich auf die Sportschau vor, lieber Becker."

„Ja, genau – Herr Haunstein, wollen Sie mitgucken?"

„Würde ich ja – würde ich ja, aber – die Pflicht ruft. Wir haben in einer halben Stunde Sondersitzung im Ministerium, leider ..."

„Ja, leider" pflichtete Becker beiläufig bei, während er die Zimmerantenne einstöpselte.

„Gibt´s was Neues?", wollte Haunstein wissen.

Becker schüttelte den Kopf, während er versuchte, das Ameisenrennen auf dem ersten Programm durch Drehen der Antenne ein wenig zurückzufahren. Es blieben jedoch so viele weiße Pünktchen, dass Gerhard Delling, der gerade zur Anmoderation ansetzt, vorzeitig ergraut erschien.

„Die sind alle sehr aufgeregt, besonders die Amerikaner", meinte Haunstein, während Becker die Antenne so intensiv drehte, als müsste er sie zum Funktionieren in Bewegung halten.

„Die haben noch stärkere Sicherheitschecks durch die deutsche Polizei angefordert", fuhr Haunstein unbeirrt fort. „Da scheint noch einiges die nächsten Tage auf uns zuzukommen, falls wir keine Entwarnung geben können."

„Da können wir uns ja auf einiges gefasst machen", pflichtete Becker ihm mechanisch bei, während er an Gerhard Dellings Lippen klebte, der gerade die in der Sportschau übertragenen Paarungen vorstellte. Mainz gegen Bielefeld war als vierte dran! Tschüss Haunstein – hätte er am liebsten gesagt. Als hätte Haunstein seinen Wunsch per Gedankenübertragung mitbekommen, zog er sich auch schon zurück.

„Ich muss, Herr Becker, ich muss – Sie wissen ja – und schönen Abend noch!“ Schon war er verschwunden – Beinahe jedenfalls! Noch einmal erschien sein dürrer Schädel mit der ebenso filigranen Fliege darunter.

„Eigentlich können Sie sich das Spiel ja schenken, Herr Becker, oder meinen Sie nicht? – So ein Null zu Null ist ja nicht besonders interessant anzuschauen“, meinte er provokativ.

„Sagen Sie das nicht! – Die 05er hatten gute Torchancen und zwei Pfostenschüsse, nur dass Sie es wissen. Außerdem haben wir die Scheiß-Negativserie beendet!“

„Na – wenn Sie meinen!“

Und schon war er weg. Typisch Haunstein, dachte Becker. Keine Ahnung von Fußball, aber stänkern! Schon war er abgelenkt durch einen tollen Pass vom Dortmunder Ricken.

Petra kam mit Mara zur Tür herein, kurz bevor das Spiel der Mainzer übertragen wurde. Missmutig schaltete Becker den Fernseher aus, weil seine Höflichkeit siegte, und begrüßte Mara, die sich traurig und niedergeschlagen in einen Stuhl sinken ließ. Sie sah ziemlich verheult aus, und ihre hübschen Augen waren von verlaufenem Maskara verschmiert.

„Er hat doch Handy. Könnt ihr ihn nicht über GPS orten?“, fragte sie wenig später.

„Nur wenn er es eingeschaltet hat. Der Russe hat es ihm wohl abgenommen“, erklärte Petra.

„Wir haben das direkt prüfen lassen. Doch Fehlanzeige“, sagte Becker mit einer Miene des Bedauerns.

„Dieser Russe hat doch jetzt, was er will“, meinte Mara verzweifelt, „warum lässt er ihn dann nicht frei?“

Becker räusperte sich ein wenig und druckste herum.

„Na, ja – du – musst dir das etwa so vorstellen: Der oder die Täter brauchen eine Geisel, um im Falle, dass man sie findet, ein Druckmittel zu haben. – Ein Polizeibeamter ist immer ein gutes Tauschpfand.“

„Also scheinen die damit zu rechnen, dass was schief geht?“, warf sie ängstlich ein.

„Nee, so kann man das nicht sagen“, versuchte Petra, sie zu beruhigen.

„Aber die gehen eben auf Nummer sicher. Der Bush-Besuch steht vor der Tür. Mainz und Umgebung sind jetzt bereits eine Hochsicherheitszone. Da lebt es sich als Waffenschmuggler, gerade bei einem so gefährlichen Zeug, noch gefährlicher als sonst.“

„Es gibt zwei Möglichkeiten“, erklärte Becker. „Entweder sie sind auf dem Weg zur Grenze und nehmen Ignatz zum Schutz mit, oder sie planen noch mal eine Übergabe. Auch da kommt er ihnen als Geisel gelegen.“

Mara blickte betroffen zu Boden.

Dass noch eine andere Möglichkeit bestand, dass der Russe Wörmer mitgenommen hatte, weil der als einziger sein Gesicht kannte und ihm gefährlich werden könnte, und dass er deshalb womöglich gar kein Interesse daran hatte, Wörmer überhaupt wieder lebend freizulassen, sagte er ihr lieber nicht.

20. Februar – Mainz

Der Polizist schläft wie ein Kind, dachte Jewgenij, während er Wörmer durch die offene Badezimmertür beobachtete. Wörmer lag mit angewinkelten Beinen auf der Seite. Der Arm, an dem die Handschelle befestigt war, lehnte halb an der Wand neben dem Heizkörper. Wörmers Unterlage waren Federbett und Kopfkissen, die ihm Jewgenij gestern Abend gegeben hatte.

Es war noch früh. Jewgenij schaute auf den Radiowecker neben seinem Bett. 5 Uhr 31 zeigte der an. Draußen war es noch dunkel. Nur der Schein einer schräg gegenüber befindlichen Straßenlampe fiel durch das Fenster und tauchte die Suite in ein bizarres Helldunkel. Jewgenij hatte nicht in der Lounge auf der Couch geschlafen, wie er es ursprünglich wollte, um seinen Gefangenen besser im Blick zu haben. Das war ihm dann doch zu unbequem.

Statt dessen hatte er Wörmer die Füße und den Mund mit Klebeband umwickelt. Auch den Arm, der nicht in der Handschelle steckte, hatte er mit Klebeband an der Heizung festgebunden. Den Koffer mit dem roten Merkur hatte er auf das Bett im Nebenzimmer gelegt. Mit dem strahlenden Zeug im selben Zimmer schlafen mochte er trotz der Bleiabdeckung dann doch nicht. Außerdem war das

Zimmer so wenigstens für irgendwas gut. Der Polizist brauchte es ja nicht!

Als der Wecker 5 Uhr 51 anzeigte, bestellte Jewgenij Frühstück. Er ließ sich was Kräftiges bringen. Eier mit Speck, Brötchen, Wurst und Kaffee. Er bestellt das gleiche für den Polizisten. Er sagte dem Typ vom Zimmerservice, dass er die Tabletts vor der Tür abstellen sollte. Er wäre noch unter der Dusche. Vorsichtshalber drehte er die Dusche auf. Der gleichmäßig rauschende Wasserstrahl weckte den Polizisten. Jewgenij war es egal. Er ging zu ihm und nahm ihm das Klebeband ab. Das Band hing fest an der Haut an Arm und Gesicht, und als Jewgenij es mitleidslos abriss, stöhnte der Polizist vor Schmerz auf. Während die Dusche rauschte und der Polizist sich seine lädierte Haut rieb, entledigte sich Jewgenij seiner Notdurft, ohne Notiz von dem Polizisten zu nehmen.

Dann ging er zur Tür und holte die beiden zwischenzeitlich dort abgestellten Tabletts herein. Er stellte eins wortlos vor den Polizisten hin und verzog sich mit dem anderen auf die Couch. Während er kaute, läutete das Handy.

Es war der Chef.

„Es ist soweit, Jewgenij. – Wir machen die Übergabe mit den Irakern um 9 Uhr. Wir sind gerade an der Gepäckausgabe und dürften in einer Stunde in Oppenheim sein. Wir halten uns im Hintergrund, sichern das Ganze diesmal aber gut ab.“

„Bleibt der Übergabeort?“

„Der bleibt. – Katharinenkirche. Treffpunkt ist hinter der Kirche. Wenn du von vorn kommst, die Treppe hoch und links oder rechts um die Kirche herum, wie mir unser deutscher Freund gesagt hat. – Wir können den Irakern nicht über den Weg trauen, das ist sicher! Damit diesmal alles nach unseren Wünschen läuft, habe ich mir folgenden Plan ausgedacht. Hör zu ...!“

20. Februar – Binger Wald

Holger Mertensheimer war seit gestern Abend etwas mulmig zumute. Es hatte damit angefangen, dass er seine kleine Stichsäge gesucht hatte. Ein handliches Werkzeug, kaum fünfzehn Zentimeter lang mit Holzgriff, das man unverdächtig unter der Kleidung verstecken oder in einen kleinen Handrucksack packen konnte. Eben das ideale Gerät für gewisse Aktionen, die er ab und an mit seinen autonomen Freunden durchführte. Die Säge blieb aber trotz intensiven Suchens verschwunden. Deshalb war er heute Morgen auch nicht, wie geplant, mit zwei anderen in der Nähe von Münster-Sarmsheim unterwegs, um durch Umlegen eines Hochsitzes ihrem neugewählten Namen Splittergruppe Rheinhessen alle Ehre zu machen. Sie wollten die Hochsitze künftig direkt umlegen, und nicht nur ansägen. Der tödliche Unfall des Richters aus Stadecken hatte ihnen zu denken gegeben. Das würde ihnen als Mordversuch oder Totschlag ausgelegt, wenn man sie erwischte, das war ihnen klar! Dabei wollten sie dem Jäger nur einen Denkzettel verpassen. Mit dem Hochsitz einfach nur einbrechen sollte der. Wer konnte schon ahnen, dass der mit dem Kopf ausgerechnet auf diesen Stein schlug. War doch sonst unter dem Hochsitz nichts außer Gras. Da hätte eigentlich gar nichts passieren dürfen – außer vielleicht einem Schreck und blauen Flecken!

Deswegen hatten sie mit der nächsten Aktion auch mehrere Wochen gewartet. Damit etwas Gras über die Sache wuchs. Und weil ihnen der Schreck gehörig in die Glieder gefahren war. Gestern Abend war ihm dann, nachdem er alle möglichen Ecken und Winkel nach der Säge abgesucht hatte, klar geworden, dass er das Utensil bei eben dieser Aktion verloren haben musste.

Deshalb bewegte sich Holger Mertensheimer an diesem Sonntagmorgen kurz nach sieben Uhr im Binger Forst auf die Stelle zu, an der Jakob Unseld vor fünf Wochen tot aufgefunden wurde. Das Gras war noch triefend nass vom Nachtfrost und Tau. Durch einen kleinen Schlitz am sonst wolkenverhangenen Himmel schienen sich die ersten Sonnenstrahlen durchzumogeln. Noch wenige Meter abseits von dem mit Split und Schotter dürftig befestigten Forstweg, dann war Mertensheimer aus dem Wald heraus und an der Lichtung.

Richtig – links auf der Anhöhe waren die Eichen! Dort war es gewesen.

Er umging das vorgelagerte Gebüsch und Unterholz, um dorthin zu gelangen. Dabei trat er auf eine überfrorene Wasserpfütze, die unter seinem Gewicht nachgab. Als er den Fuß aus der Pfütze herauszog, hatte sich das cremefarbene Leder seines Trecking-Schuhs durch Matsch und schmuddeliges Wasser unansehnlich verfärbt. Ärgerlich stieß er einen Fluch aus und wischte mit dem Schuh entlang der Grasnarbe.

Wenige Meter vor ihm lagen die Reste des ehemaligen Hochstandes. Pfosten, Stangen und Bretter erschienen noch so ineinander verkeilt, wie sie beim Einsturz zum Liegen kamen. Er kämmte das hohe Gras an der Stelle mit beiden Handflächen zur Seite, suchte intensiv den gesamten Platz ab. Heute hatte er Handschuhe an – nicht nur weil es erbärmlich kalt war, sondern auch, weil er aus seinem Fehler gelernt hatte. Das letzte Mal, als er hier war, trug er keine, als er mit der Säge hantierte. Ein dummer Fehler, der sich hoffentlich dadurch reparieren ließ, dass er die Säge fand, bevor die durch einen blöden Zufall den Bullen in die Hände fiel. Noch musste das Gerät hier irgendwo herum liegen. Hätte man sie gefunden, dann hätten sie ihn längst einkassiert!

Nichts! – Nichts! – Nichts! So viel er auch suchte.

Vielleicht an einer der Eichen, fiel ihm ein. Dort war er mit den Jungs an dem Morgen kurz in Deckung gegangen, als sie zwischendurch ein Motorengeräusch hörten. Er ging zu der Baumgruppe und inspizierte die Fläche um die Stämme herum. Aber auch hier keine Säge! Frustriert trat er den Rückweg durch den Wald an. Er musste den Forstweg zurück, um an die Stelle zu gelangen, an der er seinen Golf geparkt hatte.

Auf halbem Weg entdeckte er vor sich den Wagen.

Nur nicht gesehen werden! Er schlug einen Bogen durch das Unterholz. Weil er sich gut einen Meter oberhalb des Waldwegs befand, sah er durch die Stämme nur das Dach des einsamen Wagens, das ihm metallic-grün entgegenschimmerte. Jetzt sah er auch Teile der Kühlerhaube.

Moment mal!

Den Wagen kannte er doch! Vor allen Dingen kannte er die Außenspiegel in Walnussholzoptik mit Chromblenden. Trotz seiner Angst vor Entdeckung siegte seine Neugier. Vorsichtig schlich er sich näher heran. Er machte dabei einen kleinen Schwenk nach rechts, damit er von seiner leicht erhöhten Position das Wagenheck im Blick hatte.

Bingo! Das Kennzeichen stimmte. Wie er erwartet hatte. Das war der Jaguar eines Dozenten von der FH. Ein Professor, mit dem Mertensheimer selbst nichts zu tun hatte. Aber jeder kannte den, nicht zuletzt wegen seines extravaganten Gefährts.

Und der vergnügte sich im Wagen mit einer Gespielin. Trotz rhythmischem Blubbern der Standheizung waren die Wagenfenster beschlagen. Aber auch so sah er die Konturen von Männlein und Weiblein, die sich intensiv miteinander beschäftigten.

Doch wer auch immer Weiblein sein mochte – Männlein war auf keinen Fall der Professor. Dazu hatte er zu viele Haare auf dem Kopf und zu wenige Jahre auf dem Buckel.

Mertensheimer zog sich zurück und steuerte auf seinen Golf zu, den er in einer Einfahrt hinter einigen Büschen verborgen geparkt hatte. Den hatten sie nicht bemerkt, sonst hätten sie hier, nur einen Steinwurf entfernt, bestimmt kein Schäferstündchen veranstaltet.

Schon sehr merkwürdig, dachte er, als er in den Golf stieg. Na, vielleicht hatte der Prof den Wagen ja seinem Sohn geliehen. Wenn der wüsste, wo er doch bekanntermaßen so penibel mit seiner Karre war. Hatte mal den halben Campus zusammengeschrieen, als ein Student sich erdreistete, ihm mit dem Rad eine klitzekleine Schramme in den Wagen zu fahren.

In der Tat – schon recht merkwürdig.

20. Februar – Oppenheim

Wieder hatte Jewgenij das Gefühl, diese Stimme zu kennen. *Der Chef bemühte sich nicht mehr, seine Stimme zu verstellen.*

Was auch immer das bedeuten mochte, er konnte sich keinen Reim darauf machen. Während er noch darüber grübelte, wanderte sein Blick zu dem Polizisten, dem er zum Essen das Klebeband von Mund und Arm entfernt hatte. Der korpulente Mann mit der altmodischen Strickweste und der schreiend roten Krawatte stocherte angestrengt in seinen Rühreiern, als würde er darin die Lösung für sein Problem suchen. Jewgenij hatte kein Mitleid mit ihm. Spielte nicht jeder seine Rolle, er und der Polizist? Schon war der ansatzweise aufkeimende Funke von Bedauern verflogen, weil er schnell einer nachfolgenden Betrachtung weichen musste. Dem roten Merkur – Tauschmittel für viel Geld, das sie hoffentlich in knapp drei Stunden sicher in Händen hielten!

Jewgenij zog den Hartschalenkoffer zu sich heran, der neben ihm auf dem Bett lag und dem mittlerweile die mit dem Schloss gekoppelte Sprengvorrichtung fehlte. Die brauchen wir nicht mehr, dachte er zufrieden. Die Chancen waren jetzt besser verteilt, wo der Chef die Übergabe im Hintergrund absicherte.

Während die eine Hand den Griff des Koffers wie ein Kind umklammerte, das sein liebstes Spielzeug um keinen Preis der Welt hergeben wollte, pickte die andere mit einer Gabel die letzten Speckreste vom Teller auf. Mit dem Rest des Brötchens sammelte er die auf dem Porzellan verbliebenen Eikrumen ein und ließ sie in seinen Mund wandern. Nachgespült wurde mit einem kräftigen Rest schwarzen Kaffees.

Nachdem er etwas später dem Polizisten den Mund wieder verklebt hatte, machte er es sich auf dem angenehm weichen Bett bequem, um vor sich hin zu dösen und mit offenen Augen von seinem baldigen Reichtum und Leben in Moskau zu träumen. Er würde vieles nachholen, was ihm sein bisher fast fünfzigjähriges Leben versagt hatte, das war sicher! Geld kauft die Welt, sagte das Sprichwort, und er würde sie gewiss kaufen. Natürlich alles mit Klugheit und ohne aufzufallen, wie der Chef angemahnt hatte. Ein unauffälliges Leben auf der Sonnenseite des Lebens eben.

Kurz nach acht erhob er sich und überprüfte zuerst seine Beretta 92 und den Füllstand des 15-schüssigen Magazins. Danach ließ er die Pistole im Hosenbund oberhalb der linken Gesäßtasche verschwinden. Er zog einmal rasch, um zu prüfen, ob der Gürtel für eine solche Aktion nicht zu stramm saß. Der Deutsche beobachtete ihn misstrauisch, und er legte bewusst auf ihn an, um ihn zu verunsichern, zielte zwischen seine Augen und lachte, als er nicht abdrückte, sondern ihm wie ein kleiner Junge beim Cowboyspiel ein „Päng" zurief. Dann ging er zu dem Deutschen und prüfte den Sitz der Handschellen und des Klebebands um seinen Mund.

Umständlich bewegte er sich danach zu seiner Tasche, und holte einen handtellergroßen, runden Gegenstand heraus. Als er wieder ins Badezimmer trat, sah Wörmer zu seinem Entsetzen, dass es sich bei dem Gegenstand in der Hand des Russen um eine Eierhandgranate handelte. Quälend langsam entfernte der Russe mit Daumen und Zeigefinger der anderen Hand den Sicherungsstift und warf ihn achtlos in den Papierkorb, der neben Wörmer auf der Erde stand. Langsam kam er auf Wörmer zu ...

20. Februar – Binger Wald

Holger Mertensheimer umklammerte unschlüssig das Lenkrad des Golfs. Sollte er einfach losfahren, nur schnell weg, weil es sowieso nicht ratsam war, wenn man ihn hier sah? Wenn da nur nicht seine Neugier gewesen wäre. Ob der Prof den Wagen tatsächlich nur verliehen hatte? Oder aber der Stecher von vorhin hatte sich den Jaguar „besorgt“, und Professor Keinert, jetzt fiel ihm auch der Name wieder ein, suchte gerade nach dem guten Stück?

Die Entscheidung, ob er bleiben oder wegfahren sollte, wurde ihm in dem Moment abgenommen, als der Jaguar an seinem Unterstand vorbei über den Schotterweg hoch zur Straße rollte. Mertensheimer startete den Motor und wartete, bis der Jaguar am Ende des Wegs rechts abbog. Als die Bremslichter verschwanden, verließ er sein Versteck und folgte dem Wagen in deutlicher Entfernung und erst einmal unbeleuchtet. Es ging am Prinzenkopf und an Bingerbrück vorbei über die Nahebrücke und von dort entlang der Nahe. Mertensheimer fuhr dem Jaguar nach, bis er irgendwo in Büdesheim hielt.

Die Köpfe der beiden Insassen schienen minutenlang wie Siamesische Zwillinge miteinander zu verschmelzen, bevor sich die Beifahrertür öffnete und eine junge Schwarzhaarige mit Pagenschnitt ausstieg und nach mehreren Kuss- und Winkehändchen in einer Hauseinfahrt verschwand. Der Jaguar setzte seine Fahrt fort - mit Mertensheimer im unbemerkten Schlepptau. Der Fahrer steuerte in Richtung Ingelheim und von dort nach Gau-Algesheim. Irgendwo ziemlich am Ortsrand fuhr er in eine Hofeinfahrt. Mertensheimer parkte den Wagen gut dreißig Meter schräg gegenüber entfernt am Straßenrand und würgte den Motor ab.

Über dem Tor las er auf einem Schild, das bereits bessere Tage gesehen hatte, den Schriftzug „Springer Kfz-Reparatur & Autoverwertung“. Als das vorhin vom Fahrer geöffnete Tor nicht geschlossen wurde, stieg er aus und schlich sich heran. Er spähte durch den Spalt zwischen Torflügel und Mauerrand. Ein Fenster über einem Werkstatttor war beleuchtet. Da war am frühen Sonntagmorgen schon Betrieb. Mertensheimer hörte Stimmen und schaute an einem Container mit Altreifen und Schrott vorbei nach rechts. Dort musste sich der Fahrer von eben, der den Jaguar mittlerweile in einer angrenzenden Garage geparkt hatte, anscheinend eine Standpredigt von einem älteren Mann mit Brille anhören. Der fuhr sich dabei immer wieder aufgeregt über seine ausgedünnten Haare, als wollte er sich vergewissern, dass das reichlich aufgetragene Haargel den ihm zugedachten Zweck auch wirklich erfüllte.

Mertensheimer war zu weit weg, um alles mitzubekommen. Er hörte eigentlich nur Wortfetzen und entnahm der Gestik und Mimik der beiden, dass der Jüngere der beiden sich da im Moment einen ziemlichen Runterputzer einhandelte. Plötzlich kam Mertensheimer eine Idee. Er hechtete außer Sichtweite zurück zum Wagen und holte aus dem Handschuhfach einen Fotoapparat, schlich zurück und schoss vorsichtig durch den Spalt zwei Fotos. Wer wusste, wofür das gut sein konnte. Dann zog er sich, nach wie vor von den beiden Männern unbemerkt, zu seinem Wagen zurück. Er saß eine ganze Weile nachdenklich über dem Lenkrad, bevor er den Motor anließ und wegfuhr. Sein komisches Gefühl hatte ihn nicht getrogen.

Hier war bestimmt was oberfaul!

Kapitel 7

20. Februar – Oppenheim

Die Handgranate vorsichtig in der Hand balancierend, kam Jewgenij auf Wörmer zu. Dessen erschreckten Blick beantwortete er mit einem beiläufigen Grinsen, als wollte er gerade mal mit einer Apparatur die Luftfeuchtigkeit in Wörmers Sitzecke prüfen. Wortlos schob er Wörmer nach vorn, hantierte für einen kurzen Moment hinter seinem Rücken und drückte seinen Oberkörper anschließend vorsichtig gegen die Rippen des Heizkörpers. Der unangenehm harte Widerstand, den Wörmer zwischen seinen Schulterblättern spürte, machte ihm sofort unmissverständlich klar, was sein Entführer gemacht hatte.

Er hatte ihm die Handgranate zwischen Schulterblatt und Heizkörperrippen eingeklemmt!

„Besser nicht bewegen und nicht rufen! Sonst macht es bumm!“, grinste er Wörmer mitleidlos an.

Dabei beschrieb er mit beiden Händen die mögliche furchtbare Wirkung. Wörmer konnte ihn nur fassungslos anstieren, während Jewgenij ihm mit dem Zeigefinger kurz auf die Brust tippte und ihn danach belehrend für einen Moment vor seinen Augen hochhielt, um ihm anzudeuten, dass er tunlichst in dieser Position verharren sollte, wenn ihm sein Leben lieb war.

Ohne ihn eines weiteren Blicks zu würdigen, verließ Jewgenij das Zimmer, hängte draußen das „Bitte nicht stören“-Schild an die Türklinke und verließ das Haus, nachdem er an der Rezeption den Weg zur Kirche erfragt hatte. Nach kurzer Steigung sah er oben am Hang das aus rotem Sandstein erbaute Gotteshaus, das mächtig über dem Städtchen thronte.

Ein letztes Mal tastete seine Hand nach der Stelle, an der die Pistole im Hosenbund saß. Das Berühren des kalten Metalls gab ihm Zuversicht. Unauffällig schaute er sich um. Der Platz unterhalb der Kirche lag noch wie ausgestorben da. Nur ein einsamer Spaziergänger trottete mit seinem Hund in Richtung einer engen Seitenstraße. Bedächtig stieg Jewgenij die Steintreppe hoch. Auf dem vorgelagerten Plateau knirschte der Kies unter seinen Schritten, als er die Richtung nach rechts einschlug. Er sollte rechts um die Kirche herumgehen, dann würde er die Iraker hinter dem Gebäude treffen.

„Tu so, als wolltest du dir die Kirche anschauen“, hatte der Chef gesagt. „Sie gilt als wichtiges Kunstbauwerk. Da kommen häufig Touristen hin.“

Instinktiv presste Jewgenij die Finger fester um den Koffergriff, als er das Bauwerk umrundete. An manchen Stellen brach sich das diesige Februarlicht matt in kleinen Wasserpfützen, die sich vom frühmorgendlichen Regenguss entlang des Kieselpfads gebildet hatten, und vom hohen Dach plätscherten dünne Rinnsale. Ein paar Wassertropfen trafen Jewgenijs kahlgeschorenen Schädel und versickerten im Kragen seiner Jacke. Mit einem ärgerlichen Fluch wischte er sich rasch über den Kopf, um danach die Hand an der Hose zu trocknen. Die Finger mussten trocken sein! Das konnte in wenigen Sekunden über Leben und Tod entscheiden.

Hoffentlich hatte der Chef wirklich alles im Griff, wie er es gesagt hatte. Er war allein, und die Iraker hatten schon mal falsch gespielt.

20. Februar – Oppenheim

Sahib Jussef kauerte an der Westseite auf einem gut zehn Meter hohen Sims. Links und rechts von ihm reckten sich zwei Wasserspeier über die Brüstung ins Leere, deren nachempfundene Hundefratzen scheinbar angestrengt in die Landschaft starrten, als würden sie nach irgend jemandem Ausschau halten. Aus den Kupferleitungen in ihren aufgerissenen Mäulern tropfte es in unregelmäßigen Abständen nach unten. Von ihren steinernen Rücken reckten sich zum Schutz gegen Tauben und andere Verschmutzer angebrachte hauchdünne Stahlspieße senkrecht in den Himmel, und einmal hatte er sich an einem der Stifte bereits gestochen.

Jussef hatte seine beiden halbautomatischen Waffen auf der schmalen Platte zwischen Befestigungssockel des vorderen Steindämons und Mauerwerk abgelegt, damit sie von dem schmalen Vorsprung bei einer zufälligen Berührung nicht in die Tiefe purzelten. Jussefs Füße fanden geradeso auf dem Sims Halt, und wenn er sich, nach Deckung suchend, hinter den vorderen Wasserspeier duckte, drückte der Steinrand unangenehm hart durch die Schuhe in seine von der Kälte empfindlich gewordenen Fußsohlen. In der hinteren Ecke lag das Seil mit dem Enterhaken, an dem er vor fast einer Stunde hochgeklettert war. Es war kalt, und er rieb ununterbrochen seine Hände. Ein kaltes Land, dessen Klima er nicht gewohnt war. Die Kälte war mittlerweile auch durch seine dicke wattierte Armeehose und die beiden Sweater gekrochen, die er in weiser Voraussicht übereinander gezogen hatte. Er zog sich die Fellmütze mit den Ohrenklappen noch tiefer ins Gesicht.

Dann erschienen Mouhssen und Ramsi auf der Bildfläche. Sie warteten unter ihm gut zwanzig Meter entfernt. Nach einigen Minuten und den ersten Anzeichen aufziehender Kälte bewegten sie sich auf und ab.

Die Russen waren letztes Mal allem Anschein nach allein, überlegte Jussef. Wahrscheinlich gab es nur noch einen. Aber da konnte man nicht sicher sein. Deshalb sicherten Khalid und Jawad auch die Umgebung, um unliebsame Überraschungen auszuschließen. Das Mikrofon in seinem Ohr gab Jussef eine gewisse Sicherheit.

„Wie sieht es aus, Khalid?“, fragte er.

„Noch alles ruhig“, kam es zurück.

Sie wollten diesmal eine reibungslose Übergabe machen, möglichst schnell und unauffällig. Die Sache am Bahnhof war sowieso eine Schnapsidee. Mit so was brachte man doch nur den ganzen Polizeiapparat der Deutschen und der Amerikaner auf seine Spur. Gerade vor dem Bush-Besuch! Man konnte schon manchmal an den Qualitäten von Khalid zweifeln.

Er sollte sich im Hintergrund halten, hatte Khalid gesagt. Nur wenn die Russen die Finte mit dem Geld merkten, sollte er eingreifen.

„Es kommt einer“, hörte er die angespannte Stimme von Khalid.

„Das ist einer der Russen vom Bahnhof. Ich erkenne ihn. Er ist allein. Ihr wisst, was ihr zu tun habt. Es geht los.“

20. Februar – Oppenheim

Jewgenij hatte den Halbbogen zur Westfront der Katharinenkirche noch nicht ganz abgeschritten, als er die beiden Gestalten auf dem etwas bergan führenden Weg sah. Vorsichtig ging er ihnen entgegen. Sie standen nur da, und schauten ihm abwartend entgegen. Jewgenij blickte kurz zu den sich rechts anschließenden Schuppen, dann nach links zur tiefer gelegenen Grundmauer des Kirchengebäudes. Nichts! Die Luft schien rein zu sein. Auch die beiden Iraker schauten verstohlen in die eine und andere Richtung. Nun waren beide Parteien nur noch wenige Meter voneinander entfernt. Noch einmal blickten alle in beide Richtungen des Wegs, um sicherzugehen, dass sie nicht von zufälligen Besuchern gestört wurden.

Doch es war keine Menschenseele zu sehen. Jewgenij setzte seinen Koffer auf einem am Rand gelegenen Steinblock ab und ließ den Deckel aufschnappen. Die Iraker machten es ihm mit ihrem Koffer nach. Jewgenij trat näher heran und nahm mit Befriedigung die dicken Bündel 200-Euro-Scheine wahr. Er griff sich wahllos eins heraus und ließ die Scheine durch seine Finger gleiten. Er zog eine Geldnote aus der Mitte des Bündels und anschließend eine von ganz unten und brachte aus seiner Manteltasche ein Prüfgerät zum Vorschein. Vorher hatte er es den beiden Irakern gesagt, damit sie nicht auf falsche Ideen kamen. Der Infrarot-Mechanismus leuchtete auf und akzeptierte die Scheine.

„50.000 pro Pack. 40 Stück macht 2 Millionen. Die Hälfte, wie abgemacht!“, betonte einer der Iraker in einem abgehackten Deutsch mit starkem Akzent, während er Jewgenij bei dessen Tätigkeit beobachtete.

Jewgenij nickte nur zur Bestätigung.

Der Chef hatte mit den Irakern die Abmachung getroffen, dass sie den Koffer mit der halben Lieferung in Empfang nahmen, im Gegenzug die Hälfte der ausgemachten Summe zahlten und anschließend irgendwo den Stoff prüften. Einige Stunden später sollte dann ein weiterer Austausch stattfinden. Bei dieser ersten Übergabe wollten die Iraker aber unbedingt alle 24 Beutel sehen.

Von der kleinen Änderung im Plan, die der Chef vorgenommen hatte, würden sie gewiss nicht begeistert sein, dachte Jewgenij, während er das Prüfgerät zurücksteckte und den Koffer an sich nahm.

Der zweite Iraker hatte währenddessen die Plastikeier in Jewgenijs Koffer in Augenschein genommen.

„Da fehlt eins!“

„Ist verloren gegangen.“

„Das war nicht abgemacht!“

„War auch nicht abgemacht, uns am Bahnhof zu erledigen!“

Jewgenij und die Iraker standen sich feindselig gegenüber. Nach einigen angespannten Sekunden huschte der Schatten eines Lächelns über das Gesicht des Irakers.

„Okay. – Wir nehmen den Stoff und du das Geld. Wir wollen nicht so sein."

Dabei lächelte er kalt.

Jewgenij entspannte sich leicht und nickte ihm zur Bestätigung zu.

„Hat euer Koffer eine Bleiummantelung, wie abgemacht?", fragte er dann.

Der Iraker klopfte zur Bestätigung gegen das Gehäuse.

„Dann wollen wir mal!"

Jewgenij packte zwölf der Eier in den Koffer mit dem Geld um, schloss ihn und stellte ihn neben sich auf den Boden. Dann reichte er dem ihm am nächsten stehenden Iraker seinen Koffer. Der lächelt wieder und fuhr die Hand aus, um ihn in Empfang zu nehmen.

In dem Moment zog Jewgenij mit der anderen Hand blitzschnell die Pistole aus dem Hosenbund und tötete beide durch mehrere Schüsse in die Brust. Beide waren zu überrascht, um reagieren zu können. Einer schaffte es noch, seine Pistole halb aus der Manteltasche zu bekommen. Dann sank sein Arm auch schon schlaff nach unten, und auch er war tot, bevor sein Körper schwer auf den nassen Boden klatschte. Der Schalldämpfer reduzierte die Schussgeräusche auf ein schmatzendes „Blopp, blopp", das so wenig auffiel, dass es noch nicht einmal von den Tauben auf dem wenige Meter entfernten Dach der Bauhütte als Störung wahrgenommen wurde.

20. Februar – Oppenheim

„Er hat Mouhssen und Ramsi umgebracht!", schrie Sahib grenzenlos überrascht ins Mikrofon. Der Russe, der sich gerade den Geldkoffer geschnappt hatte, hörte ihn, drehte sich um und feuerte zwei Schüsse in seine Richtung. Beide Kugeln verfehlten ihn, jedoch zog die eine dem hinteren Wasserspeier eine tiefe Schramme über seinen Sandsteinrücken, während die andere ein Loch ins Mauerwerk riss und als Querschläger fauchend über das etwas höher gelegene Schieferdach kratzte. Sahib, der sich instinktiv hinter dem Stein in Sicherheit gebracht hatte, feuerte zurück, doch auch er verfehlte sein

Ziel. Seine beiden Kugeln bohrten sich links neben den Füßen des Russen ins feuchte Erdreich, ohne Schaden anzurichten.

Der Russe stürmte mit dem Geldkoffer in Richtung der südlich gelegenen Begrenzungsmauer. Seinen mitgebrachten Koffer hatte er achtlos fallen gelassen.

Zu heiß! Den konnte haben, wer wollte.

Dann realisierte er, dass er sich in einer Sackgasse befand und nur im Bogen um die Kirche zum östlich gelegenen Haupteingang zurück konnte, das aber auf jeden Fall vermeiden wollte, weil er befürchten musste, dort den Komplizen der Iraker in die Arme zu laufen. Er hastete zurück, wobei er erst einmal an einer vorstehenden Treppe Schutz suchte. Bevor er hinter die abtauchen konnte, um die Lage neu zu peilen, feuerte Sahib wieder auf ihn.

Eins seiner Geschosse erwischte den Russen an der Hüfte, so dass er für einen Moment einknickte und innehielt. In der Bewegung drehte er sich, um erneut auf seinen Kontrahenten zu feuern. Zwei, drei Kugeln spritzten Sahib um die Ohren und kratzten fauchend mit unsichtbaren Krallen in das alte Gemäuer. Eine vierte riss ihm wie mit glühenden Zangen einen Streifen Gewebe aus dem Unterschenkel. Erst als er die Verletzung realisierte, merkte er, dass ihm Blut warm über die Ferse in den Stiefel rann.

Der Russe war inzwischen aus seiner Deckung aufgesprungen und rannte mit langen Schritten den Weg zurück. Eine weitere Kugel, die Sahib in Richtung des Russen schickte, verfehlte ihr Ziel und schlug statt dessen hinter ihm durch die vergitterte Öffnung des Beinhauses, um dort einen Jahrhunderte alten Schädel in seine filigranen Einzelteile zu zerlegen. Weil der Schädel inmitten eines Stapels anderer übereinandergestapelter Totenschädel ruhte, kullerten plötzlich Dutzende von Schädeln klappernd und polternd durch den Raum und brachten einen aufgeschichteten Haufen Oberschenkelknochen ebenfalls gefährlich in Bedrängnis.

Das bekamen die beiden Kontrahenten draußen allerdings nicht mit. Jewgenij feuerte im Laufen auf Sahib, um sich so möglichst Feuerschutz zu verschaffen. Verdammt noch mal, wo bleibt nur die Verstärkung, schoss es Jewgenij in aufwallendem Zorn durch den Kopf. Warum rührten die sich nicht?

Seine Kugeln zwangen den Iraker in Deckung. Schon war Jewgenij vorbei und rannte den leicht abschüssigen Kiesweg auf das eiserne Tor zu. Noch zehn Meter! Er drehte sich im Laufen und feuerte sein restliches Magazin vage in Richtung des Schützen im Kirchengemäuer. Die angeschossene Hüfte schmerzte jetzt höllisch, doch er biss die Zähne zusammen. Weiter! Noch war er eine perfekte Zielscheibe für den Iraker. Das Tor war nur angelehnt. Schnell hatte er den einen Torflügel weiter aufgedrückt. In dem Moment klatschte eine Kugel mehrere Handbreit links neben ihm in das Metall und sorgte für eine hässliche Delle. Gleich darauf schlugen zwei weitere Kugeln gegen das Metall, dieses Mal bedrohlich nahe. Dann war Jewgenij draußen und außer Sichtweite, bevor ihn der Iraker mit einem weiteren Schuss erwischen konnte.

20. Februar – Oppenheim

„Er hat Mouhssen und Ramsi umgebracht!", vernahm Khalid die aufgeregte Stimme Sahibs. Dann knatterten Schüsse.

„Jawad!", schrie er ins Mikrofon. „Hörst du mich?"

„Ja, ich hör dich!", rauschte es zurück.

„Da ist was schiefgegangen. – Wir müssen Sahib helfen!"

Einen Moment Stille, dann: „Scheiße, da unten kommen Polizisten hoch! Wieso sind die da? Wir müssen weg! Informier Sahib, wir müssen weg, schnell!"

„Sahib, hörst du mich? – Sahib, wir müssen rasch weg! Die Polizei ist da, mach dich schnell da fort!"

Sahib setzte eine der Pistolen ab, nachdem sein Ziel durch den Torbogen entschwunden war. Er hatte ihm noch zwei Schüsse nachgeschickt, mit Sicherheit aber nicht mehr getroffen.

„Okay, Khalid, ich hau ab!", schrie er ins Mikrofon zurück.

Er steckte sich die Pistole seitlich in den Hosenbund. Die zweite Pistole, deren Magazin er bereits verfeuert hatte, hatte er achtlos neben den Sockel der Steinfigur fallen lassen, von wo sie über den Sims in die Tiefe gestürzt war.

Jetzt aber rasch!

Mit zittrigen Fingern verknotete er das Seil um den Sockel der vorderen Figur und prüfte mit zwei ruckhaften Zugbewegungen die Festigkeit des Knotens. Mit dem Ergebnis war er zufrieden. Das Seil schien fest vertäut. Schon hing er am Seil und hangelte sich nach unten.

Unten dann noch rasch den Koffer und nichts wie weg, ging ihm durch den Sinn, während seine Füße an der Steinmauer entlang nach unten baumelten.

Als er sich nur noch gut zwei Meter über dem Boden befand, traf ihn der Schuss.

Die Kugel zerschlug ihm oberhalb des dritten Brustwirbels die Wirbelsäule und riss als Querschläger einen kleinen, aber lebenswichtigen Teil der linken Herzkammer weg. Sahib war tot, noch bevor die örtlichen Nerven den Schmerz zum Gehirn leiten konnten. Der Körper fiel schwer nach unten, klatschte gegen das harte Sandsteinfundament und kam auf dem Bauch zu liegen. Am Rücken zeichnete sich durch die grüne Bomberjacke ein dunkler Fleck ab.

Oberhalb der Bauhütte, hinter einer Mauer verborgen, setzte der Schütze in seiner Deckung das Gewehr ab und nickte seinem Kumpan, der neben ihm kniete, zufrieden zu. Nach hinten zur Häuserfront, die sich entlang des Wegs oberhalb der Kirche befand, wurden sie von Buschwerk und Sträuchern verdeckt.

„Los, verschwinden wir!“, sagte er auf Russisch.

Schon hatte er den Schalldämpfer abgeschraubt, Lauf und Magazin herausgenommen und den Schaft mit den übrigen Teilen in einer Tasche verstaut. Mit schnellen Schritten entfernten sie sich vom Ort des Geschehens.

20. Februar – Oppenheim

Außer dem gelegentlichen Gluckern von Wasser in der Heizungsleitung war es still im Zimmer. Ab und an hörte man durch die Decken das entfernte Rauschen einer Toilettenspülung. Im Nebenzimmer zeigte die Leuchtschrift im Display des Radioweckers 9 Uhr 11 an.

Der Russe war erst knapp zwanzig Minuten aus der Tür, doch Wörmer kam die Zeit wie eine Ewigkeit vor. Auf seiner Stirn standen ein, zwei kleine Schweißperlen, obwohl die Temperatur im Bad eher durchwachsen war. Dass Stillsitzen so anstrengend sein könnte, hätte er sich nie im Leben träumen lassen. Seit zwanzig Minuten konzentrierte er sich auf das Ding zwischen seinen Schulterblättern. Er wusste, dass er den Druck, den er mit seinem Rücken gegen den Heizkörper ausübte, möglichst konstant halten musste. War er zu gering, drohte die Granate zwischen Rücken und Heizkörperrippen durchzurutschen und ihn ins Jenseits zu pusten. Wenn er zu stark drückte, bestand umgekehrt die Möglichkeit, dass sie sich aus ihrer Verankerung zwischen Rücken und Heizung herausdrückte – mit demselben für Wörmer äußerst unangenehmen Resultat!

Zuerst hatte er überlegt, ob er die Fessel der rechten Hand, die der Russe durch Verschnüren mit Klebeband am Heizungsrohr angebracht hatte, lockern könnte, um womöglich das Klebeband über seinem Mund wegzubekommen und dann aus Leibeskräften um Hilfe zu schreien. Die Idee hatte er nach kurzem Nachdenken wieder verworfen. Das Risiko war zu hoch, weil er bei dem Versuch auch unweigerlich Schulter und Rücken hätte bewegen müssen, was jederzeit das Ende bedeuten konnte.

Da der Russe ihm ebenfalls die Füße mit etlichen Lagen Klebeband umwickelt hatte, kam er auch nicht ans Badezimmerradio, das in Reichweite seiner Füße auf einem Rollwagen stand. Verfluchter Mist, gab er seinem Unmut in Gedanken Ausdruck. Das hätte er bestimmt am Drehknopf eingeschaltet und auf eine Lautstärke gestellt bekommen, dass sich andere Gäste vielleicht an der Rezeption beschwert hätten.

Er suchte angestrengt nach einer anderen Möglichkeit, wie er sich aus seiner misslichen Lage befreien konnte, doch ihm fiel keine ein.

In dem Moment raschelte es draußen an der Tür. Wenig später hörte er, dass sie ins Zimmer aufschwang, dann Schritte. Zwei Gestalten in Blau stürzten in den Raum und sicherten mit angelegten Pistolen nach links und rechts. Als eine der beiden sich umdrehte, erkannte Wörmer an der Aufschrift auf der Schutzweste, dass es sich um seine Kavallerie handelte. In dem Moment erkannte er auch Petra und Becker, die hinter den beiden das Zimmer betreten hatten. Zwei weitere Männer vom Einsatzkommando folgten ihnen.

Schon hatten sie ihn gefunden und waren bei ihm im Badezimmer. Durch Verdrehen seiner Augen und vorsichtiges Schütteln seines Kopfes versuchte er ihnen zu signalisieren, dass sie ihm nicht zu nahe kommen sollten.

„Na, Gott sei Dank!“, sagte Petra erleichtert, als sie sich über ihn beugte.

Auch Becker wollte ihm gerade einen befreiten Klaps auf die Schulter geben, als Petra Wörmers Bemühen bemerkte und sein unverständliches Gestammel durch das Klebeband hörte.

Aber es reichte!

Sie kapierte, dass etwas nicht stimmte, bevor Beckers Hand ihn berühren konnte. Rasch fuhrt sie Becker in seine bereits ausholende Handbewegung und hielt ihn zurück.

„Vorsicht! – Hier ist was faul!“

Erleichtert registrierte Wörmer, dass Petra seinen verzweifelten Hinweis zumindest so verstanden hatte, dass jetzt keiner von beiden mehr eine falsche Bewegung machte, die ihnen allen das Leben kostete.

Während Wörmer den beiden durch eine unverständliche Mimik zu verstehen zu geben versuchte, dass ihnen hinter seinem Rücken Gefahr drohte, ging Petra pragmatisch den einfachsten und besten Weg.

„Passiert was, wenn ich dir das Klebeband am Mund lockere, damit du sprechen kannst?“, fragte sie.

Dankbar für den Hinweis, schüttelte er ganz vorsichtig den Kopf. Sofort trat sie an ihn heran und begann, ganz sacht und behutsam, die verschiedenen Lagen über seinem Mund zu lösen und anzuheben.

„Da ist was in seinem Rücken!“, meldete sich Becker, der sich um Wörmer herumgebeugt und den seltsamen Gegenstand entdeckt hatte.

„Ist es das?“, fragte Petra, während sie weiter vorsichtig an dem Band arbeitete.

Wörmer nickte in Zeitlupe.

„Joe, ich brauch eine Schere! Liegt hier nicht was rum, schau dich mal um – schnell!“

Becker suchte auf der Ablage herum, fand aber nichts. Währenddessen war auch schon ein Kollege vom Einsatzkommando mit einem Schweizer Messer aufgetaucht.

„Danke!“, stieß Petra hervor, während sie die kleine integrierte Schere öffnete. Wenige qualvolle Sekunden später war Wörmers Mund so weit frei, dass er sich wieder verständlich machen konnte.

„Es ist eine Handgranate - scharf!“, keuchte er. „Vorsicht!“

„So ein perverses Schwein!“, fluchte Becker. „Auf so was muss man erst mal kommen.“

„Außer mir verschwinden alle aus dem Appartement!“, rief Petra dem Einsatzleiter zu, der gerade seinen Leuten irgendwelche Anweisungen gab.

„Wir haben es mit einer scharfen Handgranate zu tun. - Alle raus! – Evakuieren Sie die Etage, sichern Sie ab und geben Sie mir nach Vollzug Bescheid“, schickte sie nach.

Der Einsatzleiter blickte kurz zu Wörmer, zeigte ihm „Daumenhoch“ und war bereits verschwunden. Seine Anweisungen bellten durch den Raum, und eilige Schritte entfernten sich auf dem Korridor.

„Geht´s noch?“, fragte Petra, während sie ihm vorsichtig einige Schweißtropfen von der Stirn tupfte.

„Ich muss mich mal kratzen?“, grinste er.

„Wenn es an Stellen ist, wo mir mein weibliches Schamgefühl erlaubt, dich zu berühren, dann kann ich das ja machen“, schlug sie vor.

„Zwischen den Schultern“, lautete seine Antwort. Wieder grinste er gequält.

Sie lächelte zurück – so lange, bis sie Becker neben sich wahrnahm.

„Was machst du denn noch hier?“, wollte sie von ihm wissen. „Du sollst doch verschwinden.“

„Änderung im Plan. – Ich mach das hier, und du verziehst dich nach draußen.“

„Jetzt spinn mal nicht! – Ich krieg das schon hin!“

„Daran hab ich auch keinen Zweifel. – Aber trotzdem möchte ich das machen. Ich habe längere Arme.“

Er grinste sie an.

„Was ist das? – Macho-Stolz“, giftete sie zurück.

„Leute – Leute!“, flüsterte Wörmer gequält? „Was soll das werden?“

„Wo er Recht hat, hat er Recht“, meinte Becker. „Wir machen es gemeinsam. Und damit basta!“

„Wir sind soweit“, unterbrach sie die Stimme des Einsatzleiters. Er stand in der Tür und nickte ihnen zu.

„Alles klar, dann bringen Sie sich mal in Sicherheit“, meinte Petra, als sie zu ihm rüberblickte.

„Viel Glück!“

Dann war er verschwunden.

„Der Sicherungsstift ist im Papierkorb“, sagte Wörmer plötzlich.

Becker schaute verblüfft, bückte sich und fuhr mit der Hand in den Behälter. Eine Sekunde später tauchte sie wieder auf. Zwischen den Fingern hielt er mit triumphierender Miene den bezeichneten Gegenstand – einen runden Drahtring mit abgehendem Stift.

„So – dann wünschen wir uns alle mal viel Glück", sagte er dann – und zu Petra gewandt: „Du verkrümelst dich erst mal hinter dem Wandvorsprung in der Duschkabine. Ich versuche, das Scheißding hinter Ignatz´ Rücken zu greifen. – Wenn ich es habe, rufe ich jetzt – dann kommst du mit dem Sicherungs-Clip raus und sicherst das Ding wieder."

„Wie macht man das?", fragte sie.

„Das sag ich dir dann."

Wieder wollte sie was entgegnen, doch sowohl Becker als auch Wörmer blickten sie eindringlich an, so dass sie nachgab und in die Duschwanne stieg.

„Okay, Ignatz", sagte Becker zu Wörmer gewandt, „es wird Ernst! – Du darfst deine Lage auf keinen Fall verändern. Vermeide unbedingt, mir irgendwie helfen zu wollen. Weiter mit dem Rücken gegen die Granate und die Heizung drücken, hörst du?"

„Bin ja nicht taub", kratzte Wörmer seine Reste von Galgenhumor zusammen.

Langsam beugte sich Becker, der jetzt seitlich neben ihm stand, über ihn und tastete mit der Hand langsam an Hals und Nacken vorbei.

„Ich kann sie nur von oben packen, seitlich komm ich nirgends ran!", informierte er die anderen.

Wörmer nahm die Nachricht stumm zur Kenntnis.

„Vielleicht sollte ich es doch versuchen, ich habe schlankere Finger", meldete sich Petra aus der Duschecke.

„Da ist bestimmt was dran", hörte sie Becker mit angestrengter Stimme sagen. Dann -

„Das ist, glaub ich, eine amerikanische – eine Ananas."

Dann folgten quälende Sekunden, in denen sich überhaupt nichts mehr tat.

„Ich hab sie!", kamen Beckers Worte plötzlich wie eine Erlösung.

„Jetzt!"

Das war ihr Stichwort. Flugs war sie aus dem Verschlag und bei ihnen. Vorsichtig hielt Joe ihr das Teufelsding hin. Sie sah die Granate, die in der Tat weniger Ähnlichkeit mit einem Ei als einer Ananas hatte.

„Was soll ich tun?", fragte sie aufgeregt.

„Okay ...“ begann Becker. „Der Drahtring wurde rausgezogen, dadurch ist der Löffelgriff hier an der Seite hochgeschossen. Ich drück ihn jetzt wieder gegen die Granate – so!“

„Und jetzt?“, fragte sie ängstlich.

„Schieb den Stift durch das kleine Loch da unten ...“

Sie machte es.

„Noch weiter!“, forderte er sie auf. „Ganz durch – feste!“

Sie drückte, bis sie mit dem Clip an dem olivefarbenen Metall angelangt war.

„Gut!“, kommentierte Becker.

Vorsichtig ließ er sich den Löffel weg von der Granate bewegen. - Der Stift hatte gefasst! Der Griff verharrte in seiner Position.

„Das war´s!“, rief Becker triumphierend.

Petra fiel Wörmer um den Hals, der erst mal tief ausatmete.

„Leute, kommt rein. Es besteht keine akute Gefahr mehr!“, rief Becker nach draußen.

Sekunden danach erschien der Einsatzleiter mit einem seiner Männer in der Tür.

„Die ist jetzt gesichert, aber nicht ungefährlich“, instruierte Becker sie mit hörbar beschleunigtem Atem. „Das Ding muss schleunigst entsorgt werden. Wenn der Löffel hier hochschnellt, ist sie scharf. So weit ich weiß, hat die einen Verzögerungszünder – wenige Sekunden ...“

„Die kenn ich!“, meinte der Einsatzleiter. „Eine Ananas, ´ne schlimme Splitterhandgranate. – Geben Sie her! Wir werden das Baby schon ins Bettchen bringen.“

Nachdem beide mit dem tödlichen Utensil verschwunden waren, setzte sich Petra erst mal neben Wörmer auf den Boden, während Becker ihm die Handfesseln löste.

„Ich glaub, das war knapp“, meinte Wörmer. „Danke, ihr beiden!“

Petra drückte ihm zur Antwort einen Kuss auf die Wange, während Becker jetzt das nachholte, was sie vorhin beinahe ins Jenseits befördert hätte, und ihm kräftig auf die Schulter klopfte.

„Schön, dich wieder in alter Frische bei uns zu haben“, sagte er lapidar, aber mit strahlendem Gesicht.

„Benachrichtige bitte sofort Mara“, bat Wörmer Petra.

„Das mach ich doch liebend gerne.“

Sie erhob sich aus ihrer sitzenden Position und bewegte sich auf die Tür zu.

„Ich hab meine Tasche im Nebenraum gelassen“, sagte sie erklärend. „Da ist das Handy drin.“

Während sie Mara anwählte, um ihr die freudige Nachricht mitzuteilen, half Becker Wörmer vom Boden hoch.

„Autsch!“, stöhnte der. „Ich komm mir vor, als wären alle meine Knochen eingerostet.“

Trotzdem grinste er, wenn auch mit schmerzverzerrtem Gesicht. Er reckte und streckte sich ausgiebig.

„War übrigens ´ne super Idee – das mit der Visitenkarte“, meinte Becker anerkennend.

„Dann hat es also geklappt!“, rief Wörmer begeistert.

„Und wie es das hat! – Aber wer kommt auch schon darauf, seine Visitenkarte unter gebackenen Rühreiern zu verstecken!“

„Ich hatte nur Angst, der Russe hätte noch Hunger und wollte auch noch den Rest von meiner Portion aufessen“, lachte Wörmer lauthals.

„Das wär bei dem Kaliber bestimmt nicht gut gekommen.“

„Nee, bestimmt nicht!“, pflichtete Wörmer bei.

„Wann wurdet ihr denn benachrichtigt?“, wollte er wissen.

„Der Anruf ging bei den Kollegen in Oppenheim ein, die haben uns dann etwas nach halb neun informiert.“

„Da scheint hier im Haus ja einer mitgedacht zu haben.“

„Eine!“, verbesserte Becker. „Eine Küchenhilfe hat dein Kärtchen gefunden und ist dann hoch zu den Leuten von der Rezeption. Alles weitere weißt du.“

„Na, dann will ich mich gleich mal bei den Herrschaften bedanken. – Was ist mit dem Russen? - Da gibt es übrigens Hintermänner. Er hat mit irgend jemandem telefoniert.“

„Unsere Leute suchen ihn.“

„Er hat den Koffer mit diesem Quecksilber-Zeug mitgenommen. Sehr wahrscheinlich ist er zur Übergabe. - Was ist mit dem Wagen?“

„Den haben wir sichergestellt. – Mit dem ist er nicht unterwegs.“

„Da bleibt ja wohl nur Oppenheim.“

Petra kam zurück und hielt ihm ihr Handy ans Ohr.

„Mara!“

Kapitel 8

20. Februar – Oppenheim

Sie haben es verdient!

Das waren die Worte des Chefs gewesen, und das war auch Jewgenijs Überzeugung. Sergej war sein Freund, und er hatte seinen Tod gerächt.

Seitdem er durch das Tor entkommen war, rannte er mit dem Koffer eine Anhöhe rauf. Es hatte wieder zu tröpfeln angefangen. Sein Atem ging rasend schnell vor Anstrengung. Er nahm eine Biegung nach links. Noch einmal ging es ziemlich steil hoch und dann oben an der Kirche vorbei in südöstlicher Richtung. Seine Schritte hallten auf dem nassen Kopfsteinpflaster nach, das von einer unregelmäßigen Asphaltdecke durchbrochen war. Als er an dem Iraker vorbei zum Tor rannte, waren ihm noch zwei Kugeln gefährlich nahegekommen. Eine war irgendwo an ihm vorbei gegen einen Sandsteinbrocken geschlagen. Die andere hatte den Koffer getroffen, war aber Gott sei dank an der Bleiverkleidung abgeprallt. Die Iraker hatten immerhin solide gearbeitet oder arbeiten lassen!

Nach links ging es jetzt in wenigen langen Schritten runter zur Straße. Gehetzt schaute er sich unten an der Einmündung nach beiden Seiten um. Nach rechts ging es eine Straße hoch, an deren Krümmung er linker Hand eine hohe, langgestreckte Mauer ausmachte. Das sah wie eine Friedhofsmauer aus. Dort musste der vom Chef als Treffpunkt genannte Friedhof sein. Die Beschreibung stimmte, was Jewgenij nicht mehr erstaunte.

Er rannte, so schnell ihn seine Füße trugen, die leichte Steigung hoch. Die Wunde an der Hüfte machte sich durch die Anstrengung immer mehr bemerkbar. Nach knapp hundert Metern war er an der zur Stadt hin äußeren Begrenzung des Friedhofs angelangt. Jetzt sah er weitere fünfzig Meter vor sich auf der gegenüberliegenden Seite einen provisorischen Parkplatz, auf dem ein dunkelblauer Peugeot stand. Als er sich dem Wagen näherte, hörte er, dass der Motor lief.

Jetzt war er fast am Wagen.

Am Lenkrad saß ein Fremder. Ein korpulenter Mann mit dicken, wurstigen Fingern, die das Lenkrad umfassten, während er ihn neugierig musterte. Er rauchte. Vor sich hatte er eine Packung Marlboro auf der Verkleidung liegen.

Vor dem Wagen standen drei Männer, die ihn ebenfalls erwarteten. Zwei von ihnen kannte er nicht.

Den dritten erkannte Jewgenij, als er bis auf zehn Meter herangekommen war und es einen Moment gedauert hatte, bis er sich erinnerte.

Er hatte sich nicht getäuscht!

„Sie sind das also ...!

„... Hauptmann Alsnis!“, keuchte Jewgenij mit vom Laufen schmerzenden Lungen.

„Major Alsnis, mittlerweile Major – Jewgenij!“

Alsnis lächelte ihn an.

„Wieso die große Geheimniskrämerei?“, stieß Jewgenij mit Mühe hervor.

„Das erklär ich dir später! – Jetzt erst mal alle rein in den Wagen und rasch fort. Die Polizei ist da unten!“

Alsnis spurtete um den Wagen und besetzte den Beifahrersitz, während die anderen sich auf die Rückbank zwängten. Schon fuhr der Wagen mit quietschenden Reifen die Anhöhe in Richtung Dexheim hoch.

Keiner der fünf Insassen merkte, dass ihnen ein Wagen folgte. Nach wenigen Sekunden war auch dieser nach einigen engen Windungen der Straße oben hinter der Kuppe verschwunden.

Keine Sekunde zu früh. Denn in dem Moment stieg von unten aus Oppenheim ein Polizei-Hubschrauber auf, der mit knatterndem Rotor rasch auf der Höhe der Katharinenkirche war, sie etliche Male ziellos umkreiste, um das Areal dann in einem breiteren Umkreis bis hoch zur Landskrone abzufliegen.

„Nichts Auffälliges“, meldete der Pilot zurück, als er von seiner erhöhten Position aus die Umgebung sondiert hatte.

20. Februar – Mainz

Florian Ensle saß seit gut zehn Minuten im *Bagatelle* am Gartenfeldplatz in der Mainzer Neustadt über einem Guinness. Er hatte sich aus dem Zeitungshalter die *Rundschau* genommen. Doch er blättert sich nur durch die Seiten. Es war noch bisschen zu früh für das

Mainzer Publikum. Vorn im Schankraum saß nur ein einsamer Gast an der Bar, und auf einer der blauen Kunstlederbänke befanden sich zwei junge Frauen in angeregtem Gespräch. Der diesig graue Himmel über der Stadt warf ein trübes Licht durch die hohen altertümlichen weißen Holzfenster mit ihren geschwungenen Messingbeschlägen, dass sich an der orangegelben Kunstfasertapete noch einmal eine Spur dunkler brach. Das Licht aus den lang von der Decke herunterbaumelnden Schalenleuchten vermochte die beiden Räume nicht wirklich auszuleuchten. Doch Florian Ensle störte das nicht. Er befand sich sowieso noch im Halbschlaf, nachdem ihn Holger vor einer halben Stunde mit seinem Anruf geweckt und her bestellt hatte. Jetzt saß er hier, und Mertensheimer war noch nicht da.

Wieder mal nippte er am Guinness und versuchte, durch Querlesen in der Rundschau die Zeit totzuschlagen.

Fahrgäste müssen sich auf Verspätungen einstellen.

Also nicht nur Mülltonnen, Gully-Deckel und Garagen machten die wegen Bush dicht!

Wegen der Bush-Sperrung zwischen Wiesbaden-Erbenheim, Amöneburg, Kostheim und Kastel sind die Stadtteile auch mit dem Öffentlichen Personennahverkehr nur mit langen Umwegen zu erreichen.

Wie sollte er denn da am Mittwoch nach Kastel kommen? Am besten, er nahm sich an dem Tag Urlaub. Oder er fuhr mit dem Rad über die Theodor-Heuss-Brücke. Wenn die ihn überhaupt da vorbeiließen. Unten am Rhein war bestimmt auch alles abgesperrt. So ein Theater!

Aus seinen Überlegungen erlöste ihn die Gestalt von Mertensheimer, der plötzlich mit einem Bierglas in der Hand vor ihm stand.

„Erst machst du es brandeilig, und dann lässt du mich hier warten“, maulte Florian ihn zur Begrüßung an.

„Wie lange wartest du denn schon?“

„Na, bestimmt eine dreiviertel Stunde“, übertrieb Florian.

„Tut mir leid! – Ich habe noch Bilder von der Kamera runtergeladen und an einen Internet-Entwickler geschickt. Da muss ich mich wohl bisschen in der Zeit vertan haben.“

„Macht ja nichts!“, entgegnete Florian. „Ich hatte heute Morgen sowieso nichts besseres zu tun – als auszuschlafen!“

Er grinste ihn herausfordernd an.

„Na, was gibt es denn so Dringendes, dass wir das nicht auch später hätten besprechen können?“

„Ich war heute früh im Binger Wald, oben in der Nähe vom Franzosenkopf, dort, wo ich mit den Jungs vor Wochen den Hochsitz umgelegt habe – du weißt doch, die Geschichte mit diesem Unseld.“

Er hatte seine Stimme leicht gedämpft und schaute kurz auf, ob jemand in Hörweite war.

„Den Täter hat es an den Ort des Verbrechens zurückgezogen. Kennt man ja“, grinste Florian unverschämt.

Auch er sprach jetzt leiser. Dabei war das gar nicht nötig. Vorn beschallte dezente Musik den Raum, die ihr Gespräch sowieso übertönte. Na ja, sicher ist sicher, dachte Florian. Musste ja auch wirklich kein anderer mitbekommen.

„Ich dachte, ich hätte dort meine Säge verloren. Deswegen war ich da!“, flüsterte Holger.

„Was? – Du sägst einen Hochsitz um und lässt deine Säge daneben liegen? Das glaub ich doch nicht!“, meinte Florian ebenso leise, wobei er ihn provokativ mit offenem Mund anstarrte.

„Quatsch! – Ich dachte, ich hätte die dort, na ja, wirklich aus ´nem dummen Zufall heraus liegen lassen. Hab aber nichts gefunden.“

„Hast du auch wirklich alles abgesucht?“

„Sicher!“

„Warum erst heute? Das ist doch schon Wochen her.“

„Genau. - Aber mir ist vorher nicht aufgefallen, dass das Teil fehlt. Heute hätte ich sie gebraucht. Deshalb habe ich gestern Abend nach dem Ding gesucht. Es aber nicht gefunden. So war das!“

„Na, vielleicht hast du sie einfach nur verlegt.“

„Hoffentlich!“, meinte Holger. „Jedenfalls hab ich jeden Grashalm umgedreht. Um den Hochsitz herum war jedenfalls nichts. – Vielleicht hab ich sie verloren, als wir durch den Wald zurück zum Parkplatz sind. Dann liegt sie hoffentlich so versteckt, dass keiner sie findet.“

„Reg dich doch nicht so auf! – Auch wenn jemand die Säge findet. Wer sollte sie denn mit dir in Verbindung bringen?“, versuchte Florian, ihn etwas optimistischer zu stimmen.

„Wenn das so einfach wäre! – Da sind meine Fingerabdrücke drauf!“

„Was! – Sag bloß, du hast den Hochsitz umgelegt und keine Handschuhe angehabt?“

„Ja – Ja! – Genauso war´s! – Ich könnte mich ja auch dafür ohrfeigen. Aber – das ist jetzt halt nicht mehr zu ändern."

„Jetzt verstehe ich, warum du so panisch reagierst!", meinte Florian perplex.

Holger winkte ab.

„Sicher, das mit der Säge ist blöd gelaufen. – Ich hoffe jetzt mal, dass die irgendwo in der Wohnung rumliegt."

„Dann würde ich mal intensiv danach suchen, damit du dir deswegen keine Gedanken mehr machen musst."

„Das mach ich nachher auch. Da kannst du dich drauf verlassen!"

„War´s das, wo dich der Schuh drückt?"

„Ja – irgendwo schon", gab Holger zu.

„Na, ich kann dir zwar zuhören, aber was soll ich dir darauf sagen? Entwarnung gibt es nur, wenn du die Säge findest. Ansonsten musst du einfach hoffen, dass das Ding verschwunden bleibt."

„Das ist mir schon klar!"

„Tja - ich muss dann auch gleich. Susanne und ich wollen nachher nach Limburg. Auf ´nen Geburtstag von ´ner Freundin von ihr."

Holger nickte und trank von seinem Bier.

„Du glaubst nicht, was heute Morgen noch so passiert ist. Ich hab ein Ding mit ´nem geklauten Auto mitbekommen."

Seine Stimme war jetzt wieder lauter.

„Geklautes Auto?", wiederholte Florian neugierig.

„Ja – ganz in der Nähe von dem Hochsitz. Ich hatte ja alles abgesucht und bin dann zurück zum Golf. Plötzlich sehe ich zwischen den Büschen einen Wagen, einen grünen Jaguar."

„Und ...?", fragte Florian.

„Na, ja – eben nicht irgendein Wagen. Das war der Wagen eines unserer Profs von der FH. Da war aber nicht der Prof drin, sondern irgend so ein junger Typ, der in dem Auto eine Tuss flachgelegt hat."

„Oh, wie ungewöhnlich!", erstaunte sich Florian gekünstelt. „Wenngleich man das nicht unbedingt sonntagsmorgens früh im Wald macht."

„Das geht noch weiter. - Also – dieser Prof. Der ist unglaublich pingelig mit seiner Karre. Der würde die nie und nimmer verleihen. Und ganz bestimmt nicht für eine Nummer auf dem Rücksitz, auf seinem edlen Leder."

„Na, und wenn schon!", hielt Florian dagegen. „Vielleicht war das sein Sohn, der ihm natürlich nicht unter die Nase gebunden hat, was er mit dem Auto von Papi anstellen will."

„Nein, bestimmt nicht. Ich sag dir gleich auch, warum. – Also, mir kam das mit dem Auto dort im Wald seltsam vor. – Ich hatte nichts Besseres zu tun, und da bin ich dem einfach mal nachgefahren", kürzte Holger die Diskussion ab.

„Du bist ihm nachgefahren?"

„Ja – einfach so!"

„Na, gut – du bist ihm nachgefahren - und weiter?"

„Der Typ hat die Tuss irgendwo in Büdesheim abgesetzt und ist dann weiter nach Gau-Algesheim. Dort war eine Autoreparatur-Werkstatt. Als er im Hof verschwunden ist, bin ich klammheimlich rüber und hab bisschen die Ohren gespitzt."

„Sei froh, dass die dich nicht bemerkt haben. Wäre bestimmt komisch gekommen."

„Das kannst du wohl laut sagen. Die haben nämlich Dreck am Stecken. Die haben die Karre geklaut!"

„Woher willst du das wissen?"

„Also, ich stand am Tor, und die beiden waren fünfzehn, zwanzig Meter weg."

„Die beiden?"

„Da war noch einer. Ein älterer. Mit Brille und ziemlich angefressen, das kann ich dir sagen. - Ich bin dem später nachgefahren. Der wohnt in Ingelheim. Jedenfalls ist er dahin gefahren und in ein Haus rein. Als er im Haus verschwunden war, bin ich rüber und hab auf das Klingelschild geschaut. Springer heißt der wohl."

„Was hast du denn gehört", fragte Florian, der jetzt doch etwas neugierig geworden war.

„Anscheinend hat der junge Typ das Auto gestern geklaut. Dann ist er wohl mit der Braut in die Disco und heute Morgen in der Frühe zum Schäferstündchen in den Wald. Dieser Springer war mächtig sauer. Ich hab zwar nur Gesprächsfetzen mitbekommen, weil ich Acht geben musste, dass die mich nicht entdecken. Aber das hab ich mitbekommen!"

„Dass diese Typen die Karre geklaut haben?"

„Klar - das war offensichtlich! – Der Alte hat den Jungen angeschrieen, richtig laut, sonst hätte ich doch kaum was mitbekommen. Dazu war ich zu weit weg. – Warum er nicht sofort den Wagen abgeliefert hätte, statt sich die ganze Nacht in der Gegend rumzutreiben und die Polizei auf sich aufmerksam zu machen. Das hat er gesagt. Die Polizei auf sich aufmerksam machen. Daran siehst du doch, dass die Dreck am Stecken haben!"

„Mag sein", gab Florian zu.

„Dann hat der noch gesagt, was der Franz mir da für einen Schrott geschickt hat. Das ist doch wohl nicht zu glauben. Dabei hat er mit den Händen in der Luft herumgefuchtelt, als müsste er einen ganzen Bienenschwarm verscheuchen."

„Der Franz?"

„Irgendein Franz halt!"

„Das solltest du der Polizei melden, wenn das stimmt. – Als rechtschaffener Bürger." Florian grinste.

Holger ging auf die kleine Stichelei nicht ein.

„Du spinnst wohl! – Ich und die Polizei", sagte er statt dessen.

„Warum machst du dir dann Gedanken, wenn du doch nichts unternehmen willst?"

„Ich wollt´s dir einfach nur mal sagen, das ist alles. – Entschuldige bitte!"

Florian zuckte stumm mit den Schultern.

„Was für ein Mistwetter!", wechselte er dann das Thema, nachdem er kurz einen Blick hinaus in Richtung Gartenfeldplatz geworfen hatte.

„Holger nickte beipflichtend.

„Komm, trink aus! Ich geb noch einen", sagte er dann.

Er winkte der Bedienung, die gerade zu ihm herüberschaute.

20. Februar – Mainz

Major Alsnis wirkte auch in Zivil sehr militärisch mit seinem Bürstenhaarschnitt und seiner Brust-heraus-Haltung. Er saß mit dem Geldkoffer auf den Knien neben dem Fahrer, der den Wagen gerade über die Anhöhe in die Senke hinunter nach Dexheim steuerte.

„Wieso habt ihr nicht eingegriffen?", wandte sich Jewgenij an einen der Russen, der neben ihm saß. „Einer von denen hätte mich fast erwischt!"

Er hatte sich ein Taschentuch hervorgekramt und presste es auf die blutende Wunde an seiner Seite.

„Wir hatten Probleme“, sagte der Angesprochene. „Einer der Iraker hätte uns fast erledigt. Das war knapp!“

„Warum haben Sie sich mir nicht zu erkennen gegeben?“, wollte Jewgenij von Alsnis wissen.

„Je weniger mich kennen, um so besser! – Nichts Persönliches, Jewgenij! - Nichts gegen dich! Wenn du aufgeflogen wärst, wär ich vielleicht auch aufgeflogen. Das musste ich vermeiden. – In unserem Geschäft muss man manchmal wie im Krieg handeln. - Entscheidungen treffen, die man persönlich eigentlich gar nicht will – um einer größeren Sache willen, verstehst du? Wenn ich auffliege, stehen in Russland fünfzig Familien ohne Geld da. Wir sind eine große Organisation, eine große Familie. Da sehe ich meine Verantwortung.“

Es folgte eine kurze Pause.

„Was ist mit deiner Verletzung?“, fragte er dann. „Kommst du klar?“

„Scheint nicht so schlimm zu sein, obwohl es ziemlich blutet. Ich brauch noch irgendwas zum Draufdrücken.“

„Haben wir was im Wagen?“, fragte Alsnis den Fahrer, der verneinend den Kopf schüttelte.

„Zieh deinen Pullover aus, und gib ihn Jewgenij!“, wandte sich Alsnis an den Mann neben Jewgenij. Der schaute erst erstaunt drein, als er aber sah, wie ernst es Alsnis damit war, zog er sich seinen Pullover über den Kopf und reichte ihn Jewgenij.

Während Jewgenij das Kleidungsstück in Empfang nahm, ließ Alsnis den Koffer aufschnappen. Der graue Morgen wehte mit eisigem Hauch ins Wageninnere, als Alsnis die Scheibe der Beifahrertür heruntergleiten ließ. Er nahm einen Beutel nach dem anderen und beförderte sie mit achtlosem Schwung in den Graben entlang der Fahrbahn.

Erst als er drei oder vier der Plastikeier auf diese Weise entsorgt hatte, begriffen die anderen, was er machte.

„Was tun Sie denn da, Major?“, schrie Jewgenij von hinten, während er sich mit beiden Händen den Pullover an die Seite presste.

„Das ist doch viel zu gefährlich! Wenn eins der Dinger hochgeht, dann putzt das auch uns wie Fliegendreck weg!“

„Keine Bange, Jewgenij! So gefährlich ist das Zeug auch wieder nicht. Gut, es ist radioaktiv und strahlt. Aber gleich explodieren, wenn es irgendwo hinfällt? Nein, so einfach geht das wirklich nicht.“

Er sagte noch irgendwas Unverständliches und setzte seine Tätigkeit fort.

„Dieser Strojew hat uns aber was ganz anderes erzählt“, stocherte Jewgenij nach.

„Ach, ja, Strojew – den hab ich damals angewiesen, euch das zu erzählen. Er sollte euch bisschen Angst machen, damit ihr besonders vorsichtig seit, denn es gibt beim roten Merkur wohl ein nicht kalkulierbares Reaktionspotential“, entgegnete Alsnis von vorn, während er Behälter sieben und acht aus dem Wagen beförderte. Beide kullerten zwischen knorzigen, vereisten Weinstöcken aus, die sich in gerader Linie über den Hügelkamm zogen.

„Das sind fast zwei Millionen Euro, die dort im Graben landen“, sagte der Fahrer vorwurfsvoll.

Er sprach Russisch mit deutlich heraushörbarem deutschem Akzent.

„Ich weiß! Meinst du, ich werfe das gern weg?– Aber es muss sein. Mit dem Stoff kommen wir nicht mehr aus Deutschland raus. Hier bleiben und auf neue Kundschaft warten, können wir auch nicht nach dem, was heute passiert ist.“

Während er das sagte, ohne sich dabei dem Fahrer zuzuwenden, beförderte er die restlichen Behälter aus dem Koffer. Anschließend ließ er seinen Blick über die Geldbündel gleiten. Er holte einen Packen heraus, hielt ihn hoch und prüfend vor seine Augen. Auf ein Mal kämmten seine Finger durch das Bündel, rissen es auseinander.

„Die Iraker haben uns gelinkt!“, brüllte er plötzlich, während er wütend mit einer Hand Papierschnipsel aus dem Koffer ins Wageninnere hochschleuderte.

Er riss weitere Bündel auf, fuhr mit kreisenden Fingern durch den Inhalt. Dann führte er ihnen den offenen Koffer nach hinten vor Augen, damit sie selber sahen. Dazu nahm er ihn in beide Hände und hielt ihn hoch.

„Nur paar Bündel sind echt. Bei den anderen liegen nur oben auf Euro-Scheine, darunter haben sie Papierschnipsel im Geldscheinformat beigepackt!“, schrie er seinen Kommentar in die Runde.

Im Wagen herrschte einen Moment betretenes Schweigen.

„Du Dummkopf!“, fauchte Alsnis jetzt Jewgenij an. „Du hast die Bündel nicht geprüft, obwohl ich dir das aufgetragen habe!“

„Natürlich habe ich geprüft! – Scheiße. – Ich habe ein Bündel herausgezogen, und das war echt. Ich ging davon aus, dass die anderen genauso beschaffen sind. Mist – Mist – Mist!“, fluchte er.

„Diese Scheißkerle!“, ereiferte sich einer neben ihm ebenfalls auf Russisch.

„Papier, Papier und nochmals Papier!“ Mit jedem Wort warf Alsnis Zeitungsschnipsel in die Höhe. Er konnte sich immer noch nicht beruhigen.

„Wie viel ist es denn noch?“, wollte der Kerl von vorhin wissen.

Alsnis wurde wieder ruhiger. Er blätterte durch die Bündel und prüfte. Nach gut einer Minute, während der alle gespannt warteten, knurrte er: „Allerhöchstens eine halbe Million. – Mist!“

„Besser als gar nichts“, machte sich der Fahrer bemerkbar.

„Aber weit weniger als zwei Millionen - verdammt!“, machte Alsnis seinem Ärger erneut Luft.

Für einen Moment herrschte im Wagen wieder eisiges Schweigen, während der Fahrer in Köngernheim in Richtung Nieder-Olm abgebogen war. Seine fleischigen Finger umklammerten das Lenkrad, während er einen Gang hochschaltete.

„Nach Frankfurt zum Flughafen?“, wechselte er das Thema, wobei er diesmal in Deutsch fragte.

„Nein, zu gefährlich!“, meinte Alsnis, der in seiner Muttersprache blieb. „Fahr uns lieber nach Stuttgart.“

„Nach Stuttgart? – Das ist aber ein schönes Stück!“

„Na und – du bekommst ja auch einen schönen Anteil, oder?“

„Na, so viel ist das ja jetzt auch nicht mehr“, wandte der Fahrer ein.

Alsnis blickte ihn unwillig von der Seite an.

„Ich muss mal pinkeln“, meldete sich Jewgenij.

„Ich auch“, assistierte ihm sein Nebenmann.

Der Fahrer, der gerade Sörgenloch hinter sich gelassen hatte, blickte zu Alsnis.

„Eigentlich wäre mir wohler, wenn wir noch mehr Abstand zwischen uns und die Bullen bringen. Vergesst nicht, nach uns wird jetzt intensiv gefahndet“, gab Alsnis zu bedenken.

„Da vorn ist eine Gelegenheit“, meinte der Fahrer.

Er deutete mit einer Hand auf eine Einfahrt.

„Na, gut – Pinkelpause, aber nur ganz kurz!“, befahl Alsnis militärisch.

„Dann fahr mal da vorn ran“, wies er den Fahrer an, was der dann auch machte. Er verlangsamte und setzte den Blinker. Als er in den Feldweg einbog, wurde er von einem weißen Mercedes-Lieferwagen überholt. Plötzlich bemerkte er aus den Augenwinkeln, dass sich bei dem die seitliche Schiebetür mit einem Ruck öffnete. Das war auch das letzte, was er in seinem Leben wahrnahm.

Mit rasender Schnelligkeit schob sich eine Hand mit einem Rohr durch die Öffnung, und ein furchtbar heißes Projektil sauste mit 1.600 Metern in der Sekunde auf sie zu ...

24. Februar – Mainz

„Gott sei Dank ist dieser Bush-Zirkus vorbei“, meinte Petra zu Becker, der gerade heftig seinem Frühstücksbrötchen zusetzte.

„Hast du die Ruhe bemerkt, die heute Morgen bei uns eingekehrt ist?“, fragte er mit kauenden Backen zurück.

Sie nickte, während sie in der Lokalpresse den Leitartikel über den hohen Besuch in der Gutenberg-Stadt überflog.

„Die waren im Gutenbergmuseum und haben sich über Buchdrucken informiert“, sagte Petra.

„Na, dann haben wenigsten ein paar Leute sie gesehen“, meinte Joe spitz, „ansonsten gab es ja wohl kaum Zuschauer.“

„Immerhin war Gottschalk zum Dinner im Schloss eingeladen“, hielt Petra dagegen.

„Promis und Politikprominenz, garniert mit dem Klerus. Wie im Mittelalter.“

„Na, jetzt übertreib aber nicht!“

„Das kann man gar nicht übertreiben“, entgegnete Becker, während er sich den Rest vom Brötchen zwischen die Zähne schob.

„Wann soll das rote Quecksilberzeugs eigentlich nach Berlin?“, wechselte Petra das Thema.

„Heute oder morgen, Freud oder der andere vom BKA übernehmen das wohl. Solange die Bush-Visite anstand, war denen das wohl zu brenzlig. Da wollte man nicht noch mal was riskieren.“

„Hast du Haunstein schon gesehen?“, fragte Petra. „Der war heute Morgen richtig gelöst und gut gelaunt.“

„Haunstein?“, fragte Becker skeptisch. „Du musst jemand anderen gesehen haben!“

„Tetzlau war der Informant der Russen, das ist sicher“, meinte Wörmer eine Viertelstunde später, als sie im Besprechungszimmer zu dritt den Abschlussbericht besprachen.

„Deswegen ist er auch am letzten Freitag ins Präsidium gekommen. Der wollte sehen, wann du gehst, und hat das den Russen durchgegeben", warf Petra ein.

„Das, was der uns da aufgetischt hat – von wegen Bankauszug der Überweisung an diesen Kuchtov – das war doch gleich nicht besonders glaubhaft! Als wollte Frau Triebig Tabula rasa machen und ihr Gewissen erleichtern", sagte Becker höhnisch. „Tetzlau brauchte nur einen Vorwand, um dich den Russen auf dem Tablett zu servieren!"

„Ja, ja – der gute Franz Tetzlau hatte, wie es ausschaut, seine stattlichen Finger in einigen Dingen im Spiel", machte sich Wörmer wieder bemerkbar.

„Was ist eigentlich mit Kuchtov passiert? Der Kontoauszug ist doch an die Prager Behörden gegangen. – Haben wir von denen schon was gehört?", fragte Petra.

„Sicher haben wir das! Die haben Kuchtov festgenommen. Verdacht auf Anstiftung zum Mord an diesem Rom", gab Wörmer sein Wissen weiter.

„Dann ist die Geschichte ja auch aus der Welt", sagte Petra. „Oder noch nicht ganz", ergänzte sie einschränkend. „Noch wissen wir ja nicht genau, warum Triebig sterben musste."

„Triebig musste dran glauben, weil Tomásek Rache wollte – späte Rache", meinte Wörmer.

„Und Tomásek? – Wer hat den ins Jenseits befördert?", fragte Becker.

„Ich schätze, das war dieser Radz-Clan", sagte Wörmer. „Von denen sitzen derzeit einige in U-Haft. Zwei Morde haben die zugegeben, aber mit dem Mord an Tomásek wollen sie nichts zu tun haben."

„Eigentlich hätte doch Triebig an erster Stelle auf ihrer Liste stehen müssen – als der große Auftraggeber. Die Schläger waren doch nur ausführendes Organ. Fanatisierte Befehlsempfänger dieses Kuchtov, der selbst mehr an dem Geld von Triebig als an seiner rassistischen Ideologie gegen Roma interessiert war. Schon skurril", sagte Petra.

„Davon wusste dieser Oldrich Radz ja nichts", entgegnete Wörmer.

„Aber doch schon seltsam die ganze Konstellation. – Da nimmt der Mörder seines Sohns Rache am Auftraggeber des Mordes."

„Die Jahre, die ihm noch in der Zelle bleiben, wird Radz sich darüber Gedanken machen können", meinte Wörmer nicht ohne leichtes Schmunzeln.

„Aber warum der Kuchtov dem Tomásek wohl das Lügenmärchen aufgetischt hat, dass Triebig der tschechischen Polizei damals die Aufmarschpläne dieser Rechtsradikalen in Temelin verraten hat?", überlegte Becker ratlos.

„Vielleicht war das gar kein Lügenmärchen", meinte Wörmer. „Das wissen wir eben nicht."

24. Februar – Mainz

Petra zog ihre Lippen routiniert mit ihrem Helena Rubinstein-Lipgloss nach, während sie ungeduldig auf Wörmer wartete, der sich über Mittag mit Mara in der Stadt verabredet hatte. Als er kam, legte er erst mal umständlich seine Winter-Accessoires im Garderobenschrank ab. Noch hatte er seinen Wollschal um den Hals, als sie es nicht mehr länger aushielt.

„Es gibt eine neue Spur im Fall Unseld", teilte sie ihm rasch die Neuigkeit mit, als er gerade zur Kaffeemaschine stiefeln wollte, um sich seinen Verdauungskaffee nach dem Mittagessen aufbrühen zu lassen. Er unterbrach seine Tätigkeit, drehte sich zu ihr herüber und wartete neugierig auf mehr.

„Forsthelfer, die den Hochsitz wieder aufbauen sollten, haben in der Nähe eine Stichsäge gefunden. Die Vermutung lag nahe, dass es sich um das Tatwerkzeug handelt, und sie haben es zur Polizei gebracht", befriedigte sie seinen Wissensdurst.

„Na, wunderbar. – Dann kommen doch auch in der Sache die Dinge in Bewegung", meinte er. „Wann war das denn?"

„Gestern", antwortete sie.

„Und haben wir schon Ergebnisse?"

„Haben wir! – Seit gut einer Stunde. Da kam der Bericht aus dem Labor."

„Und?", fragte er neugierig.

„Die haben Fingerabdrücke darauf gefunden. – Die Säge lag wohl glücklicherweise so, dass ihr Wind und Wetter nicht allzu sehr zugesetzt haben."

„Und?", fragte er wieder.

„Die haben sie durch den Computer im BKA laufen lassen. Die Fingerabdrücke gehören einem Holger Mertensheimer, wohnhaft in Weisenau", sagte sie mit einem gewissen Siegerlächeln in der Stimme.

„Hast du schon einen Wagen zu der Adresse geschickt?", wollte Wörmer wissen.

„Noch nicht. Ich wollte erst mal auf dich warten. Lass uns doch mit den Kollegen rausfahren und den Typ hopsnehmen."

„Erst mal abwarten, ob der da ist, um sich hopsnehmen zu lassen. Wieso war der denn gespeichert?"

„Ach, der ist wohl so ein Aktivist. Gehört anscheinend der Tierrechtszene an. Wurde schon mal bei einer Demo erkennungsdienstlich behandelt."

„Tierrechtszene?", Wörmer stand ziemlich auf dem Schlauch.

„Na, du weißt doch – Tierbefreier - keine Tierversuche, kein Massenmord im Labor für Kosmetika und so was."

„Ach, so", meinte Wörmer. „Na, dann lass uns mal loslegen. – Sind die Kollegen schon informiert?"

„Die kommen direkt zur Adresse."

„Dann scheidet wohl die rechtsradikale Szene als Tätergruppe definitiv aus", sagte Wörmer, nachdem er sich wieder in sein Winterzeug eingepackt hatte und als sie beide den Flur entlang zum Aufzug gingen, der sie in die Tiefgarage bringen sollte.

„Aus dem Fall Unseld-Triebig sind wieder zwei total verschiedene Fälle geworden, wie wahr", führte Petra seinen Gedankengang fort.

Der Kunstrasenplatz an der Friedrich-Ebert-Straße lag einsam und verlassen in der kühlen Februarsonne, als sie rechts in die Bleichstraße hochfuhren. Vor ihnen lagen mehrere Wohnsiedlungen, der am Ortsrand nach Hechtsheim hin gelegene Wohnbunker in vielen Pastelltönen angemalt, und irgendwo darin die Wohnung von Holger Mertensheimer. Als die Polizisten an der Haustür klingelten, stand Mertensheimer kurz davor, die Dose Ravioli, die er im Wasserbad erhitzt hatte, zu öffnen.

Er ließ es erst mal klingeln. Schon wieder summte es im Flur.

Er fluchte ungehalten, schlurfte in den Flur und wollte gerade auf den Türöffner drücken, als er aus dem Küchenfenster schräg unten und etwas abseits auf der Straße den geparkten Streifenwagen sah.

Die Bullen, schoss es ihm durch den Kopf.

Die Säge! Die Scheiß-Säge.

Hier drin den Stillen machen, brachte nichts. Das war ihm sofort klar. Er musste weg! Mit einem letzten bedauernden Blick auf die Raviolidose hechtete er ins Wohnzimmer und dort auf den kleinen Balkon, der den Blick auf die Autobahn und den sich dahinter anschließenden Portland-Steinbruch auf der Laubenheimer Höhe freigab. Schon war er über die Brüstung geklettert und hangelte sich geschickt wie ein Juwelendieb nach unten. Auch wenn er abrutschte und fiel, würde er nicht tief fallen. Die Wohnung befand sich im zweiten Stock. Außerdem war unten Rasen. Seine Füße schabten entlang der Mauer, bevor er Halt am Balkon unterhalb seiner Wohnung fand. Kleine Schweißperlen waren trotz der Kälte auf seine Stirn getreten.

Wieder klingelte Petra ergebnislos Sturm.

Dann kam eine Polizistin herangeeilt.

„Laufen Sie um den Block herum, und sichern Sie die Rückfront“, wies Wörmer sie an.

„Er flieht!“, hörten sie wenige Augenblicke später die aufgeregte Stimme der Polizistin. Wörmer, Petra und der Streifenpolizist spurteten, so schnell sie konnten, um das Wohnsilo herum.

„Stehenbleiben, Polizei! – Bleiben Sie sofort stehen!“, hörten sie die hilflose, fast schon flehende Stimme der Polizistin, als sie die Stirnseite des Gebäudes halb umrundet hatten.

Sie stand dort mit der Pistole in der Hand, die sie aber schlaff herunterhängen ließ.

„Er war schon viel zu weit weg, als ich ...“ begann sie entschuldigend in Richtung Wörmer, als die drei bei ihr auftauchten.

„Schon gut“, beruhigte er sie.

Die Gestalt des flüchtenden Mannes arbeitete sich gerade durch Büsche und Sträucher die Böschung hinauf, die auf der anderen Seite etwas abschüssig zur Autobahn runterführte.

„Der will doch wohl nicht ...?“

Alle vier blickten sich erstaunt an und liefen ihm hinterher.

Es krachte und schepperte mit dem typischen Geräusch, das sich gewaltsam ineinander verkeilendes Blech verursacht, als sie die Böschung noch nicht erreicht hatten, um die Lage zu überblicken. Als sie endlich freie Sicht hatten, sahen sie, dass in Fahrtrichtung Laubenheim zwei Wagen ineinandergekracht waren. Der Unfallverursacher hatte sich unbeschadet aus dem Staub gemacht. Wörmer atmete nach der Anstrengung erst mal tief durch und griff dann zu seinem Handy, während sich unten bereits der Verkehr staute.

25. Februar – Mainz

„Heute Abend klappt das dann hoffentlich mal mit uns beiden – nachdem letzten Samstag ja was dazwischenkam", meinte der sonnengebräunte Fabian Freud, dessen Kopf zwischen der spaltbreit geöffneten Tür im Dienstzimmer von Petra steckte. Die weißen Zähne blitzten wie gewohnt zwischen der bronzenen Haut.

Petra lächelte ihn verlegen wie ein Schulmädchen an, nickte dann hastig, worauf er sie wieder mit seinem gewinnenden Lächeln beglückte.

„Ich dürfte heute Nachmittag spätestens gegen halb sechs wieder da sein. Laufen Sie mir bloß nicht weg!"

Bevor sie etwas darauf sagen konnte, hatte er den Kopf schon zurückgezogen.

„Wohin bringen Sie das Zeugs eigentlich?", rief sie ihm durch den noch geöffneten Türspalt nach.

Schwups! Der Kopf steckte wieder in der Tür, und mit charmantem männlichem Augenaufschlag bequemte er sich, ihre Frage auf seine ureigene Art zu beantworten: Indem er ihr erst sein Doppelgrübchen bildendes Lächeln entgegenschickte, bevor sie seine Stimme vernahm. Die folgte eine halbe Sekunde später.

„Bieber und ich sollen den Koffer nach Frankfurt zum Flughafen bringen. Von dort geht er nach Berlin."

„Na, dann – viel Spaß!"

„Den werden wir haben. Bieber kommt nämlich aus Offenbach. Seine Mutter hat uns zum Essen eingeladen. Und die soll verflucht gut kochen, hat er mir gesagt."

Er grinste ihr zu.

Als er ihr zublinzelte und den Kopf aus der Tür zurückzog, winkte sie ihm kurz nach. Während sie ihn einige Sekunden in Gedanken begleitete, hechtete er zwei Treppen nach unten. Dann ging es über einen lang gestreckten Flur zum ausgemachten Treffpunkt mit Bieber. Der saß schon dort mit dem Koffer auf den Knien. Bieber war ein Schlacks von fast einem Meter neunzig, an dem der Anzug wie ein Konfirmandenanzug an einem Sechsjährigen aussah. Auf dem sehnigen Körper saß ein schmaler, hohlwangiger Schädel, den eine auf Stoppellänge reduzierte Haarpracht zierte. Wenngleich er ein wenig wie Pinocchio im Anzug wirkte, mochte Freud ihn. Bieber war loyal, und was genauso wichtig war: Er war viel schneller und agiler, als das die ungünstig langen Hebel seiner Gelenke vermuten ließen.

„Können wir?", begrüßte er Bieber.

Der sagte nichts, sondern wuchtete sich umständlich aus dem Sitzmöbel, was ihm deshalb schwerfiel, weil er erst mal seine Füße, die halb über den Flur hingen, unter seinen Körperschwerpunkt bringen musste.

Wenig später fuhren sie über die Theodor-Heuss-Brücke nach Kastel und von dort weiter zur A66.

„Es gibt heute Mittag übrigens Frikadellen", meldete sich Bieber auf der Höhe von Nordenstadt.

„Ich mag Frikadellen", antwortete ihm Freud, während er mit dem BMW mehrere Lkws überholte, die sich auf der rechten Spur hintereinanderreihten.

„Dann ist es ja gut."

„Und was gibt es dazu?"

„Ich denke mal, Erbsen und Kartoffeln. Mit überbackenem Fett."

„Gut!", meinte Freud. „Ich liebe Erbsen!"

Er grinste zu Bieber hinüber, während er den Blinker setzte.

Wenig später waren sie in einer Baustelle und im Stau. Quälend langsam kamen sie voran. Als es wieder zügig weiterging, wurde Freud plötzlich auf der Höhe von Hattersheim von einem weißen Mercedes Vario-Kleintransporter ausgebremst, der ihn zuvor von der linken Fahrspur gedrängelt hatte. Freud fluchte unflätig und trat auf die Bremse, um den Abstand zu der schnell näher kommenden Rückfront des Transporters zu vergrößern.

„So ein blöder Hund!", knirschte er durch die Zähne zu dem neben ihm sitzenden Kollegen, der sich durch rasches Nach-vorn-Greifen seiner Hände am Handschuhfach abzustützen versuchte. Da er wusste, dass seine Knie wegen seiner Beinlänge in einem solchen Fall am gefährdetsten waren, zog er sie instinktiv möglichst weit bis zu seinem Hintern zurück.

In dem Moment merkten beide, dass das erst der Anfang von weit Schlimmerem war.

Die Hecktür des Transporters öffnete sich, und eine Gestalt zielte mit irgendwas Großkalibrigem auf sie. Das Geschoss zischte in Sekundenbruchteilen heran und zerfetzte einen Großteil der Windschutzscheibe und des Dachs. Fetzen und Fragmente aus Glas, Blech und Verkleidung flogen durch die Luft und regneten irgendwo hinter ihnen auf die Fahrbahn.

Das Geschoss hatte Freud erwischt. Nicht tödlich, aber doch lebensgefährlich. Das realisierte er als Profi, der schon mehrmals in bedrohlichen Situationen war, in dem kurzen Moment, in dem ihm irgendwas wie mit glühenden Krallen Haut- und Knochensubstanz rechts oberhalb der Stirn wegriss. Ein weiterer Gegenstand bohrte sich unterhalb des Schlüsselbeins unter Verursachung eines japsenden Geräuschs in seinen oberen Lungenflügel, dass es ihm für einen kurzen Moment den Atem verschlug. Dann wurden Stirn und Schulter auch schon angenehm taub, und er versuchte, den Schock zu unterdrücken. Er fühlte das Blut, das über Stirn und Schulter nach unten rann, um irgendwo im Kragen und Hemd zu versickern. Er versuchte instinktiv, seine Waffe aus dem Holster zu bekommen, schaffte es aber nicht.

Das eine Auge konnte er abhaken, das war bereits zu blutverklebt, als dass er damit noch was erkennen konnte. Mit dem anderen nahm er, als er den Kopf zur Seite drehte, wahr, dass Bieber in der Auslaufbewegung des auf die Standspur treibenden Wagens aus der Tür hechtete und mit einer perfekten Rolle auf dem Asphalt die Aufprallenergie auf ein für seinen knochigen Körper erträgliches Maß milderte. Schon war er wieder halb hoch und feuerte sein ganzes Magazin auf die Hecktür des Mercedes. Die Schüsse, die sich als kleine dunkle Punkte in den weißen Lack gruben, zeigten augenblicklich Wirkung. Die spaltweit geöffnete Tür gab unter dem Druck eines gegen sie lehnenden Körpers nach, und eine schlaffe Gestalt purzelte aus dem Innern auf die Straße. Bieber hatte das leere Magazin ausgeworfen und bereits mit flinken Fingern ein Ersatzmagazin in der Waffe, als sich Fahrer- und Beifahrertür des Mercedes öffneten und zwei Gestalten heraussprangen, die Waffen im Anschlag. Sie feuerten, ohne zu zielen.

Die Windschutzscheibe, die bereits mehrere Einschüsse aufwies und an einer Seite ziemlich aus ihrer Verankerung gerissen war, bekam weitere Löcher. Durch eins davon bohrte sich eine Kugel ihren Weg in Freuds Magengrube direkt unterhalb des Solarplexus. Er schrie stöhnend auf und knickte vor übermächtig aufwallendem Schmerz nach rechts auf den Beifahrersitz.

Bieber feuerte wieder. Er erwischte einen der Angreifer an der Hüfte, wodurch dieser um seine eigene Achse gewirbelt und nach hinten auf den Asphalt geschleudert wurde. Die Pistole, die er vorher in der Faust hielt, entglitt seiner Hand. Als er suchend danach griff, erwischte ihn eine weitere Kugel aus Biebers Waffe. Er zuckte zusammen und rührte sich danach nicht mehr.

Die andere Gestalt feuerte frenetisch aus einer Waffe in Biebers Richtung, die auf die Entfernung wie eine Uzi aussah. Er traf alles um Bieber herum, ohne wirklich ernsthaften Schaden anzurichten. Allerdings nahmen ein oder zwei seiner Schüsse den rechten Außenspiegel auseinander, dessen Bestandteile Bieber am linken Arm eine tiefe Risswunde verursachten. Er ließ sich flach neben den Kotflügel fallen und robbte vorsichtig um das Vorderrad. Mit zwei weiteren Schüssen zwang er den letzten Attentäter in Deckung.

Einen Moment herrschte Ruhe, während auf der Straße links vor und hinter ihnen das Chaos ausbrach. Die Autofahrer, mittlerweile auf die wilde Schießerei aufmerksam geworden, versuchten sich hektisch in Sicherheit zu bringen. Einige hatten abrupt abgebremst und dadurch kleinere Auffahrunfälle verursacht. Andere rasten wie der Teufel an ihnen vorbei. Einige ganz Kühne hatten in sicherem Abstand vor ihnen angehalten und beobachteten das Geschehen aus sicherem Versteck hinter ihren Wagen.

Plötzlich heulte der Motor des Mercedes auf. Der Kleintransporter raste davon, während Bieber um den ramponierten BMW herumhechtete, um dem verletzten Freud zu helfen. Doch für Fabian Freud kam jede Hilfe zu spät. Eine seiner Hände ruhte auf der blutverschmierten Bauchwunde. Seine Augen blickten ausdruckslos in den Himmel, aus dem es gerade zu nieseln anfing.

28. Februar – Mainz

„Kannst du nicht woanders unterkommen? – Ich mein, frag doch mal Rolf oder Hannah. Die haben doch beide ziemlich große Wohnungen. Es ist nicht wegen mir, aber Susanne - sie will das nicht länger. - Frag die doch mal!“

Holger Mertensheimer nickte verstehend.

„Ich ruf gleich mal den Tommy an. Bei dem kann ich bestimmt ein, zwei Tage bleiben. Ist ja nicht für lange."

„Dass die dich suchen, hab ich Susanne überhaupt nicht gesagt. Dann hätte sie dich sofort rausgeschmissen", sagte Florian Ensle, während er sich ein Brötchen aus der Tüte nahm und aufschnitt.

„Gib mir mal die Marmelade."

Holger schob das Glas mit der Hand über den Küchentisch in seine Richtung.

„Und wenn du dich stellst?"

„Ich stell mich nicht! - Auf keinen Fall."

„Du hast das doch nicht gewollt. Dass dieser Unseld tödlich abstürzt, konntet ihr doch nicht wissen."

„Das ist denen doch egal. Ich bin wegen Todschlag oder Mordversuch oder was auch immer dran. Die buchten mich Jahre lang ein. - Nee, nicht mit mir!"

Es entstand eine Gesprächspause, in der sich Holger Kaffee nachschenkte.

„Kannst du mir paar Klamotten leihen?", fragte er dann. „In die Wohnung kann ich ja nicht zurück. Das ist zu gefährlich. Den Golf kann ich auch abhaken. Den haben die bestimmt auch schon kassiert."

„Wahrscheinlich", pflichtete ihm Florian bei, während er sich einen Krümel Himbeermarmelade aus dem Mundwinkel rieb.

„Und wenn ich gehe?"

Holger überlegte einen Moment.

„Auch zu gefährlich", entschied er dann. „Die haben bestimmt auch schon das Schloss auswechseln lassen."

„Ich mach ab ins Ausland", sagte er plötzlich.

„Mensch, das bringt doch nichts. Die suchen dich in jedem Land über Interpol."

„Nicht, wenn ich neue Papiere habe", meinte Holger, wobei er sich das neben dem Teller liegende Ei angelte und kräftig auf die Tischplatte schlug.

Die zerbröselte Schale trug er mit dem Daumen großflächig ab. Wenig später verschwand eine Eihälfte in seinem Mund. Die Spuren flüssigen Dotters an seinen Lippen beseitigte er mit der Zunge.

„Woher willst du so schnell Papiere bekommen?", schob Florian seine Frage nach, nachdem er einen Moment gebraucht hatte, die Neuigkeit zu verdauen.

„Ich hab einen Kumpel, der kennt jemanden", antwortete Holger, als sei das die einfachste Sache von der Welt.

Florian ließ sich davon nicht beeindrucken.

„Die kriegst du auch nicht für ´nen Appel und ´nen Ei", machte er weiter auf skeptisch.

„Ich weiß", konterte Holger leichtfertig, als hätten ihn gestern die Aldi-Brüder adoptiert.

„Die kosten 3.000. Die besorg ich mir."

„Wie?", grunzte Florian jetzt doch beinahe sprachlos.

Holger fuhrwerkte mit seinem Kinn herum, als müsste er seine Zunge erst in Position für die richtigen Worte bringen.

„Ich – ich hab da so meine Idee", druckste er herum.

„Na, jetzt sag schon!"

„Dieser Springer. - Der den Jaguar gestohlen hat. Ich geh an den ran. Das sind Autoschieber, denen geht es um das große Geschäft. Was sind für den schon 3.000 Euro?"

„Eben, das sind Autoschieber, denen du in die Quere kommst. Und wenn sie dich aus dem Weg räumen?"

„Quatsch! – Das sind für den doch nur Peanuts."

„Die wollen sich bestimmt nicht in die Suppe spucken lassen", versuchte es Florian noch mal.

„Ich schau mal", wiegelte Holger ab.

„Schon so spät? Ich muss weg", meinte Florian, nachdem er kurz zur Küchenuhr geschaut hatte, weil Mertensheimer seinem mahnenden Blick ausgewichen war.

„Ruf bei den Leuten durch, damit du eine andere Bleibe findest, okay? – Susanne macht mir sonst die Hölle heiß. Meld dich. Wir telefonieren, okay. Und sei vorsichtig! – Ach ja, zieh die Tür richtig zu, wenn du gehst."

„Was ist mit den Klamotten?", fragte Holger mit in den Nacken gelegtem Kopf, weil Florian bereits aufgestanden war und in Richtung Flur eilte.

„Ach so – nimmt dir halt was. Du weißt ja wo."

Dann war er aus der Tür, und kurz darauf fiel die Wohnungstür ins Schloss. Mertensheimer blieb noch eine Weile am Tisch sitzen, mit bequem unter den Tisch ausgestreckten Beinen. Nach einigen Minuten schlurfte er über den Flur zum Telefon.

Tommy bedauerte unendlich, aber er hatte seit ein paar Tagen eine Alte am Laufen, die momentan bei ihm eingezogen war. Er wüsste ja, wie das ist. Bisschen Spaß und so. Ansonsten natürlich jederzeit. Mach´s gut, Alter. Das ist ja beinhart – das mit dir und den Bullen. Aber du schaffst das. Rolf hatte momentan seine Tochter bei sich, die ihm seine Ex für zwei Wochen geschickt hatte, weil sie in Winterurlaub wollte. Wir machen in Kürze wieder eine Aktion. Ich zähl auf dich. Alles senkrecht bis dahin. Hannah nahm ihn schließlich. Sie hatte aber einige Regeln, die sie ihm lieber gleich sagte. Nicht nackt über den Flur zur Dusche laufen. Das hatte ihre Tochter vor kurzem tierisch erschreckt, als ein Bekannter, den sie nachts da hatte, das gemacht hatte. Außerdem musste er im Sitzen pinkeln. Er dachte kurz an den Cartoon mit dem Typ, der ebenfalls im Sitzen pinkeln soll, die Sache aber falsch versteht. Den behielt er aber für sich. Gegen Abend konnte er bei ihr unterschlüpfen, wenn sie von der Arbeit zurück war. Er sollte gegen sechs vorbeikommen. Sie wollte sogar extra was Warmes für alle kochen. Er freute sich am Telefon artig darüber, aber eigentlich war er gar nicht so versessen auf Essen. Susanne hatte sie die letzten Tage richtig gut bekocht, auch wenn sie ihn nicht mochte. Als er an die Mahlzeiten dachte, merkte er, dass er es bedauerte, hier raus zu müssen.

Eigentlich hatte er sich von Florian den Wagen borgen, direkt nach Gau-Algesheim zu diesem Springer fahren und dem das „Geschäft" vorschlagen wollen. Nachdem Florian ihm aber ein bisschen Angst gemacht hatte, dass Springer eventuell der eiskalte, über Leichen gehende Chef einer skrupellosen Autoknackerbande war, bei dem sogar der Papst hoffnungslos wurde, hatte er sich eines Besseren besonnen. Nachdem er in der letzten halben Stunde bereits die Gewinnerwartungen der T-Com durch Dauertelefonate zu Lasten des Anschlusses von Florian und Susanne verbessert hatte, würde ein weiteres Telefonat sie schon nicht in den Schuldturm bringen. Er wählte die Nummer der „Springer Kfz-Reparatur & Autoverwertung", die er sich bereits vor Tagen herausgesucht hatte.

Als sich eine Jungmännerstimme meldete, verlangte er Springer und wurde verbunden.

„Springer", meldete sich der Chef.

Hallo, eh – guten Tag, Herr Springer", bemühte sich Mertensheimer um einen passenden Einstieg.

„Herr Springer, ich denke, Sie haben nicht alle Zeit der Welt, deshalb will ich gleich zur Sache kommen. Die Sache ist die: Ich weiß, dass Sie den Wagen, eh, den Jaguar, von meinem Professor geklaut haben, und ich denke, Sie haben bisschen Geld übrig, das Sie mir geben können für die Gefälligkeit, dass ich einfach nur meinen

Mund halte und meinem lieben Herrn Professor nicht stecke, wo er sich besser mal nach seinem guten Stück umschaut."

Am anderen Ende der Leitung war erst mal Stille, dann schnauzte ihn die Stimme an.

„Sie spinnen wohl, Sie Penner. – Was erlauben Sie sich eigentlich?"

„Ich sage Ihnen auf den Kopf zu, dass Sie Autos klauen, Springer!", sagte Mertensheimer mutig, wobei er sich wie dereinst Blücher sagte, dass Angriff die beste Verteidigung ist. Als er an Blücher dachte, fragte er sich spontan, wie es damals mit dem und seiner Strategie ausgegangen war. Doch bis zur schlüssigen Antwort kam er nicht, weil sich Springer wieder bemerkbar machte und seine ganze Aufmerksamkeit forderte.

„Da kann ja jede kleine Ratte kommen!"

„Die kleine Ratte hat ein verfängliches Foto", konterte Mertensheimer.

Sein letzter Satz zeigte Wirkung, denn am anderen Ende war erst mal nichts mehr zu hören. Dann folgte ein schwaches „Ach, ja?"

„Ja! – Sie in der Garage in Gau-Algesheim, als Sie den gestohlenen Jaguar im Empfang nehmen. Sie sind übrigens sehr fotogen darauf getroffen", übertrieb er spontan ein klein wenig.

„Was soll das? – Mir gehört die Garage. Mir gehören dort mehrere Garagen, um genau zu sein. Jeder kann sie mieten, um dort sein Auto zu reparieren, zu frisieren, aufzumotzen, was auch immer."

„Auch Professor Keinert?"

„Welcher Professor?"

„Na, der, dem der grüne Jaguar gehört, den ihr Mann am 20. Februar gestohlen und in Ihre Garage gebracht hat. Ich habe das Foto mit dem Nummernschild und mit Ihnen im Hintergrund! – Wollen Sie noch mehr wissen?"

Am anderen Ende war wieder Stille, deshalb legte Mertensheimer vorsichtshalber noch einmal nach.

„Professor Keinert hat den Wagen in der Zwischenzeit bestimmt als gestohlen gemeldet. Der wird sich riesig freuen, das Foto zu sehen. Oder meinen Sie nicht auch?"

„Da kann ja jeder kommen!", wiederholte sich Springer schnaufend.

„Soll ich Ihnen einen Abzug schicken?", forderte ihn Mertensheimer weiter heraus.

„Was wollen Sie?"

„3.000 Euro!“

Jetzt waren sie endlich am springenden Punkt angekommen, und Mertensheimer war erleichtert, dass es raus war.

„Wir sollten uns vielleicht wirklich mal treffen“, meinte Springer konzilianter.

„Aber wer sagt mir, dass es sonst keine Abzüge gibt, oder dass keine Fotos auf irgendeiner Festplatte gespeichert sind? – Eben dass Sie mich nicht weiter erpressen?“, hakte er nach.

„Hören Sie, ich muss raus aus Deutschland. Ich brauch das Geld für neue Papiere, verstehen Sie? – Danach sehen Sie mich nie mehr wieder, ehrlich! Ich bin in einer furchtbaren Notlage. Sonst würde ich Sie nie um Geld angehen. Glauben Sie mir!“

3. März – Mainz

Der Wind blies kalt herein. Becker stand am Fenster und schloss den Flügel, den er erst vor wenigen Sekunden geöffnet hatte, um Sauerstoff in den von Heizungswärme stickigen und bereits am frühen Vormittag schläfrig machenden Raum hereinzulassen. Das milchige Grau des Morgens, das fast wie Chrom über Mainz lag und hell und unwirklich ins Auge stach, ging über der Christuskirche in einige taubengraue Wolkenfetzen über. Becker ging zurück zu seinem Schreibtisch. Die letzten Sätze der Unterhaltung zwischen Haunstein und Wörmer hatte er nur unterschwellig mitbekommen.

„Ich muss mich auch auf den Weg machen“, sagte Haunstein gerade, als Becker an seinem Schreibtisch Platz nahm. Die schwarze Fliege gab ihm noch mehr von einer Krähe, dachte Becker, oder einer Elster, wenn man es genau nahm. Das blütenweiße Hemd schaute gestärkt unter tiefroten Hosenträgern und schwarzem Sakko hervor. Haunstein stand an seiner Lieblingsposition, einen Meter vor Wörmers Tisch, wobei er wie ein an der Feder aufgezogenes Nostalgie-Leitermännchen aus Blech mit den Fersen in regelmäßigen Abständen auf- und abwippte.

„Na, bis Peine ist es ja auch ein ganz schönes Stück. Da sind Sie schon paar Stunden auf der Autobahn unterwegs“, meinte Wörmer.

„Och, ich muss erst noch ins Innenministerium. Der Bieber vom BKA holt mich dann dort um 11 Uhr ab. So ist es ausgemacht. Sehr nett von ihm übrigens.“

Wörmer nickte beipflichtend. „Wie geht´s ihm denn? War er nicht angeschossen worden?"

„Nee, das wohl nicht. – Er hat Glück gehabt. Hat nur einen Kratzer abbekommen, hat er mir gesagt", erklärte Haunstein.

Dabei prüfte er mit seiner dünnen Hand den korrekten Sitz der Fliege. Gleichzeitig räusperte er sich. Erst glaubte Wörmer, dass er sich die Fliege ungünstig auf den Adamsapfel gesetzt hatte. Dann merkte er aber an dem vertrauten typischen Stirnrunzeln bei gleichzeitigem Hochziehen des einen Augenlids und Vorbeugen des schmächtigen Oberkörpers, bei dem man instinktiv zurückfuhr in der Angst, die scharf gebogene Nase könnte einem ein Auge ausstechen, dass Haunstein noch etwas Anderes von ihm wollte.

„Sagen Sie, Wörmer, stimmt das eigentlich, was man sich hier so erzählt?"

Seine Stimme war auf eine Lautstärke zurückgefahren, bei der sich mindestens jeder zweite Fünfzigjährige ohne Hörgerät taub vorkommen musste.

Wörmer ließ ihn zappeln, schaute ihn nur fragend an, während er sofort wusste, worauf Haunstein hinaus wollte.

„Na, Sie wissen schon ..."

Haunsteins Hals wand sich wie ein Aal, der sich in einem weißen Hemd verfangen hatte und heraus wollte.

„Dass da was zwischen der Frau Haffer und dem armen Freud war, Herrgott noch mal, Wörmer. Jetzt tun Sie doch nicht so!"

Jetzt war es raus, und Haunstein spitzte in neugieriger Erwartung einer Antwort den Mund.

„Ach, wissen Sie, Herr Haunstein, das Gerede der Leute. Da sollte man nicht so viel drauf geben."

Langsam fing es Wörmer an, Spaß zu machen.

„Das tu ich auch nicht – bestimmt nicht!", blies Haunstein aus seinem gespitzten Mund hervor.

„Nun ja, Herr Haunstein, die beiden haben sich gemocht. So viel ist sicher. Aber was hätte da mehr sein sollen, die haben sich kaum mal eine Woche gekannt, wie Sie ja selbst wissen", erlöste er ihn.

„Sicher, sicher", nickte Haunstein. „Trotzdem tut es mir sehr leid für sie – und natürlich für den armen Freud, selbstredend. – Das scheint die Arme doch sehr mitgenommen zu haben."

„Nun ja, die beiden haben intensiv zusammengearbeitet, waren in einer SOKO, dann kam die Sympathie hinzu – sicher, das hat sie ziemlich mitgenommen."

Haunstein nickte wieder und überließ sich einen Moment seinen Gedanken.

„Sie hätte übrigens doch mit uns fahren können", fiel ihm dann ein.

„Natürlich", sagte Wörmer, „aber sie wollte wohl lieber allein sein. Deswegen ist sie mit dem Zug gefahren, denke ich mal."

„Verstehe – na ja, dann wollen wir mal."

Er war schon im Begriff, das Zimmer zu verlassen.

„Sind eigentlich die fehlenden Kapseln aufgetaucht?", fing Wörmers Frage ihn kurz vor der Tür ab. Haunstein drehte sich grazil wie ein Pirouettentänzer auf den Absätzen.

„Nichts!"

Zur Bestätigung verneinte er mit dem Kopf.

„Na, in dem Auto mit Tetzlau und den Russen können sie nicht gewesen sein, sonst hätte das einen ganz schönen Krater gegeben", meinte Wörmer.

„Das denke ich auch. – Aber so lange die nicht sichergestellt sind, besteht natürlich höchste Gefahrenstufe. Das ist ja klar. Denken Sie nur daran, dass Biblis nur einen Katzensprung entfernt ist. – Man darf ja eigentlich gar nicht daran denken!"

„Was ist eigentlich mit den Toten aus der Schießerei an der Katharinenkirche? Da habe ich auch noch nichts gesehen", fragte Wörmer weiter.

„Dafür ist jetzt allein das BKA zuständig. Damit haben wir nichts mehr zu tun!"

„Trotzdem würde mich das interessieren."

„Mir wurde mitgeteilt, dass bislang keiner der Toten identifiziert werden konnte. Die hatten keinerlei Papiere dabei. – Das ist natürlich nicht so einfach."

„Klar", sagte Wörmer.

„So, jetzt muss ich aber wirklich – die warten mit der Beerdigung nicht extra auf mich. – Schönen Tach noch, die Herren!"

Schon war er verschwunden. Vorher verkniff sich Becker im letzten Moment noch ein „ebenso", dass er Haunstein sonst mit auf den Weg gab. Während Becker und Wörmer die nächsten Minuten stumm ihrer Beschäftigung nachgingen, hörte man aus dem Nebenzimmer das Röcheln der Kaffeemaschine.

„Na, ob wir am Samstag gegen Freiburg endlich die Wende schaffen – nach der Klatsche in Dortmund?", versuchte Becker, sich und Wörmer in etwas andere Stimmung zu bringen.

Es gelang aber nur unzulänglich, wie er wenig später feststellen musste. Die desolate Negativserie der Mainzer eignete sich auch nicht unbedingt als Stimmungsaufheller, musste er sich eingestehen, wenn er ehrlich war.

6. März – Mainz

Ein schmaler, befestigter Weg führte in einer langen Windung zu den Altrheinarmen der Ingelheim vorgelagerten Jungaue. Jetzt nach Mitternacht schienen nur noch wenige Lichter aus Östrich-Winkel schwach herüber, und ab und an zog ein einsamer Schleppkahn seine Last durch das sich schwarz wie die Nacht kräuselnde Wasser. Als die grünen und roten Positionslichter eines größeren Kahns sich schon ein gutes Stück in Richtung Bingen entfernt hatten, so dass sie nur noch schwach wie winzige bunte Glühbirnchen durch die alleenartigen Baumreihen am Rheinufer zu den Auen und Wiesen dahinter herüberdrangen, schlich sich ein grauer BMW, aus Ingelheim kommend, ohne Licht entlang des gewundenen Wegs.

Auf der Brücke, die einen Altrheinarm links und rechts in zwei große stehende Gewässer, eher Tümpel, trennte, kam er zum Stehen. Das Nageln des Dieselmotors verstummte, und die Tür öffnete sich. Ihr entstieg ein Mann fortgeschrittenen Alters, der in einen dicken Wintermantel gehüllt war. Die Hände steckten in dicken Lederhandschuhen. Er trug eine Brille und hatte sich einen Hut tief in die Stirn gedrückt.

Er schaute sich nach allen Seiten um und beobachtete einen Moment seinen kondensierenden Atem. Das war das Einzige, was er schemenhaft sehen konnte. Ansonsten war er umgeben von Dunkelheit und Stille, die vom leisen Rauschen des Windes in den hohen Ästen der Bäume und dem Ruf eines einsamen Käuzchens unterbrochen wurde, das mit stummem Flügelschlag durch die Büsche glitt. Er ging zum Kofferraum und öffnete ihn. Mit sichtbarer Anstrengung wuchtete er eine schlaffe Form aus dem Innern, die in eine dunkle Segeltuchplane eingepackt war. Sie hatte eine gewisse Ähnlichkeit mit einem zusammengerollten bauchigen Teppich, der mit einem dicken Strick oder Nylonseil in zahlreichen Windungen zusammengeschnürt war. Die Schnur endete nach knapp einem Meter in den Felgenlöchern eines Autoreifens, den der einsame Besucher jetzt ebenfalls aus dem Kofferraum beförderte und neben das Geländer plumpsen ließ. Der Reifen fiel auf die Felge und verursachte dabei ein leichtes metallisches Klirren auf dem steinigen Untergrund, was den Kauz irgendwo in den Büschen erneut zu einem kurzen Schrei in die Nacht veranlasste.

Der Mann schaffte es, den Reifen bis auf die Höhe des Handlaufs des rostigen und verbogenen Geländers zu wuchten. Als er ihn entlang seines Mantels hochgestemmt hatte, den er dabei mit schmutzigem, schmierigem Gummiabrieb eindreckte, setzte er ihn mit dem Profil gegen die Kante des Geländers. Er keuchte vor Anstrengung, und seine Brille beschlug bis zur völligen Blindheit ihres Trägers. Er setzte sie ab und rieb die Gläser an seinem Schal. Dann fiel ihm ein, dass er die Innenflächen bearbeiten musste, und führte das Gestell mit der Hand irgendwie in den Schal und wischte für Sekunden hin und her, während die andere Hand den Reifen abstützte.

Als er die Brille wieder aufsetzte, merkte er, dass seine Aktion nur begrenzten Erfolg hatte, aber es reichte für das, was er vorhatte. Mit einem Schubser ließ er den Reifen über die Kante in Richtung des dunklen Wassers kullern. Der Reifen blieb in halber Höhe zwischen Geländerkante und Wasseroberfläche hängen, gehalten von der nunmehr straff gespannten Schnur, die sich eng und fest um die Figur zog, die der Mann inzwischen hochgehievt und gegen das Geländer gelehnt hatte. Sie drohte nach einer Seite wegzurutschen, und er musste sie mit beiden Händen stabilisieren. Dann umfasste er sie in der Mitte mit beiden Händen. Er hob sie an, stemmte sie dann unter Aufbietung seiner ganzen Kraft hoch und schob sie über das Geländer. Langsam rutschte sie nach der anderen Seite ab in Richtung Wasser. Es spritzte und platschte, und sie schwamm und schwankte im Wasser auf und ab. Gleichzeitig mit der Figur war auch der Autoreifen ins Wasser geklatscht. Es gab ein gedämpftes Gluckern, und schon war er in der Tiefe verschwunden.

Gleich darauf wurde die Figur wie von unsichtbaren Händen in die Tiefe gezogen. Der Mann atmete heftig, während er sich mit seinen Handflächen auf das Geländer abstützte. Er schaute auf das Wasser, das sich wieder beruhigt hatte. Noch einmal blickte er in die Runde. Aber es war still und ruhig wie vorher. Er stieg ein, startete den Motor, rollte einige Meter vor bis auf einen freien Platz, wendete den Wagen und fuhr den Weg zurück, den er gekommen war. Er hatte jetzt die Scheinwerfer eingeschaltet, und die roten Rücklichter waren nach wenigen Sekunden bereits hinter einer Biegung verschwunden.

10. März – Mainz

Der rundliche Kommissar, dem er nunmehr seit gut zehn Minuten gegenübersaß, wollte es jetzt aber genau wissen!

Florian Ensle beantwortete ihm seither exakt die Fragen, die ihm vorher bereits der Polizist unten in der Dienststelle gestellt hatte, bei dem er Holger Mertensheimer als vermisst gemeldet hatte. Langsam schalt er sich selbst, dass er auf Susanne gehört hatte und hier her gekommen war.

Plötzlich war aus der einfachen Vermisstenanzeige ein Gang durch die Institutionen geworden.

Hätte er ja auch wissen müssen, dass er nicht so einfach reinspazieren, sein Sprüchlein aufsagen und zwei Minuten später wieder nach Hause düsen konnte!

Immerhin war Holger Mordverdächtiger in der Geschichte mit diesem Unseld. Außerdem war er ausgebüchst, als sie ihn festnehmen wollten. *Er hätte es wissen müssen!*

Nein, er hatte nicht gewusst, dass Holger Mertensheimer verdächtigt wurde, einen Hochsitz angesägt und zum Einsturz gebracht zu haben, wobei ein gewisser Jakob Unseld zu Tode gekommen war, hatte er dem Polizisten vorgeschwindelt. Nein, er hatte die beiden zurückliegenden Wochen keinen Kontakt zu Mertensheimer gehabt. Nein, er hatte auch nicht gewusst, dass der sich der Festnahme entzogen hatte.

Natürlich gäbe es einen Grund für die Vermisstenanzeige!

Er und Holger wären vorgestern verabredet gewesen. Holger hätte angerufen, um sich seinen, Florians, Ford für abends auszuleihen, wäre aber nicht erschienen. Außerdem hätte keiner ihrer gemeinsamen Freunde, die er angerufen hätte, sagen können, wo er sich aufhielt.

„Der ist einfach abgetaucht, weil er von uns zur Fahndung ausgeschrieben ist, so einfach ist das", hatte der Polizist unten in der Wache gesagt.

So einfach war das!

Ganz einfach hatte sich das auch Susanne vorgestellt. Geh hin, und erzähl der Polizei, was du weißt. Vielleicht rettest du Holger dadurch das Leben, hatte sie gesagt. Und er Trottel hatte sich auch noch von ihr dazu überreden lassen!

Dann hatte er dem Polizisten die Sache mit Springer in Gau-Algesheim erzählt, nur um ihm zu beweisen, dass er nicht überreagierte, sondern dass es wirklich einen Grund gab, der irgendwie mit dem Verschwinden von Holger zusammenhängen könnte und die Polizei interessieren dürfte. Bei dem Namen Springer hatte der Polizist gestutzt und zum Telefonhörer gegriffen. Wenige Minuten später sah er sich zwei Etagen nach oben durchgereicht. Dem Hauptkommissar, der sich dort seiner angenommen hatte, hatte er dann alles erzählt, was er von Holger in dieser Angelegenheit wusste: dass Holger vor Wochen im Binger Wald war ...

... Was Mertensheimer denn im Wald gemacht habe?

Spazieren gehen? – Er wisse es nicht! ...

... Dass Holger also im Wald den Wagen eines seiner Professoren mit einem ihm unbekannten Chauffeur gesehen hätte. Er hätte vermutet, dass der Wagen gestohlen worden war, und wäre dem Wagen nachgefahren. Der wäre zu Springer in die Werkstatt nach Gau-Algesheim gebracht worden. Der dort stattgefundene Wortwechsel zwischen Springer und dem Fahrer hätte Mertensheimer in seiner Einschätzung bestätigt, dass der Wagen gestohlen wurde. Später hätte Mertensheimer diesen Springer damit erpresst, weil er ins Ausland wollte und sich von ihm das Geld für neue Papiere besorgen wollte.

„Sie meinen, für gefälschte Papiere!“, hatte der Hauptkommissar ihn verbessert.

„Dann eben gefälschte Papiere“, hatte er geantwortet.

Florian hatte sich vorher überlegt, ob er das dem Polizisten sagen konnte, ohne Holger damit zu schaden. Dann war ihm aber klar geworden, dass Holger entweder bereits abgehauen war oder dass Springer was mit seinem Verschwinden zu tun hatte. In beiden Fällen entstand Holger daraus kein Schaden, und deswegen hatte er es ihm gesagt.

„Wann hat er Ihnen denn erzählt, dass er Springer erpressen wollte?“, hatte Wörmer gefragt.

„Wir haben letzte oder vorletzte Woche telefoniert, da hat er es mir gesagt“, hatte Florian gelogen.

„Na, dann hat es ja wohl doch den einen oder anderen Kontakt gegeben“, hatte Wörmer ihn scharf angeschaut. „Nun denn – wollen wir mal nicht so genau darauf herumreiten.“

„Das mit dem Erpressen ist so eine Sache“, hatte er dann gesagt. „Man weiß nämlich nie, an wen man gerät.“

„Das hab ich ihm auch gesagt“, hatte Florian geantwortet.

Das war vor zehn Sekunden, und seitdem wartete er auf eine Reaktion von Wörmer, der sich gerade mit einem Kugelschreiber Notizen machte.

„Na, wollen wir hoffen, dass es noch nicht zu spät ist“, sagte der jetzt, während Florian mit sich rang, ob er Hannah ins Spiel bringen sollte. Die wusste vielleicht noch was, das mehr Licht in die Angelegenheit brachte. Aber dann war sie eventuell auch dran wegen Fluchthilfe, Begünstigung und wer weiß, was sonst noch. Er entschied sich spontan dagegen. Er würde sie selbst fragen und dem Hauptkommissar, falls was Wichtiges dabei rauskam, das irgendwie stecken.

„Ja, hoffen wir das mal“, sagte er laut.

„Eine Beschreibung von Mertensheimer haben Sie ja bestimmt vorhin dem Kollegen gegeben?“

„Ja, das hab ich“, bestätigte Florian.

„Gibt es irgendwelche besonderen Kennzeichen, irgendwas Auffälliges an ihm, das erwähnenswert ist?“, fragte Wörmer.

„Danach hat Ihr Kollege auch schon gefragt. Aber mir fällt da sonst auch nichts ein. Wenn man mal von seinem Pullover absieht, den er dauernd trägt – na ja, natürlich nicht dauernd, aber sehr oft halt“, lächelte Florian ein wenig verlegen, wie man lächelt, wenn man meint, etwas Überflüssiges und Belangloses gesagt zu haben.

Der Hauptkommissar schien das aber nicht so zu sehen.

„Was denn für ein Pullover?“, fragte er neugierig.

„Er hat so einen Lieblingspullover.“

„Können Sie den etwas näher beschreiben?“

„Roter Stoff und darauf ein gelbes Logo. Mit den Umrissen eines Gibbons, die gehören nämlich zu einer besonders gefährdeten Tierart. Da gibt es Organisationen wie die Europe Conservation ...“

„Schon gut, schon gut! – Also, auf dem Pulli ist das Gesicht eines Gibbons. – Sonst noch was?“

„'Ne Aufschrift halt noch – warten Sie mal – ja, der Gibbon und darunter der Schriftzug *Ich kämpfe auch für Tiere!*“

15. März – Ingelheim

Auch die Altrheinarme hatten während der letzten Tage eine dicke Eisschicht gebildet und luden zum Schlittschuhlaufen ein. Einige Jugendliche hatten die Schneedecke, die in den letzten Tagen auf etliche Zentimeter angewachsen war, mit ihren Eishockeyschlägern zur Seite an die Ränder des Gewässers geräumt, um die Bahnen, die sie über das Eis ziehen wollten, schnell zu machen. Jetzt am Nachmittag herrschte ein reges Treiben auf beiden Altrheinarmen.

Nicht nur die Jugend amüsierte sich beim Rasen, Gleiten, Rutschen, Staksen und Stolpern über das Eis. Vereinzelt zogen auch Erwachsene, denen die Kinder so lange in den Ohren lagen, bis sie nachgegeben hatten, mehr oder weniger sicher und elegant ihre Spuren über das Eis. Gerade ermahnte ein Großvater seine Enkelin, ja nicht an die Ränder zu fahren, wo der Schnee noch dick in einer unberührten, von Kufen nicht durchfurchten Decke auflag und man sich nicht sicher über die Beschaffenheit und Festigkeit der Eisschicht sein konnte.

Plötzlich drang durch das Stimmengewirr, das Lachen, Rufen und das knirschende Ziehen der Kufen ein Schreckensschrei. Sekunden später hatte sich wenige Meter von der Brücke entfernt, die beide Altrheinarme voneinander trennte, eine Menschenansammlung gebildet. Im Halbkreis standen sie, jung und alt, zusammen und starrten wie gebannt auf eine Stelle auf dem Eis. Den Gesichtern war deutlich der Schreck über das Gesehene abzulesen.

„Mein Gott, wie furchtbar!“, kommentierte eine junge Frau.

„Voll krass!“, pflichtete ihr ein Teenager bei.

„Komm weg von hier, das ist nichts für dich!“, sagte eine Mutter zu ihrer kleinen Tochter und zog sie von der Stelle weg.

Wie auf ein stilles Zeichen schafften auch die anderen Erwachsenen, die mit ihrem Nachwuchs da waren, Töchterlein, Sohnemann oder das Enkelkind weg vom Eis auf die Straße zur Brücke. Der eine oder andere musste mit sanfter Gewalt nachhelfen, denn die Kleinen erwiesen sich als ebenso neugierig wie die Älteren, die sich kaum von der besagten Stelle trennen konnten. Ganz im Gegenteil kamen die nächsten Minuten noch weitere Neugierige hinzu, die, als sie zufällig vorbeispazierten, auf die Menschentraube auf dem Eis aufmerksam wurden. Auch die Schlittschuhläufer auf dem sich hinter der Brücke anschließenden Altrheinarm waren, durch das aufgeregte Stimmengewirr alarmiert, herübergekommen.

So standen zahlreiche Personen an der Fundstelle auf dem Eis oder am Geländer seitlich des Wegs, als die beiden Polizisten eintrafen. Der Menschenpulk wies ihnen sofort den Weg zu der Stelle, wo sie hin mussten. Dort waren sie gezwungen, sich erst einen Weg durch die gaffende Menge zu bahnen. Dann standen sie in vorderster Reihe und sahen den Grund des allgemeinen Menschenauflaufs.

Unter der trüben Eisdecke stierten ihnen weit aufgerissene Augen aus einem bleichen, vom Wasser aufgedunsenen Gesicht eines Mannes irgendwo zwischen zwanzig und dreißig entgegen. Der Körper hing zwischen unzähligen Algen, die dunkel, unbeweglich und dicht in dem eisigen, brackigen Wasser standen. Er schien in eine dunkelblaue Plane eingehüllt, die sich an manchen Stellen geöffnet hatte. Der halbe Oberkörper mit den grotesk unten an der Eisdecke verharrenden Händen, die sich unbeirrt von den physikalischen Gesetzen des Todes einen Weg aus dem Eis zu ertasten schienen, hatte sich aus der Plane herausgelöst. Einige silbrig durch das Eis durchscheinende Klebebänder und zwei, drei lose Windungen einer milchig weißen Nylonschnur, die wie leblose Würmer im Wasser trieben, zeigten den beiden Polizisten, auf welche Weise jemand ursprünglich versucht hatte, den Toten für immer auf dem Grund des Gewässers zu verstecken.

„Ich geh dann mal und verständige die Kripo“, sagte der Kollege zur Polizistin und bewegte sich gleich darauf zum Streifenwagen zurück. Ein Mal geriet er auf dem glattgefahrenen Eis in gehörige Schieflage, was mehreren Jugendlichen ein verstohlenes Grinsen entlockte.

Die Polizistin stand noch über die Fundstelle gebeugt.

Wie durch eine grünlich getrübte Linse sah sie dunkel unter dem Eis den Farbton des Pullovers, der halb aus der Plane hervorlugte. Sie erkannte ein verschwommenes, unter Wasser und Eis verblassendes Rot mit einem ovalen gelblichen Kreis in Brusthöhe, in den etwas aufgedruckt war, was Ähnlichkeit mit einem Affenkopf hatte.

Sie schaute noch mal genau hin.

Ja, sie hatte erst vor wenigen Tagen einen Bericht im Fernsehen über solche Affen gesehen. Ja, ganz bestimmt – das war ein Gibbon. Darunter befand sich eine Aufschrift, die sie nicht entziffern konnte.

28. August – Casablanca

Der schmächtige Mann im weißen Baumwollanzug saß am Boulevard Houphouet Boigny unter der schattigen Veranda eines Restaurants und ließ sich sein Essen schmecken. Nebenan durchstöberten einige Touristen eines der zahlreichen Souvenirgeschäfte. Ab und an blickte er in alle Richtungen, als erwartete er Besuch. Das intensive Starren in die sengende Hitze rief ein unangenehmes Lidzucken hervor, und er kniff das betroffene Auge für mehrere Sekunden fest zusammen, bis es wieder aufgehört hatte.

Um ihn herum pulsierte das mittägliche Leben in der nordmarokkanischen Metropole. Zähe Autoschlangen kämpften sich in mehreren Spuren den breiten Boulevard mit den Häuserfluchten aus den 30-er und 40-er Jahren des vergangenen Jahrhunderts rauf und runter und veranstalteten zuweilen ein ohrenbetäubendes Hubkonzert, wenn mal wieder nichts mehr ging oder jemand für sich die Straßenverkehrsordnung neu definierte, die sowieso mehr schlecht als recht zur Geltung kam.

Die endlosen Wagenkolonnen machten die Luft stickig, staubig und durch ihre Auspuffgase noch aufgeheizter, als sie es ohnehin durch die gnadenlos über Casablanca brennende Sonne schon war. Geschäftige Menschen, viele davon in die traditionellen weißen oder bunten Chellabas und Kaftans gekleidet, schoben sich über die Gehwege. Der Schmächtige im Baumwollanzug saß unter dem schattigen Stamm einer Palme. Trotzdem schwitzte er, was vielleicht mit den scharfen Speisen zusammenhing, die er zu sich nahm.

Über den Boulevard hinweg schaute er in die enge Gasse eines der vielen kleinen Wochenmärkte. Direkt an der Ecke gegenüber sah er durch die sich vorbeiwälzenden Autoschlangen einen Stand mit den typisch orientalischen Gewürzen. Die Farben und Geräusche der Gasse schienen und tönten durch den Autostaub und die flirrende Hitze herüber. Auch die Gerüche der orientalischen Küche, von Kreuzkümmel und Thymian über Rosmarin und Majoran bis hin zu Bockhornkleesamen und Knoblauch, vermeinte er als andere Duftnote herauszuriechen, welche den Gestank aus den vielen Auspuffrohren angenehm überlagerte.

Von irgendwo her roch es auch süß, nach Zimt, Datteln und Honig. Weiter hinten in der Gasse, von auf und ab schwärmenden Menschen fast verdeckt, boten Handwerker ihre Waren feil. Dazwischen wurden Esel, mit Waren vollbepackt, durch die Menschenmenge getrieben.

Der kleine Mann unter der Veranda wischte sich erneut den Schweiß von der Stirn. Er betupfte sie mit einem breiten Taschentuch rasch wie ein Aquarellmaler, der zuviel aufgetragenes Wasser von einem Bild wegnehmen wollte. Wieder einmal kostete er vom eingelegten Gemüse und den würzigen Fleischbällchen. Dann wendete er sich dem Hauptgericht zu: geschmortem Lamm, geschmortem Gemüse und dazu Couscous. Neben dem Teller stand süßer Pfefferminztee. Gerade brachte der Kellner noch einen Mokka. Das Blätterteiggebäck, in das Pistazien eingebacken waren und das leicht nach Orangenblüten duftete, ließ er stehen. Die Vor- und Hauptspeise hatten ihn geschafft. Wieder tupfte er sich mit dem Tuch über die feuchte Stirn.

Das Stimmengewirr und die vielfältigen Geräusche des geschäftigen Treibens vermischten sich unaufdringlich mit dem Hupen, Bremsen und Lärmen der Motoren auf dem Boulevard, so dass alles zusammen für den Europäer, denn ein solcher war der schmächtige Mann, der gerade am Pfefferminztee nippte, zweifellos, zu einer betörenden Hintergrundkulisse wie aus einem urbanen Märchen aus *1000 und einer Nacht* wurde.

Gerade als er das Glas mit dem aromatischen Getränk abstellte, nahm er den Mann wahr, den er erwartete. Dessen fleischiges Gesicht mit den rosigen Wangen ragte über die Köpfe der meisten Menschen heraus, zwischen denen er auf dem Gehweg entlang des Boulevards eingekeilt war. Auf dem Kopf trug er gegen Sonne und Hitze einen weißen Hut, der sich prägnant vom marineblauen Jackett abhob, unter dem sich eine kräftige, etwas zur Fülle neigende Gestalt abzeichnete. Wenige Augenblicke später war er am Tisch des ganz in weiß gekleideten Mannes angelangt.

Sie begrüßten sich wie alte Bekannte. Der Neuankömmling bestellte beim Kellner, der aufmerksam sofort herbeigeeilt war, einen Wein und einen Mokka.

„Haben Sie die Ware dabei?“, fragte er dann übergangslos.

Der schmächtige Mann bückte sich flink, holte etwas aus einer Aktentasche, die er unter dem Tisch zwischen seine Füße geklemmt hatte, und richtete sich ebenso flink wieder auf. Er legte einen von zwei Metallklammern verschlossenen Behälter auf den Tisch, öffnete mit gekonnten Griffen die Klammern und entnahm dem Behälter behutsam eine in durchsichtiges Plastik eingeschweißte rötlich-braune Masse, die eine ovale Form, nicht unähnlich einem Ei, hatte.

Den Gegenstand drückte er dem anderen statt einer Antwort in die Hand. Man hätte meinen können, dass es sich bei der Masse um Lebertran handelte. Doch den hätten die beiden Männer gewiss nicht so interessiert betrachtet.

„Ich werde das mitnehmen müssen, um es prüfen zu lassen."

„Davon bin ich ausgegangen."

„Wie viele haben Sie davon?"

„Noch mindestens zwanzig andere dieser Eier."

Der andere zog hörbar die Luft durch seine Nase.

„Was wollen Ihre Auftraggeber dafür haben?"

„150.000 Dollar pro Ei."

"Ein stolzer Preis."

„Den ist es wert", sagte der Schmächtige und deutete auf das prall gefüllte Plastiksäckchen.

„Stecken Sie es wieder weg. Sie wissen ja – wegen der Strahlung."

Der andere hielt das Ei noch mal kurz nahe an seine Augen und ließ es anschließend in dem Behälter verschwinden, dessen Verschlussklammern er umlegte. Dann verstaute er ihn in der Aktentasche, die ihm der Schmächtige unter dem Tisch herübergereicht hatte.

Charge 5, dachte der Mann, während er sein Weinglas leerte und sich seinen Hut aufsetzte, den er neben sich auf einen Stuhl gelegt hatte. Auf der Plastikhaut war ganz nah an der Schweißnaht in kyrillischer Schrift Charge 5 aufgeprägt. Dann musste es noch mehr davon geben.

Er war zufrieden.

Er war aufgestanden, schüttelte dem anderen die Hand und entschwand mit der Aktentasche entlang des Boulevards in Richtung Hafen. Nach wenigen Sekunden bereits hatte ihn der sich entlang der Straße schiebende Menschenpulk verschluckt.

EPILOG

Rotes Quecksilber oder im angloamerikanischen Sprachraum *Red Mercury* ist kein reines literarisches Hirngespinst – zumindest gibt es keinen hinreichenden Beweis für seine Nichtexistenz.

Wie oft bei Dingen der Fall, über die mehr Gerüchte und Mutmaßungen als Fakten und Wissen im Umlauf sind, ranken sich um Begriff und Sache des *Roten Quecksilbers* viele Mythen. Das macht es überaus geeignet für eine Hauptrolle in einem fiktiven Roman, wie dem vorliegenden. Die geschilderten Ereignisse haben sich so natürlich nicht abgespielt, aber - sie hätten sich so oder anders ereignen können. Und wenn sich Derartiges bislang nicht zugetragen hat, heißt das nicht, dass es in Zukunft nicht zu einer ähnlichen Begebenheit kommen könnte. Denn die reale Bedrohung, die von diesem – zugegebenermaßen nebulösen – Stoff ausgeht, bleibt, solange nicht ausgeräumt ist, dass all die Berichte, die in den vergangenen Jahren in Zeitschriften und im Internet verlautbar wurden, ins Reich der Fabel gehören.

Bereits vor zehn Jahren schrieb die britische „News of the World" über einen angeblichen fehlgeschlagenen Kauf von rotem Quecksilber in Saudi-Arabien. Seither scheinen die Gerüchte nicht abzuebben. Dabei entbehrt schon die Bezeichnung „rotes Quecksilber" der wissenschaftlichen Logik. In der Fachwelt ist man sich einig, dass es kein flüssiges rotes Quecksilber gibt, da sämtliche Quecksilberverbindungen nicht-flüssig sind. Auch hält man ein Material mit den für rotes Quecksilber propagierten Eigenschaften für undenkbar. Also doch nur Schwindel, Sensationsmache, Lügengeschichte und Märchen?

Keiner, der sich, an welcher Stelle auch immer, mit Abwehr von Gefahren und Massenbedrohung beschäftigt, sollte sich durch derartige Aussagen in eine trügerische Sicherheit einlullen lassen. Wer kennt schon die Dinge, die noch im Verborgenen schlummern?